投资要义

刘诚——著

中信出版集团 | 北京

图书在版编目（CIP）数据

投资要义 / 刘诚著 . -- 增订本 . -- 北京：中信出版社，2020.12（2026.1重印）
ISBN 978-7-5217-2309-0

Ⅰ . ①投… Ⅱ . ①刘… Ⅲ . ①私人投资—基本知识 Ⅳ . ① F830.59

中国版本图书馆 CIP 数据核字（2020）第 189231 号

投资要义

著　　者：刘　诚
出版发行：中信出版集团股份有限公司
（北京市朝阳区东三环北路 27 号嘉铭中心　邮编　100020）
承 印 者：北京通州皇家印刷厂

开　　本：880mm × 1230mm　1/32　　印　　张：10.25　　字　　数：172 千字
版　　次：2020 年 12 月第 1 版　　印　　次：2026 年 1 月第 9 次印刷
书　　号：ISBN 978–7–5217–2309–0
定　　价：69.00 元

服务热线：400–600–8099
投稿邮箱：author@citicpub.com

目录

第二层级
资产配置和动态再平衡

第三层级
投资工具的使用

增订版前言

《投资要义》的第一版，于 2017 年 10 月上市，至今已经整整三个年头了。对于这本书，我本人是极喜爱的。往好听了说，《投资要义》是写给职业投资者的书，但其实在我的内心深处，它是一本写出来取悦我自己的书。全书主旨十六个字：

低估分散，股债平衡；

体系严整，工具丰富。

为了确保体系严整，我在措辞方面非常谨慎。当逻辑的严谨性和内容的可读性发生冲突时，我宁可让书变得枯燥一些。

为了追求工具丰富，我基本是将所有投资工具当成同等重要的工具来写的。即使我在书中特意说明了，某些工具在投资工具箱中的位置比较边缘，我也并没有因为这些工具的使用频率低、超额收益少而缩减篇幅、珍惜笔墨。

以上的努力，也在客观上导致了《投资要义》成为一本相对偏冷、偏硬的书，这样的书能有近3万册的销量，说实话已经比我当初的预期高出了不少。

从读者反馈上看，读完《投资要义》之后，说看不懂的人其实很少，但根据我的观察，真正完全看懂的人也是极少的。对于这本书，我经常看到两种截然不同的评论。

一部分人说，这本书前半部分讲投资体系的内容真是经典，完全打通了他们的投资思路，但是后面讲投资工具的部分好像没什么用。

另一部分人说，这是他们看过的把各种投资工具讲得最透彻的一本书，但是前半部分实在没什么营养。

不怪读者产生这样的分歧。《投资要义》这本书的结构，是刻意将“投资体系”和“投资工具”两个部分完全割裂的，前半本书先构建出一个完整的投资体系，后半本书再把各种投资工具一个一个镶嵌到体系之上。这种结构的好处是足够严谨，就像学武功的时候，要先把内功练好，再学招式兵刃。坏处也很明显，就是需要读者多读几遍，因为读第一遍的时候，很容易遇到这样的情况：学体系的时候不知工具，学工具的时候又忘了体系。

对于体系和工具分离的问题，我在增订版中无意去解决，因为这就是我能想到的最好的表达方式了。有效的解决办法，其实就是读者可以多读几遍。

电子游戏中，一个术士想要做出带有火属性伤害的斩击，通常有两种办法。一种办法是先学会火属性魔法，然后将火系魔法附在刀上砍出去。另一种办法是，买一把自带火属性的刀。《投资要义》教的是第一种办法，我在2020年出版的另一本书《财富工具》教的是第二种办法。至于这两种办法哪种更好，对于业余投资者而言，可能第二种，因为不用花太多时间；但对于职业投资者而言，毫无疑问第一种更好。如果魔法长在你自己身上，那么学完火属性，你还可以再学冰属性、雷属性，也可以随时把刀换成剑，换成鞭。如果魔法长在刀身上，缺点非常明显，就是你必须依赖刀！

《投资要义》增订版，相比于第一版而言，有四部分新增内容：

1. 投资体系部分，增加了“动态再平衡”的详细论述。
2. 投资工具部分，增加了“可转债投资实战案例”。
3. 增加了“杂文篇”。
4. 增加了“问答精选”。

在投资体系当中，动态再平衡始终是最难被描述的一项内容。简单来说，这是一个“有一定比没有强，但具体使用起来却很难找到最优解的东西”。说实话，深入讨论这个问题需要一定的勇气。

在投资工具当中，可转债是我认为最值得花心力去深入研究的一种工具。当然，职业投资者应该要求自己把所有能接触到的投资工具全部吃透，但是如果只允许深入钻研一种工具的话，那么我认为应该是可转债。因此，我在《投资要义》增订版中，大幅增加了可转债方面的内容。

“杂文篇”是我在微信订阅号“微光破晓投资笔记”中发表过的一些文章的合集，其中有一些是讲投资的，还有一些讲投资以外的内容。当然，即使是那些没有直接谈投资的文章，也难免带着一个投资者的思维烙印，我想对于读者来说，或许这一部分是更有趣，也更有价值的内容。

“问答精选”收录了在过去三年中，我与读者的一些互动。其中，一些问题非常精彩且专业，比如分级基金 A 类子基金的定价原理及应用；一些问题非常具有代表性，比如可转债与牛熊周期的关系；另外也有一些问题与投资无关但非常有意思，比如有关《三体》和“洗脑”的问题。这些问题当中，有些也许是你正在关心的，有些也许是你应该关心但暂时没想到的。相信这个篇章会对熟读《投资要义》第一版的读者有更多启发。

就说这些吧。单就“前言”部分来说，好像还是第一版的更精彩一些。时间是个有魔力的东西，能把诗和远方都变成碎碎叨叨。我不知道若干年后，第三版的前言会变成什么样子，如果还有第三版的话。

第一版前言

本书写于 2017 年，这是我做投资的第十个年头。过去十年，证券投资占据了我主要的时间和精力。从只会傻傻地思索“哪只股票更好”到熟练掌握各种复杂的投资工具并形成严整的投资体系，十年的蜕变，我对自己是满意的。这个过程有些艰难，但是不苦，能做自己喜欢的事，是一种幸运。

在这个世界上，能“做好投资”会比能“捏好泥人”得到更多东西，我不知道这是否公平。在人类协作的过程中，资源的分配是向投资者倾斜的，至少目前还是如此。这是另一种幸运。

我非常喜欢的作家万维钢先生说，有成就的人分为两种：一种是“拥有更高智慧的人”，另一种是“特定行业的技术型专家”。起初，我本能地认为，成功的投资者应该属于“拥有更高智慧的人”，要想在投资上获得成功，就必须理解这个世界。然而，随着对投资的理解日益深刻，我却越来越觉得，投资其实是个技术问题。成功的投资不需要预见未来，只需要寻求“收益和风险的不对称”。

未来只有一个，不对称却无处不在。

一个骰子有六面，掷出 1、2、3、4、5 你赢一元，掷出 6 你输一元，这种事赌场没有，证券市场却有。

一个骰子有六面，掷出 1、2、3 你赢一元，掷出 4、5、6 你不赢不输，这种事赌场没有，证券市场也有。

预见未来的水晶球，是童话故事里的痴人说梦。我能给你的，只有应对未来的工具箱。

第一层级：

系统性机会与系统性风险的识别

投资体系的三个层级如下（如图1所示）。

第一层级：系统性机会与系统性风险的识别。

第二层级：资产配置与动态再平衡。

第三层级：投资工具的使用。

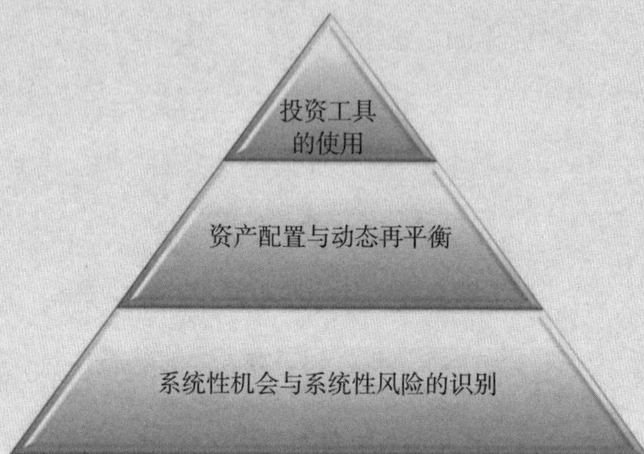

图1　投资体系的三个层级

在投资体系的三个层级中，越基础的层级越简单，同时也越重要。

第一层级，决定了我们能不能赚钱；第二层级，决定了我们能不能安全、持久地赚钱；而第三层级，决定了我们能赚多少钱。

投资体系的第一层级是系统性机会与系统性风险的识别。这是三个层级中最容易理解的部分，但同时也是三个层级中最为重要的部分。

通常，我们所说的系统性机会，是指某个领域宏观的、大范围的、整体性的机会。就股票市场而言，系统性机会是指股市整体上存在巨大的机会，若你此时买下市场中的全部资产，未来将取得收益；系统性风险是指股市整体上存在巨大的风险，若你此时买下市场中的全部资产，未来将承受损失。同样，对于其他任何市场或任何资产类别，系统性机会与系统性风险也有相同的含义。

例如，2014 年的上证指数和 2016 年的香港恒生指数，就存在比较明确的系统性机会。这种系统性机会，并非只有在事后才能识别，事实上我们完全能够在当下立刻判断出市场是否正面临系统性机会或系统性风险。识别的方法，就是估值。这里所说的估值，绝不是复杂的数学模型。笔者在此承诺，本书不会出现艰深的数学知识。

估值，可以参考两个非常简单的指标——市盈率和市净率。

1. 市盈率（Price Earnings Ratio，缩写为 PE）

计算公式：每股股价 ÷ 每股收益，或总市值 ÷ 公司年度净利润。

2. 市净率（Price Book Value Ratio，缩写为 PB）

计算公式：每股股价 ÷ 每股净资产，或总市值 ÷ 公司当前净资产。

第一章 估值的应用

出于效率方面的考虑，我们先看数据，再讲原理。图 1–1 显示了香港恒生指数的历史市盈率，我们可以看到，该指数的市盈率大部分时间在 8 倍到 25 倍之间波动。

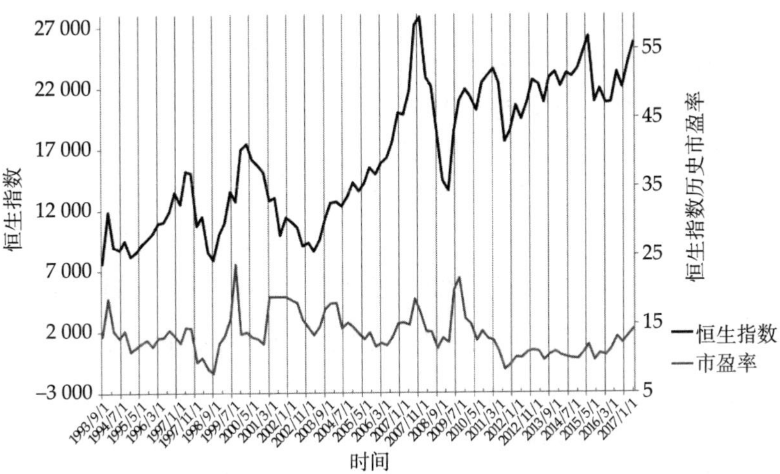

图 1–1 恒生指数与历史市盈率

数据来源：彭博

市盈率的高低与指数值的高低有明显的相关性。市盈率越高，指数未来越容易下跌；市盈率越低，指数未来越容易上涨。[①]图 1–2 显示了香港恒生指数的历史市净率，我们可以看到，该指数的市净率大部分时间在 1 倍到 3 倍之间波动。市净率的高低与指数值的高低有明显的相关性。市净率越高，指数未来越容易下跌；市净率越低，指数未来越容易上涨。

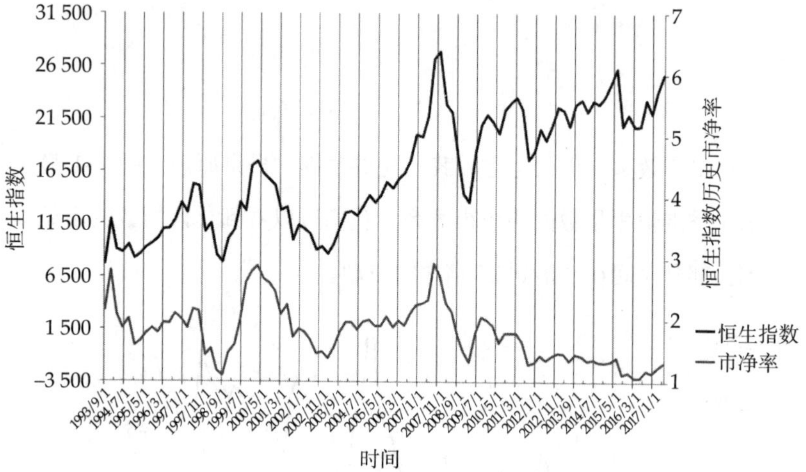

图 1–2　恒生指数与历史市净率

数据来源：彭博

图 1–3 显示了上证指数的历史市盈率，我们可以看到，与成熟市场相比，该指数的估值波动更大，其市盈率在 10 倍到 60 倍

① 由于通货膨胀和 GDP（国内生产总值）增长的原因，长期来看指数值会越来越高，而市盈率和市净率是估值指标，它们不会像指数值那样越来越高，而是会在一个相对固定的区间内反复波动。这并不影响指数值与估值指标的相关性。

之间波动。市盈率的高低与指数值的高低有明显的相关性。市盈率越高，指数未来越容易下跌；市盈率越低，指数未来越容易上涨。

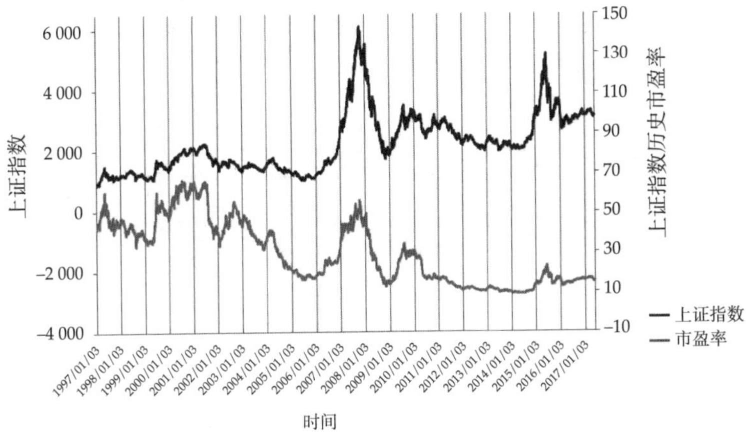

图 1–3 上证指数与历史市盈率

数据来源：Wind

图 1–4 显示了上证指数的历史市净率，我们可以看到，与成熟市场相比，该指数的估值波动更大，其市净率在 1 倍到 7 倍之间波动。市净率的高低与指数值的高低有明显的相关性。市净率越高，指数未来越容易下跌；市净率越低，指数未来越容易上涨。

通过以上数据，我们可以知道如下两点。

1. 从市盈率的角度看，当市场整体市盈率低于 10 倍时，就存在明确的系统性机会；当市场整体市盈率高于 20 倍时，就存在明确的系统性风险。

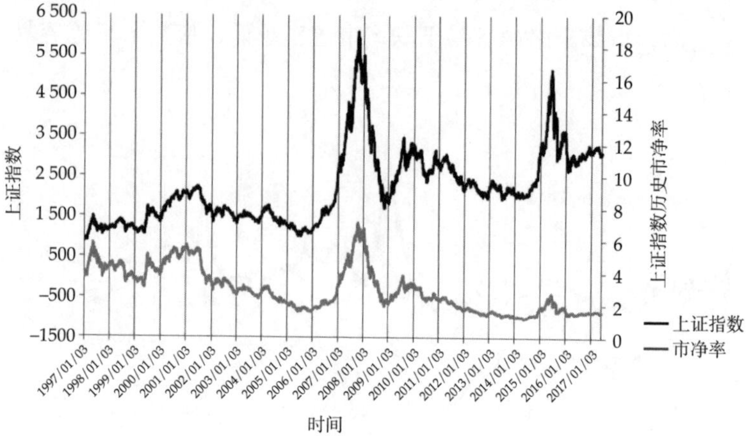

图 1–4　上证指数与历史市净率

数据来源：Wind

2. 从市净率的角度看，当市场整体市净率在 1 倍左右时，就存在明确的系统性机会；当市场整体市净率高于 2 倍时，就存在明确的系统性风险。

与国际市场相比，A 股市场的估值波动较大，这是发展阶段的问题。纽约、香港等成熟市场在早期阶段也和 A 股市场一样，有着较为剧烈的估值波动。

随着 A 股市场日益成熟，长期来看，它的估值中枢向成熟市场靠拢是大概率事件。话虽如此，但在实际操作中，我们完全不必以此判断作为行动的依据，因为无论 A 股市场在下一次牛市顶峰时的市盈率水平达到 20 倍、30 倍还是 40 倍，我们在整体市盈率低于 10 倍时开始投资，高于 20 倍时退出，总是没有错的；同样，无论它在下一次牛市顶峰时的市净率水平达到 2 倍、3 倍还是4倍，我们在整体市净率接近1倍时开始投资，超过2倍时退出，总是没有错的。

需要注意的是，我们根据估值来判断系统性机会与风险，并不是为了预测未来的走势，而是为了做出当下最好的选择。当我们在估值很低时进入一个市场，它未来有可能继续下跌，也可能持续几年不涨不跌，反之亦然。

事实上，我们几乎不可能买在最低点，更不可能买在上涨前夜；我们也不可能卖在最高点，更不可能卖在下跌前夜。然而即便如此，我们依然应该选择在估值足够低时进入市场，在估值足够高时退出市场，因为这就是“当下最好的选择”——我们不知道未来去往何方，但必须清楚自己身在何处！

通过上述内容，我们了解到如何用市盈率、市净率这两个估值指标来识别系统性机会与系统性风险。这是“绝对估值”的应用。

然而，这两个指标并不仅仅是用来识别系统性机会与系统性风险的工具，它们本身也能帮助我们获得超额收益。接下来，我们谈谈“相对估值”的应用。

表1–1列出了申万风格指数所代表的不同投资组合从2000年至2019年的历史收益情况。在这将近20年的时间里，上证指数的年化收益率为5.61%。[①]而低市盈率指数的年化收益率为10.15%，低市净率指数的年化收益率为9.19%，两者的回报率远高于上证指数；与此同时，高市盈率指数的年化收益率为

① 上证指数的回报率没有计算分红，其实际回报率要比4.79%高出1~2个百分点。

–1.19%，高市净率指数的年化收益率为 1.78%，两者的回报率远低于上证指数。

表 1–1　申万风格指数所代表的不同投资组合的历史收益情况（单位：%）

名称	总收益率	年化收益率
低市盈率指数①	575	10.15
低市净率指数②	467	9.19
上证指数	194	5.61
高市盈率指数	–21	–1.19
高市净率指数	42	1.78

数据来源：申万风格指数

我们可以看到，市盈率、市净率的高低与投资回报率的高低有着极为明显的相关性。这种估值与投资回报率的相关性在世界各大证券市场均有体现，绝不是 A 股市场独有的现象。相关数据可查考《证券分析》《投资者的未来》《机构投资的创新之路》等

---

① 市盈率指数编制方法：市盈率指数成分股每年调整两次，5 月第 1 周最后一个交易日（及 9 月第 1 周最后一个交易日）计算向前 10 个交易日的平均市盈率，并按照规则确定新成分股；5 月第 2 周第一个交易日（及 9 月第 2 周第一个交易日）公布成分股调整名单，正式启用新成分股。成分股按照如下规则调整：剔除亏损股以及市盈率高于 500 倍的股票，平均市盈率最高的 200 只股票作为高市盈率指数成分股，平均市盈率最低的 200 只股票作为低市盈率指数成分股。

② 市净率指数编制方法：市净率指数成分股每年调整两次，6 月 20 日（及 12 月 20 日）计算向前 10 个交易日的平均市净率，并按照规则确定新成分股；6 月 21 日（及 12 月 21 日）公布成分股调整名单；7 月的第 1 个交易日和 1 月的第 1 个交易日正式启用新成分股。成分股按照如下规则调整：剔除净资产为负的股票，根据平均市净率选择成分股，平均市净率最高的 200 只股票作为高市净率指数成分股，平均市净率最低的 200 只股票作为低市净率指数成分股。

著作。

我们不必花费大量的时间和精力去研究行业、分析公司，只需要简单地构建出一个低估值的投资组合，就能获得远高于市场平均水平的超额收益。

需要说明的是，以上成绩是在完全不对系统性机会与系统性风险进行识别的前提下所取得的。也就是说，上述几个投资组合不会在市场整体估值过高时退出市场，而是能完整地承受市场的全部波动。在 1999 年至 2019 年期间，上述组合完全承受了 2007 年、2009 年和 2015 年的暴涨，同时也完全承受了随之而来的暴跌。然而在实际操作中，基于对估值的深刻理解，我们可以在很大程度上规避系统性风险带来的伤害，从而取得更高的投资回报。

本章小结

1. 通过市盈率、市净率的高低，我们可以有效识别市场的系统性机会与系统性风险。

2. 通过构建低市盈率、低市净率的投资组合，我们可以获取远高于市场平均水平的超额收益。

3. 在实际操作中，将 1 与 2 结合使用，在系统性机会期进入市场，在系统性风险期退出市场，同时，在进入市场时构建一个低估值的投资组合，将取得比单独使用 1 或 2 更加卓越的成绩。

第二章　估值的原理

为什么参考“市盈率”和“市净率”这两个指标在实践中如此有效？道理很简单，因为现实世界本身就是这样的。

这些年笔者接触过大量投资者，除了少数职业投资者，做投资的人来自各行各业。一个有趣的现象是，投资者在现实世界中积累的智慧，很难在证券市场中得到有效的应用。企业家和会计师这两个职业，在证券投资领域看上去似乎具有天然的优势，然而根据笔者的观察，这两个职业对投资并没有帮助，会计师总是担心公司做假，企业家往往对自己在某些领域的判断力过度自信。让人感到意外的是，工程师这个职业似乎对证券投资有或多或少的帮助，工程师的思维有时能帮助他们在繁复的系统中抓取到一些有助于盈利的因子。然而如果缺乏将证券市场与现实世界打通的洞见，这种对盈利因子的追求就很容易导致本末倒置，从而带来更大的损失。

要做好证券投资，我们必须先弄清楚证券市场与现实世界的关系。股票，是上市公司的所有权，上市公司的本质不是上市，而是公司！证券市场只不过是一个让投资方和融资方交易更加方便的平台而已。一家家上市公司就是一宗宗生意，从原理上说，全聚德与你家楼下的小饭馆没有区别，丽思卡尔顿酒店与学校门口的钟点房也没有区别。它们都是生意！买了某家上市公司的股票，你就成了它的股东，或者它的股东中的一个。

明白了这一点，接下来的内容就很容易理解了。任何公司的股东想从公司中获得回报，都有且只有两种可行的方式：经营和清算。对于投资者而言，同一家公司有两种评估其价值的视角，即“经营价值”和“清算价值”。

假设你某天买彩票中了大奖（买彩票是我能想到的最差的投资方式之一，恭喜你被上天选中了），作为一个谦卑、克己的合格现代人，你没有把奖金用在毒品和赌博上。了不起！你过了第一关！同时，你又是一个懂得为未来做打算的人，不想把钱放在银行，让通货膨胀腐蚀你的财富。于是你做出了决定，你要拿出奖金的一部分，去收购你家楼下的小餐厅。

接下来，你要如何考虑这件事呢？正常情况下，生意人的思维是这样的：他要知道这家餐厅每年能赚多少钱，说得专业一点儿，就是每年能产生多少净利润。假设这家餐厅每年能盈利 10 万元，那么你愿意花多少钱去收购它呢？这个问题没有标准答案。通常收购一家公司的价格，会落在年均净利润的数倍到数十倍之间。这是一个评估公司价值的极重要的视角，它着眼于公司的“经营价值”。

经过几次气氛尴尬但还算顺利的磋商，你成了这家店的主人，这花费了你 60 万元。

三年过去了，这家店经营得不好不坏，这几年菜价和肉价不断上涨，员工也要求你给他们涨工资。你心里很不情愿，当然，没有人在乎你的感受。你从不关心电视里那些专家所说的什么人口红利下降的言论，你的直观感受就是，同样的价格再也招不到几年前那种五官端正、口齿伶俐的服务员小哥了。你的餐厅档次虽然不高，但你也绝不想让它跌入"苍蝇馆子"的行列，于是你花更多的钱，购买与以往同样质量的食材；花更多的钱，雇用同等素质的员工。很多事情似乎都对你不利，不过没关系。"我们不生产食物，我们只是食物的搬运工。"你这样告诉你的顾客，然后上调了菜价。

你兢兢业业地经营自己的生意，餐厅每年的盈利从 10 万元增长到 12 万元，跑赢了通货膨胀一点点，你很欣慰。

天有不测风云，由于某种原因，你的餐厅所在的街道不能再进行餐饮类经营了，你必须在短时间内把餐厅关掉。根据估算，你的餐厅值钱的东西如下：一些七成新的桌椅板凳、一些白酒、厨房里完整的专业厨具和一份未到期的租约（根据合同约定，如果因不可抗力导致需要提前退租，你能够收回一部分预付的房租）。这些就是餐厅里能变现的全部东西了，你用这些东西换回了 20 万元现金。这就是评估公司价值的另一个重要视角，它着眼于公司的"清算价值"。

你心情很差。三年前你花 60 万元买下这家餐厅，这三年之中，该餐厅总共为你贡献了 33 万元的净利润[①]，最后你将所有东西变卖，获得了 20 万元现金。经过三年的辛苦劳作，你总共亏损 7 万元！

为什么会这样？你的运气有点儿差。你中过大奖，如果运气是守恒的，那么你这辈子的运气恐怕已经被用完了。当然，我们都知道运气守恒定律是不科学的，过去的运气不会影响未来的运气。所以我还是得说你的运气有点儿差，至少在这宗生意上是这样的。然而更重要的是，这家餐厅你买贵了！一家每年盈利 10 万元的街边小店，你花了 60 万元将它收入囊中，这不太明智。当然，由于你的第一桶金是天上掉下来的，没有经历过正常的原始积累，犯一点儿小错是正常的，就当是交学费吧。

在这个过程中，你至少学到了以下几点：

1. 用经营价值和清算价值去评估同一家公司，可能会得出不同的结论。
2. 经营价值成立的前提是公司能够永续经营。
3. 相比于经营价值，清算价值更可靠。

在上述案例中，买家的主要错误在于没有考虑经营的风险。其实通过生活中的观察我们很容易知道，一家小餐厅能够持续经营 10 年以上的情况是十分罕见的。根据统计，95% 的创业公司从诞生到死亡的周期不超过 5 年。越小的公司越容易死，这是一个普遍规律。我们可以想象一下，10 年以后，中国石油天然气

① 第一年 10 万元，第二年 11 万元，第三年 12 万元。

集团仍然存活的概率是多少？小区门口某家打印店仍然存活的概率又是多少？大公司与小公司的预期寿命相差很多，所以在用经营价值（或者市盈率）去估值时，结果会相差很多。比如你去收购上述案例中每年盈利 10 万元的小餐厅，花 60 万元的代价（即 6 倍市盈率）显然太高了。然而如果你收购的对象是全聚德、北京饭店、国贸商城这一级别的公司，即使给出的价格在 10 倍市盈率以上，也很难说是愚蠢的。存活能力越强的公司，经营价值越高。

有趣的是，按照清算价值来评估的话，大公司和小公司的算法则毫无差异。中国石油天然气集团的一包 A4 纸，和打印店的一包 A4 纸完全等价。相比于经营价值，清算价值是一种更加保守的估值方法，它只在乎当下能够得到的东西，不对未来做任何预期。

如果我们总是以低于清算价值的价格去购买资产，那么长期来看，亏损将是一个几乎不可能完成的任务。在股市中，代表清算价值的指标是市净率，如果市净率小于 1 倍，就意味着这家公司的交易价格低于其净资产，通常这也意味着它的交易价格低于其清算价值。[①] 这个指标非常重要，请牢牢记住。

试想一下，如果你当年是用 15 万元买下上述那家餐厅的，

---

① 净资产，也叫账面价值。理论上，公司的清算价值与账面价值应当一致，但实际上，清算价值与账面价值只是近似的关系，由于清算费用的存在，多数公司的清算价值略低于其账面价值。但也有不少公司，由于未将资产的增值部分记入报表，这导致其清算价值高于账面价值。

那么现在会是什么境况呢？也许你会觉得，世界上不可能有这种好事，而事实上这种事情是存在的，并且在证券市场中更加普遍。证券市场是个高度情绪化的市场，很多投资者根本不把上市公司当成生意来看待，股票明明是股，上市之后，却成了票。这就导致证券市场估值的上下两极比现实世界更加极端。有时我们会看到某些公司的市净率高达几十倍，而有时投资者却能以 0.7 倍甚至 0.5 倍的市净率买到优质公司的股权。更有甚者，在我国的香港市场，竟然还能批量出现市净率低于 0.3 倍的大型民企、国企甚至央企的股票。投资者具体怎样才能从这些极端的情况中获利，之后的章节会对此进行详细的介绍。

如果我们拥有了对系统性机会与系统性风险的识别能力，那么即使我们选股水平一般，不懂动态再平衡，也不会使用其他复杂的投资工具，长期来看也是有很大的概率可以赚到钱的。只不过如果我们仅达到这个级别，那么赚钱的过程会非常凶险和痛苦。接下来在投资体系的第二层级，我们就来详细地说明如何将那些潜在的凶险与痛苦化于无形。

附:《投资要义》第一版出版于 2017 年 10 月，根据过去三年与读者的沟通，我发现用上述小餐厅的案例来对“经营价值”和“清算价值”的原理进行说明，仍然不够简洁。

下面我将尝试用更加简洁的案例，对这个原理做出更加深刻的说明。

金铺商人的烦恼

现在假设你是一位开金铺的商人，你在一条不算冷清却也不怎么热闹的街道旁开了一家金铺。这家店是你自己开的，你拥有100%的股权，同时没有负债。这家店里所有的金银饰品加在一起，价值是1 000万元。如果你用心经营这家店，那么每年能赚到100万元的净利润。现在请问，你把这家店拿到市场上出售，能卖多少钱？

现实生活中，这家店正常情况下能卖到1 000万到1 500万元之间。为什么能卖到1 000万元？很好理解，因为这家店里的金银饰品就值1 000万元。为什么也可能卖到1 500万元？因为如果好好经营这家店，每年就能赚100万元的净利润，用1 500万元去收购一家店，每年赚100万元，静态回报率是6.7%，对于一些胆子比较大的人来说，也是勉强可以接受的。价格再高，就很难成交了。这家店究竟值1 000万元还是1 500万元，并不是我们要讨论的问题。重点在于，无论如何，在现实生活中，绝对不会有人以500万元的价格把这家店卖给你，你也永远不会有机会以5 000万元的价格把它卖给别人！然而当你来到证券市场后，你会发现这几乎是每时每刻都在发生的事情。

如果你在证券市场有一定的经验，那么你肯定会发现一个现象：在牛市中，随便什么股票的价格都能翻好几倍，但与此同时，市场中有90%的投资者都是不赚钱的。那么，亏钱的人究竟是怎么把钱亏掉的呢？

根据我的观察，大部分亏钱的投资者亏钱的过程是这样的：他花10元买了一只股票，股价先跌到3元，然后遇到牛市。牛市中随便什么股票的价格都能翻几倍，于是他的股票价格也从3元涨到了9元。

相比之下，赚钱的投资者，是怎么把钱赚到的呢？同样花10元买了一只股票，他买的股票价格跌到8元就不跌了，然后遇到牛市。牛市中随便什么股票都能翻几倍，于是他的股票价格也从8元涨到了24元。很多时候，在股票市场赚钱还是亏钱，不是取决于牛市中谁赚得多，而是取决于熊市中谁亏得少。

世界上的股票分两种，一种是可以涨很多也可以跌很多的，另一种是可以涨很多但不会跌太多的。请记住，世界上没有不能涨的股票！所以，我们在做投资的时候，首先要往下看，往坏处想。君子问凶不问吉。

说到这里，接下来的问题就是：如何找到可以涨很多，但不会跌太多的股票呢？其实方法很简单，你只需要关注“市盈率”和“市净率”这两个指标。

还是回到金铺的案例。你是一家金铺的老板，现在你为了扩大自己的商业版图，决定收购街对面的另一家金铺。这个时候，你心里是怎么想的？一时间你可能会冒出很多思绪，但如果你真的让自己置身于情境之中，那么最终你会发现，你真正关心的问题只有两个：

1. 我经营这家店，每年能赚多少钱。

2. 假设有一天我不干了，把这家店卖出去，能收回多少钱。

关注经营这家店每年能赚多少钱，这就是市盈率的思维；关注把店卖掉能收回多少钱，这就是市净率的思维。

如果一家金铺每年能赚100万元，你花1 000万元买下它，市盈率就是10倍。具体算法是：1 000万元 ÷100万元 =10倍。

所以到了证券市场，我们要想计算一家上市公司的市盈率，计算公式就是：总市值 ÷ 年度净利润 = 市盈率。

如果一家金铺拥有的金银饰品总价值1 000万元[①]，你花1 000万元买下它，市净率就是1倍。具体算法是：1 000万元 ÷1 000万元 =1倍。

刚才说到，一家净资产1 000万元的金铺，你在现实生活中永远不可能以500万元的价格买到，也永远不可能以5 000万元的价格把它卖给别

① 为方便计算，假定这些金银饰品就是这家店的全部净资产。

人，但是在证券市场却可以！那么，对于这家净资产 1 000 万元的金铺，500 万元和 5 000 万元两个价格对应的市净率，分别是多少倍呢？

如果有人用 500 万元买下这家店，市净率就是 500 万元 ÷1 000 万元 =0.5 倍；

如果有人用 5 000 万元买下这家店，市净率就是 5 000 万元 ÷1 000 万元 =5 倍。

所以到了证券市场，我们要想计算一家上市公司的市净率，计算公式就是：总市值 ÷ 当前净资产 = 市净率。

同样是一家净资产 1 000 万元的金铺，花 500 万元买下它的人，和花 5 000 万元买下它的人，在现实世界中，分别会面临什么呢？用基本常识思考就能知道，前者会赚得盆满钵满，而后者会输得血本无归。正是因为结果太过明显，所以这两种情况在现实世界根本就不会发生。可是刚才我们说过，这两种情况到了证券市场，却几乎每时每刻都在出现，这是为什么？

这种局面是由很多原因造成的，但最重要的原因是以下三点：

1. 投资者的认识

2. 激励机制

3. 杠杆

我们一条一条说明。

- **投资者的认识**

先看第一条，投资者的认识。假设你随便走进一个交易大厅，问大家一个问题：股票是股还是票？多数人会认为是票。少数人嘴上会说是股，但从行为上也会把股票当成票。“炒股”这个词，其实更严谨的说法，应该叫“炒票”。还是回到金铺的例子，在现实生活中，有一家净资产 1 000 万元的金铺以 500 万元的价格出售，人们想的是“买到就是赚到”。而到了证券市场，一家净资产 1 000 亿元的上市公司以 500 亿元的价格出售，人们想的是“下个星期会不会再跌 20%”？

同样，在现实生活中，一家净资产1 000万元的金铺以5 000万元的价格出售，人们想的是“谁买谁是傻子”。而到了证券市场，一家净资产1 000亿元的上市公司以5 000亿元的价格出售，人们想的是“下个星期会不会再涨20%”?

上市公司的本质不是上市，而是公司！证券市场只不过是一个让交易更加方便的平台而已。然而，一旦交易方便到了一定程度，人们就很容易忘记投资的本质，反过来把交易本身当成目的。

证券市场永远不会脱离真实世界，它只是真实世界的延伸和放大，然而就是这种延伸和放大，让无数投资者眼花缭乱，难以自拔。

现实中，一家净资产1 000万元的金铺根本不会有人以500万元的价格卖给你，但是在证券市场，你不光能用500万元买到它，而且买完之后，下个星期它的价格还真的有可能跌到400万元。

现实中，你根本没机会把一家净资产1 000万元的金铺以5 000万元的价格卖给别人，但是在证券市场，你不光能卖到这个价格，而且卖完之后，下个星期它的价格还真的有可能涨到6 000万元。

客观情况就是如此，接下来的问题是——你该怎么办？我的答案很简单，只买低市盈率和低市净率的股票，尊重股的价值，利用票的价格。忍受短期波动，追求长期收益。

说到这里，肯定有人会问：既然证券市场的价格波动如此混乱，那我们怎么知道我们用500万元买下这家金铺后，最终真的能赚到钱呢？请记住，证券市场的价格波动只是剧烈，而不是混乱。刚才我们说过，证券市场永远不会脱离真实世界，它只是真实世界的放大版，而不是魔幻宇宙中的另一个世界。

这也就是为什么，那些巨型央企的市值会在几千亿元到几万亿元之间波动，而那些创业型的小公司的市值只能在几亿元到几十亿元之间波动。关于这一点，巴菲特曾经讲过一个很生动的例子。他说内在价值与股票价格的关系，就像一个人牵着绳子在遛狗，小狗围着主人跑来跑去，有时候在主人前面，有时候在主人后面，但是无论怎么跑，它最终总会回到主人身边。

- **激励机制**

股票在证券市场会出现很极端的估值水平，第二个原因，就是激励机制的问题。金融机构在考核一个基金经理时，会综合考虑很多指标。但在多数情况下，最重要的一个指标是——排名。也就是说，相对于同类型的其他基金，该基金经理管理的基金的业绩排在什么位置。看重排名本身并不是问题，这个世界上所有杰出的投资者，他们的业绩一定是远远高于同行的平均水准的。问题在于，我们考察的周期太短了。很多基金公司都是一个月一次小排名，三个月一次中排名，一年一次大排名。通常来说，对一位基金经理而言，年度排名就是最重要的排名了，因为如果在年度排名中的位置太难看，那么他下一年可能就不是基金经理了。于是，当他看到一家净资产 1 000 万元的金铺以 500 万元的价格出售时，他必须去想，下个月会不会再跌 20%？反过来也是一样。所以我们在历史上无数次看到，当股市处于低位的时候，反而是基金公司股票仓位最低的时候，而当股市处于极高位的时候，反而是基金公司股票仓位最高的时候。基金经理真的不会估值吗？至少不是全都不会。我刚入行的时候，有位前辈教给我一句华尔街的名言——“只要音乐在响，我们就必须跳舞”。现在想来，还是有些辛酸。

过度追求短期排名带来的危害还不止于此。我们想象这样一种场景：假设现在是某年的 10 月份，这时一位基金经理发现，自己当前的年度排名位于同行中的后 5%，这个时候他会怎么做呢？每个机构的奖惩机制会略有不同，但整体的逻辑基本都是奖励排名靠前的，惩罚排名靠后的。为方便说明，我们假定这位基金经理所在的机构会开除掉排名处于后 10% 的基金经理，那么这种情况下，出于自利的目的，这位基金经理最理性的选择，就是主动放大自己所管理的资产的价格波动率，哪怕双向放大也是值得的，因为反正排在后 10% 就会被开除。主动放大波动率，万一赌赢了，说不定还能排到前10%去。

想要主动放大波动率，通常有三种最常见的做法：

1. 买概念股。

2. 提高交易频率。

3. 举债投资。

这三种做法对基金的持有人显然都是没有好处的。但是在特定情况下，对基金经理有好处。这绝不仅仅是国内的问题，全世界都一样。要解决这个问题，一个比较有效的方法是要求基金经理本人用自己的钱跟投。自己的钱也在里面，就不太容易胡来。这种模式目前普及度还不是很高，但长期来看，更科学的管理模式会逐渐占有更高的市场份额。

肯定有人会问：为什么不能改进一下奖惩机制？用更长的周期，比如五年、十年来考核一个基金经理不行吗？其实，对基金经理的奖惩机制，表面上看是金融机构制定的，但从根源上说，是客户制定的。如果基金的投资人总是赎回过去一年排名靠后的基金，申购过去一年排名靠前的基金，那么基金公司的奖惩机制是没有条件改变的。从更大的尺度上看，基金公司和基金经理一样，也只是大海中随波逐流的一叶孤舟而已。

有没有基金公司或基金经理能跳出这个诅咒呢？有，但跳出这个诅咒是有代价的，代价通常是牺牲规模，同时这也意味着他们没什么知名度。

在美国，有一位名叫沃尔特·施洛斯的基金经理，他在1956年至2002年的47年里，为投资者创造了788倍的回报。这样一位基业长青的投资大师，即便在美国，也没几个人听说过。如果不是因为他有一位名叫巴菲特的师弟，或许历史根本不会留下他的名字。这位默默无闻的投资者已于2012年去世，在他的公司最臃肿的时候，员工总人数曾达到2人之多，一个是他本人，另一个是他的儿子。

- **杠杆**

证券市场容易出现极端价格的第三个原因，在于有太多投资者使用了杠杆。假设一个投资者自己拥有100万元的本金，然后又找券商借了100万元，接着他用总共200万元的资金买入了一只每股价格为10元的股票。那么当这只股票的价格跌到5元时，这位投资者自己的本金其实已经亏光了（为了方便计算，此处忽略融资的利息），这个时候，不管这只价格5元的股票是否被低估，也不管投资者心里愿不愿意卖出，但是行为上，他必须卖。在实际操作中，基于自我保护的需要，券商根本不会等到股票价格跌到5元，在跌到6.5元左右时，券商就会强行卖掉投资者的股票，用于偿还他的借款。

举债投资的行为，会在市场上涨时，撬动更多资金使上涨更为猛烈，同时也会在市场下跌时，让更多的人被迫卖出手中的资产。

本章小结

1. 要做好证券投资，我们不能只盯着证券市场，而是要拥有将证券市场和现实世界打通的洞见。

2. 证券市场的资产价格波动大，主要是投资者的认识、激励机制和杠杆这三个因素导致的。

第二层级：

资产配置和动态再平衡

投资体系的第二层级，是资产配置和动态再平衡。

在第一层级中，我们学会了识别系统性风险，这个技能可以保护我们的资产在熊市中不受太大的损伤。但市场除了系统性风险，还有非系统性风险。通常系统性风险是指市场整体的风险，而非系统性风险，指的是单个投资标的本身的风险。比如你买了一家公司的股票，这家公司破产了；或者它在某国的资产被当地政府强制征收了；再或者它的董事长喜欢爬雪山，这些都是非系统性风险。这些风险不是靠单纯的低估值就能化解的。这时，就需要引入资产配置的概念。

第三章　资产配置

01 资产配置概述

资产配置最简单的应用就是分散化。理论上，我们持有的任何一只股票都有可能成为下一个雷曼兄弟。而当我们任意选择五只股票时，恰好同时选到雷曼兄弟、贝尔斯登、房地美、房利美和通用汽车（这五家公司在 2008 年美国次贷危机中破产，雷曼兄弟的倒台更将市场的恐慌情绪推向高潮）的概率，小于我们走在大街上被通用汽车撞飞的概率。当我们同时持有十几只甚至几十只股票时，这些公司在同一个牛熊周期内全部破产的概率基本可以忽略不计。适度的分散投资，可以让我们在不减少收益的情况下降低风险。作为保守的投资者，我们要坚守一个信念：低估值，分散化，走遍天下都不怕。

很多人把“分散投资”简单地理解为：将资金分成很多份，

然后买入不同的东西。这种理解没有错，但不够深刻。如果仅理解到这个层面，在实践中就会遇到许多难以处理的问题。我们将资产配置由低到高分成三个维度：第一个维度是“单类资产的内部配置”；第二个维度是“大类资产配置”；第三个维度是“不同市场间的资产配置”。

02 单类资产的内部配置

资产配置的分散化是需要逻辑和条理的，并不是简单地买一大堆东西就行了。以股票投资为例，有些人用全部资金买入强相关的资产（比如十只地产股），却误以为自己是在分散投资。事实上，想要有效地分散风险，我们必须让自己的资产广泛分布于各个不同的行业。在实际操作中，笔者会对个股和行业的配置设置严格的上限。每只股票不能超过资产的5%，每个行业不能超过资产的20%。

很多人认为，分散投资一定会降低收益，这或许源于某位投资大师说过的一句误导性极强的话：“你为什么要买入自己第十看好的股票，而不是把全部资金放在你第一看好的股票上？”其实作为一个普通人，你看好的股票，能够好于你看衰的股票，已经很不容易了。如果能确保你第一看好的股票，一定会好于你第十看好的股票，那么这基本上就是神的境界。事实上，上文中那句霸气十足的话，的确是出自一位被我们称为“股神”的老人。

更多人不愿意进行分散投资的原因是：我们没有精力去了解

太多行业，分析太多公司。笔者在这里提出一个与流行观念相左的看法：对于 99% 的投资者而言，分析公司是没用的，甚至可能带来负面的效果。

很多投资者对自己重仓持有的股票信心满满，问其原因，答曰："我已经对这家公司做了深入的研究。"问题是，我们的研究与真理的转换率是百分之多少？董事长每天都在研究战略，首席执行官每天都在研究管理，皇帝每天都在研究如何确保江山万年。如果研究都是有效的，就不会有改朝换代了。

很多投资者，太过重视自己的研究成果，却很少考虑自己在世界中的位置。然而那些站在世界顶端的人，他们的智慧真的达到了足以洞见未来的程度吗？投资的最优策略，不是磨剑十年，毕其功于一役；而是小注慢赌，实现大概率下的平均赢。

人类普遍具有高估自己能力的倾向。统计表明，80% 的司机认为自己的驾驶技术高于平均水平。刚才说到对于 99% 的人来说，分析公司是没用的。相信会有一部分读者会心一笑，认为自己显然属于另外的 1%。可以确信的是，有这个想法的人一定超过 1%。

笔者提出分析公司没有用，想必会有不少读者认为，笔者之所以得出这个结论，是因为笔者本人分析公司的能力较差。这一点不可否认，笔者分析公司的水准的确很难算是优秀。这里提供一篇笔者于 2011 年发表于《证券市场周刊》的研究报告，作为一个衡量参考。

万科的投资机会

本刊特约作者 刘诚 / 文

房地产市场的持续调控使未来房价、地价的走势难以判断，这也是投资者对地产股望而却步的重要原因之一。笔者同样对预测房价无能为力，但投资不是占卜，我们只需要找到在任何恶劣环境下都能顽强生存、健康成长的企业。如同天气对农民的收成至关重要，但一个好农民不会抬着头种地一样。

如果未来房地产市场持续低迷，那么或许将是对万科（000002.SZ）最有利的情况。目前万科账面保留约 340 亿元现金，且采取带头降价加速回款的销售策略，正是为此而做的准备。

- **真实利润远高于报表利润**

截至 2011 年第三季度末，万科预收账款共计 1 228 亿元，而前三季度结算的销售收入不足 300 亿元。预收账款是上市公司用来调节利润的常用工具，有心者可以去观察一下贵州茅台（600519.SH）历年预收账款的变化。

基于此，在估算公司实际净利润时，投资者不妨以销售金额作为参考。需要说明的是，“销售收入”是指会计收入，它可以在不同年度中进行调节。“销售金额”则是当年实际发生的收入。也就是说，销售收入中可能包含部分去年未结算的销售金额，可能未包含当年全部的销售金额，也可能两种情况同时存在。销售金额中未结算成销售收入的部分，体现在“预收账款”项下。

2010 年万科的销售面积达到 897.7 万平方米，销售金额突破千亿元，达到 1 082 亿元，而利润表中的结算收入仅为 507.14 亿元。当年年报显示，已结算部分的净利润率为 14.36%。未结算部分无法得知其成本结构，保守起见，全年净利润率按 12% 计算，则 2010 年实际净利润可达 130 亿元。不过，当年年报显示的净利润为 72.8 亿元。

2011 年，万科销售金额超过 1 200 亿元已没有太多悬念。据其官网显示，当年前 11 个月，万科累计实现销售面积 1 015.3 万平方米，销售金额 1 157.2 亿元，而利润表中的结算收入仅为 293.08 亿元。2011 年三季报显示，万科已结算部分净利润率为 12.23%。仍按 12% 的净利润率计算，则万科 2011 年实际净利润有望超过 144 亿元。

仍按照 12% 的净利润率来计算是比较保守的。这是因为地产企业的财务费用可以以资本化的方式计入成本，但营业费用和管理费用则必须全额计算为当期费用。即万科 2011 年前三季度的销售金额绝大部分未计入利润表，而营业费用及管理费用却已全部计入利润表。这会导致净利润率虚低。

- **高负债不足惧**

2011 年半年报显示，万科在 2011 年 6 月进行的两年期信托借款，年利率为 11.5%，其借款成本高于保利地产（600048.SH）等大型国有地产企业，低于中小型地产公司（如表 3–1、表 3–2 所示）。

表 3–1　万科的借款成本

金额前五名的长期借款：

贷款单位	借款起始日	借款终止日	币种	合同利率（%）	2011 年 6 月 30 日（元）	2011 年 12 月 31 日（元）
信托借款	2011-4-29	2013-4-28	人民币	11.60	1 500 000 000.00	–
信托借款	2011-6-14	2013-6-14	人民币	11.50	1 200 000 000.00	–
信托借款	2011-4-11	2013-4-11	人民币	11.00	1 000 000 000.00	–
委托借款	2010-9-28	2012-9-28	人民币	10.50	1 000 000 000.00	1 000 000 000.00
委托借款	2010-9-28	2012-9-28	人民币	11.00	1 000 000 000.00	1 000 000 000.00
合计					5 700 000 000.00	2 000 000 000.00

数据来源：万科 2011 年半年报

表 3-2　保利的借款成本

金额前五名的长期借款：

贷款单位	借款起始日	借款终止日	币种	利率（%）	期末余额		期初余额	
					外币金额	本币金额（元）	外币金额	本币金额（元）
中信银行尚都国际中心支行	2010.09.16	2015.09.16	人民币	6.026		1 630 000 000.00		400 000 000.00
中信银行广州分行	2011.01.13	2021.01.12	人民币	6.400		1 500 000 000.00		
中国银行广州东山支行	2010.04.02	2020.04.02	人民币	5.940		1 230 000 000.00		1 230 000 000.00
中国农业银行佛山南海支行	2010.05.18	2013.05.18	人民币	6.300		1 000 000 000.00		1 000 000 000.00
中国农业银行北京开发区支行	2010.06.22	2013.06.22	人民币	5.985		970 000 00.00		1 100 000 000.00
合计						6 330 000 000.00		3 720 000 000.00

数据来源：保利地产 2011 年半年报

2011 年三季报显示，万科负债总额为 2 236.52 亿元，资产负债率为 78.97%。乍一看令人担忧，但仔细分析负债结构便可以发现，其中预收账款 1 228.15 亿元，应付账款 204.8 亿元，其他应付款 252.74 亿元，而真正的有息负债（短期借款 + 长期借款 + 应付债券）仅有 290.86 亿元，其中短期借款仅 9.21 亿元。

同期，保利地产的负债总额为 1 581.10 亿元，资产负债率为 80.07%。其中预收账款 795.07 亿元，应付账款 54.46 亿元，其他应付款 95.33 亿元。有息负债 591.33 亿元，其中短期借款为 24.13 亿元。所有负债都是需要偿还的，但不同类型的负债对企业造成的财务压力完全不同。尤其是占负债比例最高的预收账款，是客户预先支付的购房款，按照规定，只有当楼盘封顶之后，方可预售。所以预收账款几乎不会带来任何风险。应付账款与其他应付款，主要是与生意伙伴的往来款，交付时间弹性较大，还款压力大于预收账款，但小于银行借款及债券。

万科 2011 年三季报显示，其预付账款 + 应收账款 + 其他应收款约 450 亿元，预收账款 + 应付账款 + 其他应付款为 1 686 亿元。从会计应用的角度来说，预付账款基本为上游供应商占用万科的款项，应收账款和其他应收款基本为下游客户占用万科的款项；而预收账款基本为万科占用下游客户的款项，应付账款和其他应付款是万科占用上游供应商的款项。

也就是说，万科占用他人资金 1 686 亿元，被他人占用资金 450 亿元，净占用他人资金为 1 236 亿元。净占用他人资金占销售额比例为 106.8%。

同期，保利地产占用他人资金 944.86 亿元，被他人占用资金 208.94 亿元，净占用他人资金为 735.92 亿元。净占用他人资金占销售额比例为 108.83%。

净占用他人资金的多寡是一个衡量企业竞争力的常用指标，优秀的企业往往表现出比同行更加强大的占款能力。

- **剩者为王**

地产，是一个剩者为王的行业。只要城市化率以每年 1% 左右的速度增加，在城市化率达到 70% 之前，每年 1 000 万套的商品房开发量是可以保障的。全国房地产公司有几万家之多，其中相当一部分并非专业的地产企业，而是抱着投机的心态来“分蛋糕”的。严厉的调控政策势必会将它们逐出市场。之后，地产行业的“正规军”自然会因竞争对手的急剧减少而占领更大的市场份额。

如果未来房地产市场持续低迷，或许对万科这样的企业最为有利。万科管理层在与投资者的交流中多次提到，他们最担心的情况，就是政策过快转向，导致市场迅速回暖，那样万科低位抄底的目的将无法实现。回顾 2008 年年末，万科高层判断房价出现拐点而放缓拿地速度，同时打折促销，加速回款。然而此后“四万亿计划”等刺激政策相继出台，导致刚刚出现松动的房价加速上涨。保守谨慎的万科未能充分享受那次意料之外的繁荣，2009 年其销售金额增速仅为 32%，远远低于保利（112%）、中海（80%）和金地（85%）的增长速度。不过 2010 年，万科的销售金额增速快速回升到 71%，高于同期保利（53%）、中海（40%）以及金地（34%）。可见，对房价形势的误判并未给万科造成太大的损失。这是万科“滚动开发”的运营方式所产生的效应，总经理郁亮解释过，万科不会因看空房价而做出停止拿地的极端行为，决策时会考虑到判断失误的可能，并控制其后果。

房价上涨或下跌，对万科而言可能都不算糟糕。

若房地产市场持续低迷，万科未来几年的利润增长可能会放缓甚至下滑（此处是指实际利润，而非报表利润），但最终会随着市场份额的快速提升而好转。从历史上看，香港地产巨头都是在市场出现危机时大举扩张，迅速提升行业地位和市场份额的。

若房地产市场快速回暖，万科的利润将稳步增长，虽然抄底低价土地的梦想将成为泡影，但对投资者来说，收入和利润平稳增长可能是更容易接受的结果。以 2011 年毛估的实际净利润 144 亿元来估算，当前万科 B 的动态市盈率仅有 4.6 倍。在产业并购中，这也是一个令人满意的估值水平。

- **此阶段无主要竞争对手**

地产行业虽然有万科、保利、中海、金地等知名企业，但整体而言，还处于群雄并起的阶段。国家统计局数据显示，2010 年全国商品住宅销售额为 43 499 亿元，市场占有率最高的万科，其份额还不到 2.5%。所以，目前阶段的万科并没有主要竞争对手，它的发展几乎不会受到其他地产巨头的制约，反之亦然。

从历史经验看，中国香港地区前三大地产企业的合计市场占有率超过 50%，而美国则低于 15%。很多人用中国的市场与美国对比，笔者认为是不合理的。虽然国土面积相近，但美国房地产市场的情况与中国截然不同。

美国适宜人类居住的土地面积（“七田二水一分山”）远远大于中国（“七山二水一分田”）。而美国人口约为 3.09 亿，中国约为 13.41 亿，是前者的 4.34 倍。

这意味着，中国土地资源的稀缺程度高于美国 10 倍以上，内地的情况可能与香港地区更加类似。笔者认为，未来5年至10年中国内地房地产市场前三大企业合计份额达到25% ~ 30%，是一个可以预见的情况。郁亮在2010年的投资者交流会中表示："我国住宅行业目前的集中度还很低，中国第一大住宅企业的最终占有率应该能达到8% ~ 10%的水平。"

资源越稀缺，行业门槛越高，市场集中度自然也就越高。近几年，随着土地价格的提升，有一批开发商因拿不起地而被淘汰。接下来，若房价上涨乏力，又将有一批运营能力差的开发商被逐出市场。在这样的背景下，万科目前具备足够高的安全边际和成长性。

回头看自己多年前写的东西，感触颇多。很怀念当初那个傻傻地埋头看年报、分析公司的我。时过境迁，如今我已经不信这一套了，文中所写的一些财务知识，如今自己看来甚至有些陌生。回想起来，还是那时的我比较不讨人厌一些。

如果你分析公司的能力尚未达到上述这篇报告的水准，那么很遗憾地告诉你，即使达到了也没用。根据笔者的切身体会，这个段位的研究能力，对于获取投资收益是没有贡献的。

回想2011年撰写这篇报告时，笔者无论如何也预见不到5年之后发生在万科身上的那场举世瞩目的股权争夺战，以及整个管理团队将面临的可能被撤换的风险。同样，在2008年，万科的分析者更加没有理由提前预见到，董事长王石在汶川地震后发出"捐款不可攀比"的呼吁，会给万科酿成重大的名誉危机。一名撰写报告的分析员，自不必因无法预见这些意外事件而苛责自己，然而作为一位投资者，则必须面对一个事实——某些可能改变公司命运的因素，落在了我们的思考范围之外。

如果把分析公司看成一门武功，它应该是这样的：这门武功由低到高共分为十层，从第一层到第八层都只能伤害自己，练到第九层可以拥有和普通人相当的战斗力，练到第十层的人也许可以天下无敌，也许仍然不能。

既然分析公司是极不可靠的，那么我们如何确定该买哪些股票呢？方法惊人地简单：永远只买低市盈率和低市净率的股票，分散买！

低估值和分散化是一种完美的结合，两者缺一不可。如果集中买入低估值的公司，一辈子只要遇到一次失败，就会把之前的积累全部清零；如果分散买入高估值的公司，你的资产就必将缓慢地缩水，终有一天变得微乎其微。

关于这种“低估分散不深研”的选股策略，对其具体的操作方法和细节上的优化，我们会在本书的第三层级“投资工具的使用”中做详细的介绍，此处不予赘述。

上述内容，是以股票为例，讲解某一特定类别资产内部的分散化配置。同样的原理套用在债券、基金等其他类型的资产上，同样适用。

03 大类资产配置

在上一节中，我们解释了某一特定类别资产内部的分散化配置。接下来要了解的是如何在不同类型的资产之间进行配置，以及为什么必须这样做。

我们先来区分一下资产的性质。从本质上，资产可分为“股权类资产”和“债权类资产”。这两类资产所包含的内容是极为丰富的，如股票、股票基金、分级基金 B 类子基金、房产等，都属于股权类资产；如债券、债券基金、分级基金 A 类子基金、货币基金等，都属于债权类资产。值得注意的是，货币本身也是一种债权类资产。

从资产的属性上说，股权类资产怕深度下跌，债权类资产怕恶性通胀。股权类资产怕深度下跌，这个比较容易理解。如 2008 年，A 股市场出现了超过 70% 的深度下跌，如果在此之前我们的股权类资产配置过重，必将面临资产的大幅缩水。

债权类资产怕恶性通胀，这个概念对很多人来说是模糊的。事实上，债权类资产面对恶性通胀的情景，要比股权类资产面对深度下跌恐怖得多。一次恶性通货膨胀，可以将所有债权类资产彻底洗光！道理很简单，如果政府宣布，从明天开始货币贬值 99%，那么它真的会贬值 99%。而如果政府宣布，从明天开始粮食贬值 99%，那么明天太阳照常升起，粮食在政府的权威面前，绝不会像货币那样乖巧。因为粮食是一种客观存在，而货币只是个概念。这就是在恶性通胀下，只有债权类资产会被洗光的道理。

下面来看一个惊悚的案例。图 3–1 所示的这张钞票，是 2009 年津巴布韦政府发行的货币，这张钞票的面值是 100 万亿津元。没有哪个政府会一开始就发行这种面值的货币，这显然是经过令人发指的贬值之后的结果。同年 9 月，津巴布韦政府宣布了解决方案，直接抹掉 10 个零。

图 3–1 津巴布韦的 100 万亿津元货币

上文中我们阐述了股权类资产和债权类资产的性质，以及它们各自的缺陷。下面我们来思考如何应对这些问题。

表 3–3 列出了全球各国主要股票指数的市盈率的最大值、最小值和中位数。我们可以看到，绝大部分指数的市盈率的中位数都在 10 倍以上，而市盈率的最大值更是全部远高于 10 倍，也就是说，只要我们在股票市场整体市盈率低于 10 倍的时候，分散买入一揽子股票，或直接买入指数基金，赚钱就是迟早的事。但是，作为专业的投资者，不能仅仅理解到这一步。仔细看这张图，在 PE 最小值的部分，你会发现几个非常惊悚的数据。韩国股市的 PE 最小值曾经达到 4.1 倍，德国股市的 PE 最小值达到过 2.2 倍。试想一下，如果你在 10 倍市盈率时进入这两个市场，后续要承担多么巨大的跌幅。不要以为这种恐怖的经历离我们很遥

远，在这张图的倒数第四行，一个有些不起眼的指数曾跌到 3.2 倍 PE，那就是我们中国的深证 B 股指数。

表 3–3 全球主要股票指数的市盈率区间（单位：倍）

指数名称	PE 中位数	PE 最大值	PE 最小值
欧美市场			
道琼斯工业平均指数	16.1	28.0	7.6
标准普尔 500 指数	17.5	30.2	8.3
纳斯达克综合指数	21.9	74.5	4.8
巴黎 CAC40 指数	13.4	21.6	6.8
伦敦富时 100 指数	16.7	38.7	6.4
德国法兰克福 DAX 指数	13.2	34.4	2.2
加拿大标普 /TSX 综合指数	16.4	29.3	7.8
亚太市场			
印度孟买 Sensex30 指数	16.5	24.7	8.9
韩国综合指数	10.0	16.5	4.1
东京日经 225 指数	20.5	67.0	9.0
新加坡海峡时报指数	10.5	15.6	5.7
恒生指数	13.8	31.7	6.6
恒生中国企业指数	12.0	29.8	6.0
上证综合指数	26.8	71.2	11.0
上证 B 股指数	15.9	66.0	5.4
沪深 300	17.1	47.2	10.0
深证成分 B 股指数	11.4	31.9	3.2
其他			
澳大利亚标普 200	15.3	24.2	8.0
巴西圣保罗 IBOVESPA 指数	9.5	17.6	5.4

数据来源：国元证券（香港）

未来的某一天，我们最熟悉的上证指数，有没有可能也跌到 3 倍 PE 甚至更低的估值水平呢？笔者无法回答这个问题，只能提供一个思维方法：假设你今年 30 岁，人类的平均寿命不断延长，所以你的预期寿命保守估计是 90 岁，生命不息，投资不止，那么在未来60年的投资生涯中，你有没有可能遇到一次极端事件呢？其实，投资的原理并不复杂，只要分散买入低估值的股票就能赚钱，可是为什么最终靠投资致富的人却没有几个？除了大部分人不能控制人性的贪婪，还有一个重要的原因，那就是对极端状况的准备不够充分。

想要有效地应对这种极端状况，就必须了解“大类资产配置”的概念。“大类资产配置”的意思是说，在我们的资产配置中，不能只有股票或股权类资产，还需要有如债券、货币基金、分级基金A类子基金和现金之类的债权类资产。只有这样，当股市出现意料之外的下跌时，我们才有机会从中受益，反过来也是一样。多数时候，股票的波动大，债券的波动小，所以我们通常认为持有债权类资产是为了保护股权类资产。但有些时候，债权类资产的价格也会因为极端的市场情绪而发生“雪崩”，在这种情况下，股权类资产也能成为债权类资产的“援兵”。相比于股权类资产，债权类资产发生价格崩溃的概率比较低，而且崩溃之后修正的速度也更快，通过合理的资产配置和耐心的等待，债权类资产也能给投资者带来不菲的回报。

当某一类资产的价格崩溃，出现了不可思议的低估值时，我们将另一类价格合理的资产置换成被低估的资产，这个行为显然是正确的。不过这里面有一个问题——我们不知道目前已经被低估的资产，未来究竟还会有多深的跌幅。比如根据历史规律和商业逻辑，股票市场的整体市盈率低于10倍就算比较被低估了，但在极端情况下，它有可能跌到3倍。那么假设我们从股市

10 倍市盈率时开始配置股票，接下来我们要为后续可能的下跌留出多少资金呢？做出正确的预判是十分艰难的。我们总是做最坏的打算，假设股市会跌到 3 倍市盈率，而事实上这种事可能几十年才遇上一次，绝大多数情况下它并不会发生。但我们不做最坏的打算的话，这种事在我们漫长的投资生涯中，又总会遇到一两次。如果有朝一日，我们的资产在短期内缩水了 50% 甚至 70%，那么我们的精神强大到足以承受吗（即使我们知道它迟早会涨回来）？更何况，这种灾难级的深幅下跌，很可能伴随着失业率的大幅上升以及股息的大幅衰减，届时，现金流的枯竭将是一个比精神压力更加棘手的问题。

面对难以预判的事情，最好的办法就是不预判。关于上述问题，最科学的解决方案就是——动态再平衡。

04 动态再平衡

动态再平衡与传统的投资策略相比，有两个重大的区别。

1. 它是被动地按照规则去调整仓位，而不是主动地依靠判断去调整仓位。

2. 它会按照各类资产间的“比例”去调整仓位。

动态再平衡有很多种策略，受本书篇幅所限，我们主要阐述其中两种。第一种是原理最简单、操作最容易的 5∶5 策略，也叫半仓策略。第二种是带有一定侵略性，对投资者的水平要求更高的 8∶2 策略。

5：5策略

先说简单的5：5策略。半仓策略的规则就是，将股权类资产和债权类资产的比例，严格控制在5：5。一旦它们之间的比例变成了6：4或4：6，就强行将其再调回到5：5。

在这样的规则下，无论股市下跌到多深的位置，我们永远有钱可以补仓；同时，无论股市上涨到多高的位置，我们永远有股票可以减仓。严格执行这个策略，我们可以在股市中被动地进行高抛低吸，这里需要注意，重点在于它是“被动”的，我们不做任何预判，反而实现了多数投资者梦寐以求的“低买高卖”。并且，股市和债市的波动越大，对我们越有利。著名的耶鲁基金掌舵人大卫·史文森使用的就是类似的方法。他的著作《机构投资的创新之路》非常详细地介绍了这种动态再平衡的策略。在本书的后半部分，我们也会介绍动态再平衡策略在实践中的具体操作。由于具体操作涉及不同投资工具的使用，笔者决定将它与第三层级的部分内容结合到一起。本章主要解释动态再平衡的基本原理。

8：2策略

随着水平不断提高，我们也可以在动态再平衡策略中加入一些主动的因素。比如基于对估值的判断，我们可以让股权类资产和债权类资产的比例在8：2到2：8之间来回变化，股票市场估值低而债券市场估值高时多配股票，相反的情况则多配债券。和半仓策略相比，8：2策略的波动性要大得多。在判断正确时，我们将得到更多收益，然而一旦做出错误的预判，我们就将承担更加严重的后果。但是由于在比例上设置了上限和下限，我们依然可以有效应对各种极端状况，不会使全部资产遭遇灭顶之灾。

这是一个有趣的现象：越简单的策略，越无懈可击。比如你和朋友在玩儿一个最简单的游戏，“剪刀、石头、布”。如果你的策略是出剪刀、石头和布的概率各 1/3，你会发现无论对手使用什么样的策略，他永远不可能击败你。而一旦你发现对手出石头的概率明显高于 1/3，你将会提高自己出布的概率。这种调整帮你获取更多的收益，同时也成为你的命门。这时对手策略上的变化将直接决定你的输赢，反之亦然。从此以后，两个小伙伴终于可以永无止境地互相伤害了……

当然，上述案例只是一个趣谈，它与真实的证券投资有两个本质上的区别。

第一，“剪刀、石头、布”是零和博弈，你的全部收益都只能来自对手的损失。而证券投资是正和博弈，你的收益不仅来源于对手的损失，还来源于上市公司经营过程中其本身创造的价值。根据统计，如果你把世界上所有股票全买下来，然后将全部的现金分红再投回到股市中，除此之外什么都不做，那么你每年也能获得 7% 左右的基本收益。[①]

第二，两者定价的客观性不同。在“剪刀、石头、布”游戏中，石头价值的高低完全取决于对手出剪刀和布的概率，它是没

---

① 可参考《投资收益百年史》，E. 迪姆森等著，中国财政经经济出版社，2005 年出版。

有客观标准的。而在证券投资中，一只股票或债券的价值可以通过现金流折现、净资产清算等方法得出相对客观的估算。这也让动态再平衡的策略在5∶5策略的基础上有了进一步优化的空间。结合第一层级的内容，我们可以在股市进入系统性机会期时，将股权类资产和债权类资产的比例调整到7∶3甚至8∶2。反过来也一样，当股市进入系统性风险期时，我们可以将股权类资产和债权类资产的比例调整到3∶7甚至2∶8。

接下来我们详细讲一下对投资者要求比较高的8∶2策略。8∶2策略，严格来说应该是"8∶2—2∶8"策略。这套策略与简单且均衡的5∶5策略不同，它的要点在于，我们要根据当前市场中不同资产的估值水平，决定股权类资产与债权类资产的配比。股权类资产的估值越低，我们配置股权类资产的比例就越高；相反，股权类资产的估值越高，我们配置债权类资产的比例就越高。

8∶2策略相比于5∶5策略，有两个额外的难点。第一是"股债配比变化与市场估值变化之间的关系"，第二是"守住8∶2与2∶8的底线"。我们一个一个说。

股债配比变化与市场估值变化之间的关系

通过本书前面的内容，我们知道要判断一个市场整体估值的高低，并不是一件很困难的事情，但要判断某个市场当前究竟被低估到什么程度，然后根据被低估的程度决定此刻的股债配比应该是5∶5、6∶4、7∶3还是8∶2，这个难度就要高很多了。我们知道股权类资产估值越低，就应该配得越多，但具体到在低到什么程度时应该配多少，并没有一个客观的标准。

笔者可以先强行设置一个实际操作中“能用”的标准，然后用两个理由告诉你为什么这个强行设置的标准是不完美的。

强行设置的标准是：

当股票市场整体估值超过 2 倍市净率时，股债比例为 2∶8；

当股票市场整体估值在 1.75~2 倍市净率时，股债比例为 3∶7；

当股票市场整体估值在1.45~1.75倍市净率时，股债比例为4∶6；

当股票市场整体估值在1.15~1.45倍市净率时，股债比例为5∶5；

当股票市场整体估值在0.85~1.15倍市净率时，股债比例为6∶4；

当股票市场整体估值在 0.6~0.85 倍市净率时，股债比例为 7∶3；

当股票市场整体估值低于 0.6 倍市净率时，股债比例为 8∶2。

这个强行设置的标准，在实际操作中是可以直接拿来用的，而且用起来不会有什么致命的问题。但是，会有两个不致命的小问题。这些小问题处理得好与不好，累积起来也会对投资收益率产生很大的影响。下面分别说说这两个小问题。

问题 1：什么是“市场整体估值”，凭什么要参考市场整体估值?

股票市场的整体估值，理论上是指市场中所有股票的加权平均估值。在实际操作中，人们通常用一个市场中最有代表性的指数的估值，来指代市场整体的估值。比如 A 股市场最有代表性的，是沪深 300 指数；港股市场最有代表性的，是恒生指数。

那么问题来了，为什么要根据市场整体估值来决定股债配比？答案是，为了规避“非系统性风险”[①]。在一个完整的牛熊周期中，单个行业垮掉的可能性是存在的，但很多行业一起垮掉的可能性基本可以忽略不计。所谓有代表性的指数，它所代表的其实是一个由很多只股票构成的投资组合，只有在一个投资组合中的绝大多数股票所代表的公司不会破产的前提下，这个组合的整体估值才有意义。

这时候问题又来了，一个不同于经典指数的投资组合，能否作为决定股权类资产配比的依据？比如，假设A股市场中，沪深300指数的估值为1倍市净率，但上证50指数的估值为0.6倍市净率，这种情况下如果我们决定将股权类资产全部配置为上证50指数，那么我们能否以上证50指数的估值为依据，将此刻的股债比例设定为8∶2呢？答案是可以。上证50指数并不是A股市场最有代表性的指数，为什么依然可以？因为我们寻找市场中最有代表性的指数，仅仅是为了避免非系统性风险而已，上证50指数，是由中国各个核心产业中的头部公司构成的，几乎代表了半个国家的经济体量。如果上证50指数也能实现“规避非系统性风险”的效果，如果构成上证50指数的那些公司，也能确保在一个牛熊周期之内几乎不会破产，那么上证50指数的估值，就可以作为股权类资产的配比依据。很多投资者在这个问题上容易本末倒置，我们一定要清楚，工具是为我们的目标服务的，而不是相反。

---

① 如果不记得非系统性风险是什么意思，请回看“投资体系第二层级”的开头部分。

再问下一个问题，假设 A 股市场中，沪深 300 指数的估值为 1 倍市净率，但红酒行业指数的估值为 0.6 倍市净率，那么我们能否以红酒行业指数的估值为依据，将此刻的股债比例设定为 8：2 呢？当然不可以。单独的某个行业，不能有效地避免非系统性风险，一个庞大的经济体不会凭空消失，但某个具体的行业是可以垮掉的。①

接下来延伸出一个更深层的问题，如果上证 50 指数的估值，也能作为股权类资产的配比依据，那么我们自己构建一个不是任何指数的投资组合，这个投资组合的整体估值，是否也能作为股权类资产的配比依据呢？答案是可以。只要这个组合能够避免非系统性风险的冲击就行。是什么指数不重要，是不是指数也不重要，我们的初心，就是为了规避非系统性风险而已。

就在撰写本段文字的 2020 年 6 月，在笔者个人的资产配置中，股债比例已经达到 8：2。此时并没有哪个主要指数的市净率低于 0.6 倍，但笔者所构建的由 30 只港股构成的投资组合，平均市净率只有 0.4 倍，平均市盈率不到 5 倍。这 30 只股票均为大型蓝筹股②，分布在10个不同的行业中。从资产属地的构成上说，其中大部分是在香港上市的内地企业。③

由于笔者构建出了一个比任何指数估值更低，且能够避免非系统性风险冲击的投资组合，因此笔者可以在恒生指数市净率还

---

① 这里只是随便用一个行业举例，不涉及对红酒行业的任何判断。

② 净资产规模均在几百亿元到几万亿元之间。

③ 由于监管要求，笔者不能公布具体的持仓明细。

在 0.9 倍以上时，便将股债配比调整到动态再平衡策略中最为激进的 8：2。

这就是两个小问题中的第一个问题：面对同一时刻的同一个市场，股债比例的配比，根据不同投资者的选股能力和狩猎范围而变化，无法形成统一的标准。

问题 2：债权类资产的估值是否需要考虑？

为了方便把问题讲清楚，我们刚才一直在股权类资产的视角下讨论问题。比如刚才说到，当股权类资产估值低，就要多配股权类资产；当股权类资产估值高，就要多配债权类资产。不知道你是否发现了，这句话其实包含了一个无比蛮横的假设，即债权类资产的估值始终是合理的。在真实的世界中，这是不可能的。我们可以观察到的事实是，多数情况下，债权类资产确实不像股权类资产那么狂野。不那么狂野的意思是，价格偏离内在价值的时间更短，幅度更小。但这绝不意味着债权类资产的估值水平无须考虑。在本书后半部分讲投资工具的内容中，读者可以清楚地看到，在债权类资产中本该如定海神针般稳重的国债，发起疯来其价格可以达到多么离谱的程度。

还是先把问题简化。我们把市场中纷繁复杂的各种股权类资产和债权类资产，简化为一只股票和一张国债，假定市场中只有一只股票和一张国债，再假定股票的内在价值是 100 元，国债的内在价值也是 100 元。

我们通常的想法是，如果股价是 100 元，那么股债配比为 5：5；如果股价跌到 70 元，股债配比就变成 7：3。但是：

1. 如果在股价跌到70元的同时，国债的价格也跌到了70元呢？

2. 如果股价保持在100元，而国债的价格跌到了70元呢？

这时候我们会发现：

1. 有时候即使股票的估值降低了，也不该提升股票的比例。

2. 有时候即使股票的估值没升高，也应该降低股票的比例。

这就是两个问题中的第二个小问题：股权类资产的估值水平，不是决定股债配比的最终因素，股权类资产与债权类资产的估值的相对关系才是。

在实际操作中，上述两个小问题叠加在一起，已经会让大部分投资者陷入混乱，更何况在真实的世界中，股权类资产不是只有股票一种，债权类资产也不是只有国债一种，上述两个小问题再配以丰富的投资工具，使得动态再平衡策略变得越发复杂。

守住8∶2与2∶8的底线

动态再平衡的8∶2策略，其另外一个难点在于，和5∶5策略相比，8∶2策略执行起来更加考验人性，使用该策略的投资者更容易不守纪律。

什么叫守纪律？守什么纪律？答案是：守8∶2和2∶8的纪律。也就是说，在任何情况下，我们的投资组合中，股权类资产的比例不能高于80%，也不能低于20%；同样，在任何情况下，我们的投资组合中，债权类资产的比例不能高于80%，也不能低于20%。

为什么要守这两条线？因为正如前文所说，“动态再平衡”这种策略的精髓就在于，我们永远不能让自己陷入弹尽粮绝的局面。假设我们目前的股债比例是 8 : 2，如果未来股票继续下跌，而债券没有下跌，那么股权类资产的比例会变得低于 80%，而债权类资产的比例就会变得高于 20%，那时候重新将股债比例调整为 8 : 2，实际上就又加仓了股票。这个过程可以永无止境地重复下去，无论股票下跌到多深的位置。动态再平衡策略的核心要义其实就是一句话：让价格的随机波动变成对我们有利的因素。在这一点上，任何一种动态再平衡策略都是一样的，只不过 8 : 2 策略更激进一些。

但是根据笔者的观察，在实际操作中，使用 5 : 5 策略的投资者大部分都能严格地遵守纪律，而使用 8 : 2 策略的投资者，却很容易失控，很容易在股票下跌的过程中，一时冲动将股债比例调到 9 : 1 甚至 10 : 0。这种现象背后的动因也很好理解，因为选择 5 : 5 策略的投资者，一开始就放弃了对估值的判断①，而选择 8 : 2 策略的投资者，一定是认为自己有能力判断估值的高低，所以他们很容易在估值的问题上跟市场赌气，他们会觉得“股票估值已经这么低了，再留 20% 的债券简直就是暴殄天物”。作为一个同样选择了 8 : 2 策略的投资者，我能理解这种感受。但我们一定不能忘记，判断估值的高低，和预测市场的短期波动是完

---

① 这里所说的放弃对估值的判断，指的是放弃对“绝对估值”的判断，事实上选择 5 : 5 策略的人，未必会放弃对“相对估值”的判断。也就是说，该投资者在将股债比例严格地锁定在 5 : 5 的同时，完全可以选择持有市盈率和市净率比市场平均水平更低的股票。

全不同的两回事。有些时候，最极端的估值，会比最保守的投资者以为的更加极端。

《投资要义》第一版只讲了 5 : 5 策略，并没有详细介绍 8 : 2 策略的用法。其实笔者在写增订版时，也很犹豫要不要加这一段。动态再平衡的内容是最难写的，倒不是因为其原理复杂，而是因为动态再平衡策略的使用，非常依赖投资者自身的能力，会估值的人和不会估值的人不一样，掌握 3 种投资工具的人和掌握 10 种投资工具的人又不一样。同时，即使在其他条件都相同的情况下，动态再平衡策略的使用也不可避免地带有强烈的主观色彩。比如再平衡的频率有多高（一个月检视一次还是半年检视一次？），再平衡的尺度有多大（8 : 2 到 2 : 8 之间，究竟应该设几个档？），都是很难找到客观标准的。找不到客观标准，一方面是从统计上找不到线性的规律，另一方面，逻辑上也不支持寻找最优解的努力。我们如果承认市场价格的短期波动是不可预知的，也就不可能计算出动态再平衡最恰当的时间频率和价格尺度。

动态再平衡的问题，到这里基本就讲完了。下一节我们重新回到资产配置的问题上。

在某一个市场进入被严重高估的状态时，最好的方法其实是去寻找另一个处于被严重低估状态的市场。这就是我们下一节要讲的内容——不同市场间的资产配置。

05 不同市场间的资产配置

或许对于本书的大部分读者来说，其目前的投资范围都仅限于我国的A股市场，这样不好。狩猎范围太小，会导致很多的恶果。如果你是一个保守的投资者，并且把自己禁锢在某一个市场中，那么你会发现大部分时间你都在等待。等待一次大的系统性机会，可能要消耗你5年到7年的青春，并且当机会出现时，你会手足无措，因为这种事对你来说太罕见了，你都不知道该怎么珍惜才好。你怕得不到，一旦错过这个机会，可能就还要再等5年到7年，因此你很可能买得过早，或者过多。你怕吃不饱，毕竟你已经饿了很多年，因此你很可能卖得过晚，或者过少。

发现了吗？越珍惜机会，你就越把握不好。当你生命中的女神（男神）经过你身边时，你的表现总会比平时更糟。你发现自己站不直，坐不正，手脚似乎都成了累赘，放在哪儿都不合适。这不能怪你，人就是这样。查理·芒格说："要得到一件好东西的正确姿势就是让自己配得上它。"什么叫百年一遇的奇才？意思是你的团队配不上他！什么叫百年一遇的洪水？意思是你的堤坝防不住它！

想要让大机会变得不那么罕见，只有两种办法：拨快时光的流速、拓宽狩猎的范围。第一种方法明显更加炫酷，可惜笔者尚不能熟练使用，我们只能先将就一下，选择第二种笨拙的方法。

在过去的十年当中，A股市场在2008年和2014年算是出现了比较不错的系统性机会，然而你如果将自己的狩猎范围扩展到 A 股、B 股、港股这三个市场的话，就会发现只有在 2014 年，A 股才是最好的选择。2008 年最好的选择是深证 B 股，2014 年最好的选择是上证 A 股，而在 2015 年和 2016 年 A 股的估值比较尴尬时，港股市场出现的系统性机会，其珍稀程度绝不亚于 2014 年 A 股的系统性机会。这些机会通过简单的市盈率、市净率两个指标就可以清晰地被识别。问题不在于看不看得懂，而在于看不看得到。

我们只是将狩猎范围从单一的 A 股市场，扩展到了 A 股、B 股和港股三个市场，所能得到的投资机会的数量和质量就有了明显的提升。要知道，这三个市场所包含的上市公司高度重叠，基本以中国公司为主，这导致它们的相关性是比较高的。如果我们将选择的范围扩展到全球，那么我们将在大部分时间（如果不是任何时间的话），都能找到整体估值较低、处于系统性机会期的市场。

要做到这一点，我们只需要一个非常简单的工具——ETF 指数基金就足够了。在 A 股市场和港股市场，我们可以买到大多数世界主要国家的指数基金。然后，你只需要选择其中市盈率和市净率最低的几个就可以了！还记得之前的口诀吗？低估值，分散化，走遍天下都不怕！我是认真的，不是说说而已。

06 总结

到此，投资体系的第一层级和第二层级阐述完毕。前两个层级所占篇幅很小，却是本书最重要的核心内容。正如本书开篇所言：第一层级，决定了我们能不能赚钱；第二层级，决定了我们能不能安全、持久地赚钱；而第三层级，决定了我们能赚多少钱。

笔者可以很有把握地说，如果一个投资者完全掌握了本书到目前为止所讲的投资体系第一层级和第二层级的内容，即“系统性机会与系统性风险的识别”、“资产配置”和“动态再平衡”，而对投资体系的第三层级，即“投资工具的使用”这个领域所知甚少，比如只会使用指数基金和银行存款两种投资工具，那么这个投资者也完全能够在风险可控的情况下，取得远高于市场平均水平的收益。

在接下来的第三层级中，我们会介绍一些类型、功能各不相同的投资工具。请读者在阅读时，一定要结合前两个层级中的思想。笔者对于不同投资工具使用方法的阐述，甚至包括解读它们的视角，都是以前两个层级所介绍的投资理论为基础的。

为了便于大家理解，我们在这里做两个未必恰当的比喻。

投资体系的第一层级和第二层级，相当于武侠世界当中的内功心法。而第三层级，则是一些具体的招式和兵刃。如股票、债券、基金等，属于正统兵刃；期权、可转债、分级基金等，则属于奇门兵刃。

第二个比喻或许更加形象。就在写作本书时，一位正在学习投资的朋友对我说，他在学习各种投资工具时感觉很痛苦，难以把各种散乱的知识点串联起来。我在试图为他解答时想到了一个比喻：投资体系的三个层级之间的关系，就像树干、树枝和树叶。第一层级是主干，第二层级是枝蔓，第三层级是花叶。每一个层级，都要服从和服务于比它更基础的层级。投资工具是树叶，它需要对自己的树枝和树干负责，不需要对其他的树叶负责。不要试图去连接所有树叶，这不科学。我们只要理清每一片树叶与树枝和树干的关系，就算是融会贯通！

第一层级是最底层的根基，它不需要对上一层级负责，但同时它也没有选择——我们只有在某一个市场或某一类资产处于系统性机会期时，才能对其进行投资。

当我们处于第二个层级时，便有了更多选择。我们必须决定如何配置资产，必须随着市场变化进行动态再平衡。这时我们需要对每一个行为进行追问：在确保资产配置足够分散的同时，我是否将足够多的资产配置到了处于系统性机会期的市场？我是否让绝大部分资产远离了处于系统性风险期的市场？当我进行再平衡之后，我的资产配置是否仍符合上述要求？

到了第三个层级，使用具体的投资工具时，我们有了几乎无限多的选择，自然也必须面临更多的追问：这是什么工具？它的特征是什么？它有什么风险？我们选择拥抱此风险的原因是什么？为了实现同样的目的，有没有更好的工具可供选择……但是请永远记住，第三层级要对第一层级和第二层级负责！

所以，最重要的三个问题如下。

1. 它的收益和风险对称吗——系统性机会与系统性风险的识别。
2. 在该工具上配置的资产，比例是否过高以至不符合分散化的要求，或比例是否过低以至它的权重与它的珍稀程度不匹配——资产配置。
3. 涨了怎么办，跌了怎么办——动态再平衡。

以上是对前两个层级的总结。接下来我们正式进入投资体系的第三层级：投资工具的使用。

第三层级：

投资工具的使用

投资体系的第三层级是投资工具的使用。在这一层级中，笔者会介绍多种投资工具的使用方法。为了方便阅读，以下内容会尽量按照由浅入深的顺序展开。

第四章 普通投资工具

01 股票

股票（Stock）是股份公司发行的所有权凭证，是股份公司为筹集资金而发行给各个股东作为持股凭证并借以取得股息和红利的一种有价证券。每股股票都代表股东对企业拥有一个基本单位的所有权。每只股票背后都有一家上市公司。

在前两个层级中，笔者介绍过股票的本质及投资股票的基本思路，这里不再赘述低估、分散所带来的巨大好处以及深入研究的无效性。让我们直接进入具体的操作方法。

首先，我们只有在市场整体市净率低于 2 倍时才可以按照下面所讲的方式进行数据处理，因为投资工具的使用必须服从于系统性机会与系统性风险的识别。对于整体市净率超过 2 倍的市场，我们应视其为存在系统性风险。面对处于系统性风险期的市场，我们应当思考的问题不是“该买什么股票”，在这种情况下根本不应该买股票。某些情况下，我们出于“股债平衡”的考虑，不能轻易将股权类资产的比例降低到 20% 以下，但是即便如此，当我们面对一个市净率超过 2 倍的市场时，也至少应该重新检视一遍，看看其他股票市场的估值是否更低。

当我们决定投资某一个市场的股票时，会面临这样的问题：如何从众多的股票中挑选出值得投资的标的？一个市场中有成百上千家上市公司，如果一个一个去找无异于大海捞针。更何况，我们还需要同时关注不止一个市场，这就更加使“人肉筛选”变得不可能。现实中，笔者会选择专业的投资软件作为辅助工具，将一个市场中所有上市公司的数据导入 Excel 电子表格。

需要导入的数据分别有：股票代码、股票名称、所属行业、当前股价、市盈率、市净率、审计机构、净资产（股东权益）、总市值、股息率、过去十年市净率、过去十年净利润、过去十年现金分红金额。将这些数据导入后，我们开始对这些数据进行过滤。过滤的过程可以用两个词来概括：排序和删除。

第一步：将所有股票用“市净率”指标按照由低到高的次序排序，然后删除所有市净率高于 1.5 倍的公司。

第二步：删除所有“过去十年市净率”从来不曾超过 1 倍的公司。这样的公司在 A 股市场截至 2017 年 1 月一家也没有，但在其他市场却有不少。这里要提醒大家的一点是：作为保守的投资者，我们不仅要关注一笔投资的商业逻辑，也要关注其历史规律。一家公司的估值始终保持在一个非常低的水平，对于我们是不利的，因为我们的很大一部分投资收益都来源于“投资体系第二层级”所介绍的“动态再平衡”。

第三步：删除所有“审计机构”不是“全球四大会计师事务所”（简称“四大”）的公司。由“四大”进行审计的公司，其财务造假的可能性会降低很多。全球四大会计师事务所分别为：普华永道（PwC）、安永（E&Y）、毕马威（KPMG）和德勤（DTT）。[①]

第四步：删除所有“股息率”为0的公司。有现金分红的公司，其财务造假的可能性会进一步降低。

第五步：删除所有“净资产（股东权益）”低于100亿元的公司。平均而言，规模越大、资产越雄厚的公司，存活能力越强。

第六步：将所有股票用“市净率”指标按照由低到高的次序排序。排名第一得1分，排名第二得2分，排名第一百得100分，以此类推。得分越低越好。

第七步：将所有股票用“市盈率”指标按照由低到高的次序排序。排名第一得1分，排名第二得2分，排名第一百得100分，以此类推。得分越低越好。亏损的公司市盈率为负，统一计为所有公司中得分最高的分值。比如共有300家公司参与排序，

---

① 在我国，有一些巨型的央企和国企，反而不用“四大”进行审计，这并非由于它们想要做假，而是由于其自身实力过于雄厚，不需要用“四大”来进行增信。这是我国的一个特殊情况，所以在进行筛选时，内地的公司，如果其净资产大于500亿元，那么无论它的审计机构是不是“四大”，都不必将其剔除。

其中100家亏损，则亏损公司的分值统一计为200分。[①]

第八步：将所有股票用“股息率”指标按照由高到低的次序排序。排名第一得1分，排名第二得2分，排名第一百得100分，以此类推。得分越低越好。

第九步：将每一家公司的“市净率”“市盈率”“股息率”三项数据的分值相加，然后按照由低到高的次序排序，等比例买入排名前三十的公司。经过九个步骤的筛选，我们现在得到了一个优质的投资组合。

这里有三个问题需要特别注意。

第一，用以上方法筛选出一个投资组合之后，要进一步剔除净利润和现金分红异常的公司。

净利润异常的意思是：当年净利润超过过去十年净利润的总和。

现金分红异常的意思是：当年现金分红金额超过过去十年现金分红的总额。

超出常规的净利润和现金分红往往不能持续。将符合该特征的公司剔除出我们的投资组合，可能会使我们错失一些优质的投资机会，但这是必要的防御。与机会相比，本金更加珍贵。

---

① 之所以没有将亏损的公司全部删除，而是给予其高分，是基于一种严谨的考虑：如果在未来的某一天，我们遭遇了巨大的金融危机，导致几乎所有上市公司全部亏损，那么届时股市整体的市净率应该会非常低，那通常是极好的投资机会，因为只要社会系统没有真正崩溃，上市公司迟早会恢复盈利。但如果采用了将亏损公司全部剔除的方法，就会出现在市场极端被低估时我们却无法进行投资的现象，这显然是不合理的。

第二，我们要遵循行业分散的原则，对每一个行业的配置不得超过资产的20%。

第三，等比例买入30只股票时，这30只股票每只占资产的比例并不是固定的，而是要以当前你期望的仓位而定。刚才说过，如果某个股票市场整体的估值水平超过2倍市净率，我们将尽可能不在该市场配置股票。但是当其估值在2倍市净率以下时，却有很多种可能的情况，下面列出其中的几种。

1. 如果你期望的股权类资产比例是30%，那么你要为买入的30只股票每只分配1%的仓位。

2. 如果你期望的股权类资产比例是50%，那么你要为买入的30只股票每只分配约1.67%的仓位。

3. 如果你期望的股权类资产比例是70%，那么你要为买入的30只股票每只分配约2.3%的仓位。

我们将投资组合构建完成后，并非就高枕无忧了。我们需要每三个月重新进行一次筛选，用新选出的30只股票替换掉原有的组合。不过通常来说，新组合与旧组合的重叠度很高，我们每次实际需要替换的股票可能只有3只到5只。在新组合替代旧组合的过程中，我们就通过市场的随机波动，被动地获取了"再平衡"的收益。这也是必须剔除过去十年市净率不曾超过1倍的股票的原因之一，一个高波动的投资组合可以为我们提供更多的"再平衡"收益。

关于股票投资的内容，到这里就全部讲完了。有读者可能会觉得，股票作为最主流的投资工具，笔者为其安排的篇幅是否太小了。其实，股票投资本身是一件很简单的事情，股票也只是一种很基础的投资工具。在投资体系第一层级和第二层级的保护下，使用这种工具赚取利润是很容易的。行文至此，笔者已经详细阐述了股票投资的原理并提供了手把手的操作方案。话多无用。

而且，如果你目前只投资过股票，那么后面介绍的投资工具会令你眼花缭乱。当你将其全部掌握，想必也会同笔者一样，认为股票实在不算是完美的工具，它在我们整个投资工具箱中的位置也并没有那么重要。

02 新股申购

新股申购也叫打新股或打新，是指在一家公司进行“首次公开募股”（Initial Public Offerings，缩写为 IPO）时，对其股票进行申购的行为。

新股申购这种投资方式并不稀奇，在全球各国都可以无障碍地进行。但它在 A 股市场却是一个神奇的存在，截至 2016 年 12 月，在 A 股市场成立以来的二十多年中，新股申购是一种接近无风险套利且收益很高的投资方式。

历史上，A 股市场的新股申购政策经历过多次变化，单账户可申购资金有时有上限，有时无上限；新股申购有时需要满足一定的市值要求（比如要申 1 000 股，必须持有 10 000 元的股票市值），有时则没有市值要求。这导致新股申购的历史收益率很难被精确统计，尤其是对于大资金而言。但是对于普通投资者而言，A 股历史上的打新收益率，平均每年超过 15% 应该是比较保守的估计。

2016 年 12 月，A 股市场的新股申购政策是按市值配售。投资者每申购 1 股上海证券交易所（简称上交所）发行的新股，需要持有 10 元的上证股票市值，申购下限为 1 000 股。投资者每申购 1 股深圳证券交易所（简称深交所）发行的新股，需要持有 10 元的深证股票市值，申购下限为 500 股。投资者能够申购新股的数量与持有股票的市值等比例增加，即如果想要申购 1 万股上交所发行的新股，就必须持有至少 1 万元的上证股票市值。

需要注意的是，按照这样的政策，每个投资者能够申购的新股数量是有上限的。每只新股的上限有所不同。

表 4–1 列出了于 2016 年 12 月发行的 25 只新股，我们可以看到，单个投资者申购限额的分布范围很广，从 8 000 股到 21 万股不等。投资者若要满额申购限额最低的浙江仙通，需要配置股票市值 8 万元，若要满额申购限额最高的中原证券，则需要配置 210 万元的股票市值。申购限额与公司发行股票的数量成正比，发行量越大，申购限额越高。也就是说，大盘股的申购限额比小盘股高。另外，我们还可以明显看到，大盘股的中签率比小盘股高出很多。申购限额为 21 万股的中原证券，中签率为 0.239%，而申购上限为 8 000 股的浙江仙通，中签率仅为 0.028%，前者的中签率是后者的 8.5 倍。注意这里所说的中签率是指单签中签率，而不是满额申购中签率。也就是说，在同样只申购 1 000 股的情

况下，中原证券的中签率比浙江仙通高出 8.5 倍！

表 4–1　2016 年 12 月发行的 25 只新股的申购限额

代码	名称	申购日	需配市值（万元）	申购代码	发行价（元）	申购限额（万股）	缴款日	中签率（%）
300588	熙菱信息	12-23（周五）	10.0	300588	4.94	1.00	12-27（周二）	0.026
603032	德新交运	12-23（周五）	13.0	732032	5.81	1.30	12-27（周二）	0.031
603035	常熟汽饰	12-23（周五）	28.0	732035	10.44	2.80	12-27（周二）	0.044
300586	美联新材	12-22（周四）	9.5	300586	9.30	0.95	12-26（周一）	0.026
603186	华正新材	12-22（周四）	12.0	732444	5.37	1.20	12-26（周一）	0.031
603444	吉比特	12-22（周四）	17.0	732444	54.00	1.70	12-26（周一）	0.016
002836	新宏泽	12-21（周三）	20.0	002836	8.09	2.00	12-23（周五）	0.014
603239	浙江仙通	12-21（周三）	8.0	732239	21.84	0.80	12-23（周五）	0.028
300585	奥联电子	12-20（周二）	20.0	300585	9.86	2.00	12-22（周四）	0.015
603929	亚翔集成	12-20（周二）	21.0	732929	4.94	2.10	12-22（周四）	0.038
002833	弘亚数控	12-19（周一）	13.0	002833	18.00	1.30	12-21（周三）	0.026
002837	英维克	12-19（周一）	20.0	002837	18.00	2.00	12-21（周三）	0.014
603218	日月股份	12-19（周一）	12.0	732218	23.90	1.20	12-21（周三）	0.040
300582	英飞特	12-16（周五）	13.0	300582	14.85	1.30	12-20（周二）	0.029
601375	中原证券	12-16（周五）	210.0	780375	4.00	21.00	12-20（周二）	0.239
002835	同为股份	12-15（周四）	10.5	002835	12.34	1.05	12-19（周一）	0.024
603886	元祖股份	12-15（周四）	24.0	732886	10.16	2.40	12-19（周一）	0.041
002832	比音勒芬	12-14（周三）	10.5	002832	26.17	1.05	12-16（周五）	0.024
603298	杭叉集团	12-14（周三）	25.0	732298	12.67	2.50	12-16（周五）	0.058
600996	贵广网络	12-13（周二）	63.0	730996	8.92	6.30	12-15（周四）	0.097
300579	数字认证	12-12（周一）	20.0	300579	13.32	2.00	12-14（周三）	0.015
603058	永吉股份	12-12（周一）	12.0	732058	4.76	1.20	12-14（周三）	0.041
300581	晨曦航空	12-09（周五）	11.0	300581	24.23	1.10	12-13（周二）	0.012
603577	汇金通	12-09（周五）	11.0	732577	11.10	1.10	12-13（周二）	0.030
300577	开润股份	12-08（周四）	16.5	300577	19.58	1.65	12-12（周一）	0.014

数据来源：集思录

这种情况是在按市值配售的政策下，不同投资者的资金实力不同造成的。满额申购 8 000 股浙江仙通需要投资者持有 8 万元的市值，大多数投资者都能满足这个条件，而满额申购 21 万股中原证券，需要投资者的账户中有至少 210 万元的股票市值，显然只有少量投资者能达到这一要求。不过，整体来说大资金的账户在申购新股时并无优势，事实上从收益率的角度看，大资金的账户在申购新股这件事上反而是吃亏的。因为遇到大股票上市时的高中签率，并不足以弥补遇到小股票时的浪费。

仍以表 4–1 为例，我们可以看到，绝大多数新股的申购限额在 2.5 万股以下。也就是说，对于持有 210 万元市值的账户而言，在绝大多数情况下，有超过 180 万元的市值是多余的，不能为申购新股带来任何贡献。

新股申购还有一种方式，叫作“网下申购”，网下申购新股的门槛一直在变化，目前的门槛是市值 5 000 万元。持有股票市值超过 5 000 万元的投资者，分账户显然已经没有意义。与网上打新不同，网下打新需要和证券公司单独签订一份合同，操作的程序也比网上打新更复杂。关于网下打新的操作细节，这里就不多谈了。能够参与网下打新的读者想必是少数，而且对于这个级别的客户，证券公司会提供一对一、手把手的贴心服务。

03 开放式基金

开放式基金（Open-end Fund）是指基金发起人在设立基金时，基金单位或者股份总规模不固定，可视投资者的需求随时向投资者出售基金单位或者股份，并可以应投资者的要求赎回发行在外的基金单位或者股份的一种基金运作方式。投资者既可以通过基金销售机构购买基金，使得基金资产和规模由此相应增加，也可以将所持有的基金份额赎回并收回现金，使得基金资产和规模相应地减少。在我国，开放式基金是所有基金投资形式中最常见的一种。

开放式基金分为三种类型：场外开放式基金、LOF 基金、ETF 基金。下面我们分别介绍。

场外开放式基金

场外开放式基金，是指投资者只能通过基金公司进行申购和赎回，不能在证券市场公开交易的基金。通常这种类型的基金在被申购和赎回的时候都会收取一定的费用，称申购费和赎回费。近年来，随着竞争日益激烈，申购费打折的情况越来越多。但即使考虑到折扣问题，场外开放式基金的交易费用也是三种开放式基金中最为昂贵的。

LOF 基金

LOF 基金，又称上市型开放式基金。LOF 基金发行结束后，投资者既可以在指定网点申购与赎回基金份额，也可以在证券市场买卖该基金。不过，投资者在指定网点申购的基金份额，想要在证券市场卖出，需要办理转托管手续；同样，在证券市场买进的基金份额，想要在指定网点赎回，也需要办理转托管手续。

LOF 基金相比于场外开放式基金，有两个好处。第一是交易成本低，第二是交易速度快。

1. 交易成本低

多数情况下，场外开放式基金的申购费为基金净资产的1%~1.5%[①]，赎回费为0.5%，而LOF基金在证券市场交易的成本是0.03%[②]。刚才说到场外开放式基金的申购费有时候可以打折，但赎回费往往是没有折扣的。所以即使场外开放式基金的申购费是0，它的交易成本也比在证券市场买卖LOF基金要高出许多。

当我们在证券市场买卖LOF基金时，它的买价和卖价之间通常会有微小的差异，这也算是交易成本的一部分，即使考虑到这一点，LOF基金的交易成本也远低于场外开放式基金。

2. 交易速度快

刚才说过，LOF基金可以在指定网点被申购、赎回，也可以在证券市场被买卖。申购、赎回的费用和交易速度与场外开放式基金区别不大，申购后T+1日份额到账，赎回后T+7日资金到账。但是在证券市场买卖的速度则要快得多。通过证券市场买卖LOF基金，买入时份额立刻到账，T+1日可以卖出；卖出时资金立刻到账，T+1日可以将资金取出证券账户。

ETF基金

ETF基金，又被称为交易所交易基金、交易型开放式指数基

---

① 极端情况下有些基金的申购费可以打1折，但相比于场内交易的成本，依然较贵。

② 在证券市场买卖基金的费用不是固定的，需要与证券公司交涉，目前，0.03%的费率是比较普遍的。

金，是一种在交易所上市交易的、基金份额可变的开放式基金。

交易型开放式指数基金属于开放式基金的一种特殊类型，它结合了封闭式基金和开放式基金的运作特点，投资者既可以向基金管理公司申购或赎回基金份额，同时也可以像封闭式基金一样，在二级市场上按市场价格买卖ETF份额。不过，申购赎回必须以一揽子股票换取基金份额，或者以基金份额换回一揽子股票。国内外绝大多数ETF基金都是指数基金。

指数基金，是以特定指数（如沪深300指数、标普500指数等）为基准，通过购买该指数的全部或部分成分股构建投资组合，以追踪标的指数表现的基金产品。通常而言，指数基金以减小追踪误差为目的，使投资组合的变动趋势与标的指数相一致，从而取得与标的指数大致相同的收益率。

ETF基金与LOF基金的主要区别

1. 申赎方式不同

LOF基金由投资者用现金进行申购，在赎回时获得现金；而ETF基金在申购时是以一揽子股票换取基金份额，在赎回时则是用基金份额换取一揽子股票。

2. 投资方式不同

ETF基金几乎都是指数基金；LOF基金既有指数基金也有主动管理型基金，但大部分是主动管理型基金。

3. 仓位不同

由于ETF基金是以一揽子股票进行申赎，所以基本是满仓操作的；而 LOF 基金需要保留一定比例的现金，以备投资者随时赎回，因此无法保持满仓。所以相比于 LOF 指数基金，ETF 指数基金追踪指数的效率更高。

综合考虑成本、流动性、投资效率等各方面因素，笔者认为在上述三种类型的开放式基金中，ETF 基金的性价比是最高的。

在基金投资中，有一个争议颇多的问题：主动管理型基金和被动管理型基金哪个更好？

主动管理型基金，是指在投资过程中，由基金管理人根据自己的判断做出每一个具体决策，试图超越市场平均水平的基金。与之相反，被动管理型基金并不试图取得超越市场平均水平的表现，而是试图复制指数的表现，因此又被称为指数基金。

所以问题的焦点在于，主动管理型基金是否真的能超越市场平均水平呢？整体而言是不能的。美国过去 50 年的数据显示，主动管理型基金（股票型）平均每年跑输标准普尔指数 2%。追求高收益的结果是，个别主动管理型基金脱颖而出，实现了超越市场平均水平的业绩，而大部分主动管理型基金长期跑输市场平均水平。这种情况与创业者的处境颇为相似：大部分创业者在创业之后比在职场工作时劳动更多、收入更低，只有少部分人能实现自己的理想。

整体而言，被动管理型基金战胜了主动管理型基金。但这并不是笔者偏爱指数基金的唯一理由，更加重要的原因是，在“投资体系三层级”的框架内，指数基金能帮助我们更加有效地实现资产配置。

在投资体系的第一层级和第二层级中，我们学会了“系统性机会与系统性风险的识别”以及“资产配置和动态再平衡”，现在我们正处在第三层级——“投资工具的使用”。之前说过，投资体系的每一个层级都必须服从并服务于更基础的层级，第二层级要服从并服务于第一层级，第三层级要服从并服务于第一层级和第二层级。

如果我们将投资体系的三个层级比作一台智能机器，那么当这个机器启动时，运转过程大致是这样的：首先，开启第一层级，去判断某一个市场或某一类资产是否处于系统性机会期，若判定结果为“否”，则继续使用第一层级的功能去寻找其他市场或品类，当系统性机会期的判定结果为“是”时（比如我们认为2013 年 A 股市场处于系统性机会期），则开启第二层级，决定将多大比例的资产配置在该类资产上（假设我们决定将 50% 的资产配置到 A 股市场），最后开启第三层级，决定使用哪一种投资工具来实现这一配置。

在现实中，做出这个决定的过程是比较复杂的，因为我们要在无数种投资工具中选出一种，或者选出几种搭配使用。由于本章的主要内容是讲开放式基金，我们就将事情简化，从三种类型的开放式基金中做出选择。

投资体系的第三层级要为第二层级服务，当决定了要将 50% 的资产配置到 A 股的蓝筹股中，我们接下来需要思考的问题是：哪种投资工具能够更精确地实现第二层级所确立的目标？

在场外开放式基金、LOF 基金和 ETF 基金三个品种中，我们会发现，被动管理型的 ETF 基金更有可能精确地实现上述目标，ETF 基金有明确且稳定的仓位（始终接近 100%），具体持有哪些股票以及每只股票占基金资产的比例等信息，也全部是透明的。相比之下，主动管理型基金有三个重大弊端。

1. 仓位不明

面对一只主动管理型基金，我们永远不能知道它当前的仓位是多少，只能知道一个大致的范围。[①] 举例来说，如果我们将 50% 的资产配置在某一只股票型基金上，而该基金的股票仓位是 80%，那么实际上我们持有的股票占资产的比例为 50%×80%=40%，未能精确达成第二层级所制定的目标。

2. 投资标的不明

仓位不明还不是最棘手的问题。更大的麻烦在于，主动管理型基金当前究竟持有哪些投资标的是严格保密的。我们不知道它持有的是大市值的蓝筹股还是小市值的成长股，这就对我们执行既定的资产配置计划构成了巨大的障碍。

3. 管理费成本高

基金的费用除了上文所说的申购费和赎回费，还有管理费。主动管理型基金的管理费要比被动管理型基金高很多。在国内，主动管理型基金的管理费大多是每年 1.5%~2%，而 ETF 指数基金的管理费通常只有每年 0.5%（管理费以基金净资产为基数

---

① 根据当前法规，如果是股票型基金，那么我们可以知道它持有股票的比例为 80%~95%，如果是混合型基金，那么我们几乎无法判断它当前的资产配置比例。

计算）。

综上所述，在三种形式的开放式基金中，ETF 基金的性价比最高。

04 封闭式基金

封闭式基金（Closed-end Fund）是指基金的发起人在设立基金时，限定了基金单位的发行总额，筹足总额后，基金即宣告成立并进行封闭，基金在封闭期内不再接受新的投资，也不允许投资者撤资，即封闭期内不能够被申购和赎回。

封闭式基金虽然不能被申购和赎回，但可以在证券市场以基金份额为单位进行交易。由于无法按照净值进行申购和赎回，封闭式基金的交易价格受供求关系的影响很大，而受内在价值的影响反而较小，因此基金的交易价格可能会偏离基金净值。这一点非常重要，它是投资封闭式基金的关键所在！

事实上，我国的封闭式基金在过去的十几年中，多数时间处于折价状态。[①] 尤其是在 2005 年下半年，所有封闭式基金的平均折价率竟达到 50%！这意味着，一份净值为 1 元的基金，我们只需花 0.5 元就能买到。

① 在 1999 年，封闭式基金作为新鲜事物刚刚出现时，普遍受到资金追捧，曾一度处于溢价状态，但在随后的几年中渐渐由溢价变为折价，并长期保持在折价状态。

投资折价封闭式基金获利的三种途径

正常情况下，投资者想通过基金获得收益只有一种途径，那就是基金净值的上涨。而如果一只基金处于折价状态，那么投资者便有三种途径可以通过该基金获得收益。

途径 1：净值增长

这一点同上文所介绍的开放式基金原理相同。

途径 2：折价率收敛

当封闭式基金的折价率收敛时，即使净值不涨，投资者也能获得收益。依据上文提到的例子，如果投资者买到折价率为 50% 的封闭式基金，即花费 0.5 元买到净值为 1 元的基金，那么当该基金的价格回归到与净值相同的位置时，投资者之前投入的 0.5 元将变成 1 元，获得 100% 的收益率。

不仅如此，折价率收敛与净值增长这两个因素还可以起到相互促进的作用。如果在上述封闭式基金的折价率从 50% 收敛到 0 的过程中，基金净值上涨了 100%，即基金净值由 1 元变为 2 元，那么投资者获得的收益率将从 100% 提高到 300%，即投入的 0.5 元变为 2 元。

相反，如果该基金的折价率从 50% 收敛到 0，在这一过程中基金净值下跌了 50%，即基金净值由 1 元变为 0.5 元，投资者的收益率将为 0，即不亏不赚。

由此可见，“折价”是一个对投资者极为有利的因素，它能让投资者在净值上涨时增加收益，在净值下降时减少损失。当然，如果基金的折价率并不收敛，而是继续扩大，那么将会起到减少收益、放大损失的效果。但有一点我们需要明白，长期来看，封闭式基金的折价率必然回归到零。因为所有封闭式基金的封闭期都是有限的，当封闭期结束之后，投资者就能够以净值赎回该基金，届时，任何偏离净值的价格都会被套利者迅速抹平。[①]

途径3：现金分红

根据《证券投资基金管理暂行办法》的规定，封闭式基金必须以现金形式分配不低于90%的基金净收益，并且每年至少分配一次，分配后基金净值不得低于面值，即1元。[②]简单地说，封闭式基金只要在某一年度赚了钱，净值高于1元的部分几乎都要以现金分红的形式分配给投资者。

在正常情况下，现金分红对投资者而言是中性的。但在基金折价时，现金分红的意义却大不相同。因为基金可以折价，但分到投资者手中的现金却不会折价，这就造成了一种有趣的不对称。

举例来说，假设有一只封闭式基金，净值为1.2元，价格为0.6元，折价率为50%。现在该基金要将净值高于1元的部分全部以现金形式分配给投资者，现金分红后，基金净值和交易价格都会进行除权，除权的金额等于现金分红的金额。在这个案例中，基金的净值和交易价格都会在原有价格的基础上减去0.2元，这个过程就叫作"除权"。除权之后，基金的净值变为1.2元–0.2元=1元，基金的价格变为0.6元–0.2元=0.4元。这时我们会看

① 我们将在下一章中介绍如何对市场价格偏离净值的基金进行套利。

② 国内的封闭式基金，面值通常为1元，具体情况以基金合同为准。

到一个有趣的现象：分红之后，基金的折价率从 50% 变成了（1 元 -0.4 元）÷（1 元 ×100%）=60%。

如果有读者不能完全理解，那么我们再举一个更加极端的例子。假设投资者以 0.6 元的价格买入了一只净值为 1.2 元的封闭式基金（折价率为 50%），随后该基金将 1.2 元的净资产全部以现金形式分配给投资者，这时候，投资者将获得与基金净值相等的 1.2 元现金，相当于直接获得 100% 的收益率。通过这个假设我们可以很明显地看出，当封闭式基金处于折价状态时，现金分红将带来怎样的影响。其实这也是笔者思考问题时经常使用的一种思路：当遇到一些想不通的问题时，就把问题推向某个极端，然后反过来从极端往回推导，这样事实往往就会变得清晰起来。

折价，使得现金分红从一个中性事件变成对投资者有利的事。在现实中，市场对这一现象的反应是：在折价的封闭式基金进行现金分红之前，该基金的交易价格通常会有一定程度的上涨。

封闭式基金到期套利

当我们买到一只折价率很高的封闭式基金时，理论上我们就获得了一个风险和收益不对称的机会，由于封闭式基金的折价率最终必然会收敛为零，同时股市长期来看必然上涨[①]，因此这种投资方法盈利的概率远大于亏损。然而这种投资方法有着和股票投

① 因为股票市场是上市公司的总和，而公司代表着人类的生产力，所以只要人类文明继续进步，生产力继续提升，股票市场长期来看必然取得正收益。

资相同的缺陷，就是实现盈利所需的时间可能很长。这个问题几乎是无解的，同时我们也不希望它得到解决。人类不是一种善于等待的动物，盈利兑现周期漫长且不稳定，这是价值投资者得以长期取得超额收益的基础。

然而有一种特殊情况可以让我们把时间因素也确定下来。那就是投资即将到期的折价的封闭式基金。

一般来说，封闭式基金在封闭期结束后，并不是直接将基金资产返还给投资者，而是会将封闭式基金转为开放式基金，由投资者自行决定是否赎回。每一只封闭式基金都有一个到期日，也就是封闭期结束的日期在基金合同中会被注明。封闭式基金在到期之后会停牌一段时间，停牌期通常是 2 到 3 个月，停牌期结束后转为开放式基金，并允许投资者申购、赎回。

通常，封闭式基金距离到期日越近，折价率越低。封闭式基金到期后会停牌 2 到 3 个月，这意味着其实际到期日比合同上的到期日要晚 2 到 3 个月。

因此，多数封闭式基金在合同约定的到期日之前的几个交易日还是处于折价状态的，有时候折价率甚至会达到 5% 左右。一旦出现这种情况，我们将获得一个很好的投资机会。5% 的折价率，按停牌 3 个月（90 天）计算，年化收益率为 5% ÷ 90 天 × 365 天 ≈ 20%。更重要的是，我们获得收益的时间周期是确定的！

投资中的一个基本常识是，在获取同等收益率的情况下，稳定性越高就越优秀。稳定性的高低有两个判断因素——“波动率”和“时间”。

在波动率方面，如果投资者 A 和投资者 B 在过去十年中同样取得了 20% 的复合收益率，但投资者 A 的资产净值曲线是平稳向上的，如图 4–1 所示，而投资者 B 的资产净值曲线十分曲折，如图 4–2 所示，那么显然投资者 A 更加优秀。

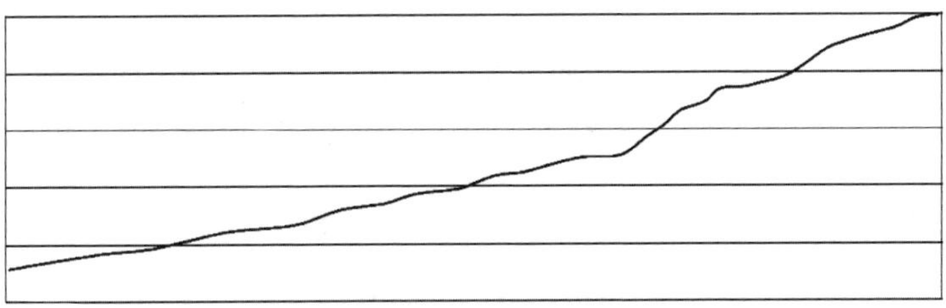

图 4–1　投资者 A 的资产净值曲线

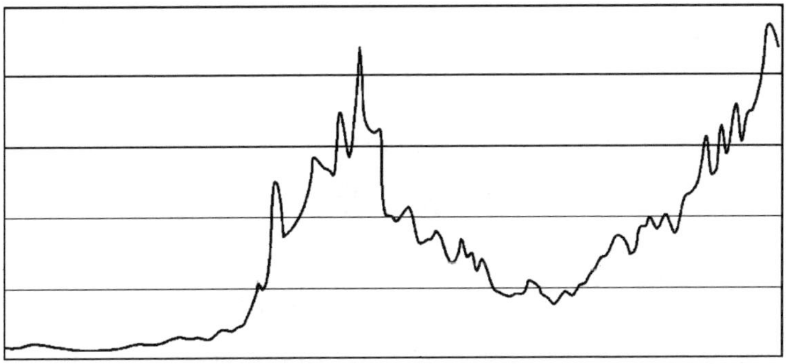

图 4–2　投资者 B 的资产净值曲线

在时间方面，如果投资者 A 能够在未来一年获得 20% 的收益率，而投资者 B 能够在未来五年获得平均每年 20% 的复合收益率，那么显然投资者 A 更优秀。

现实中，投资者 A 这样的神奇人物几乎是不存在的，但投资即将到期的高折价封闭式基金可以让我们在某个时间段内成为这样一个神奇的投资者。

当然，封闭式基金到期套利这种方法，并不能确保每一次都赚钱，如果在停牌的2到3个月内，市场下跌的幅度超过了封闭式基金的折价率，那么投资将出现亏损。但是显然这种投资方法的期望值为正，只要持续做下去，平均而言能获得很好的结果。

表4–2是笔者曾经亲自参与的三笔封闭式基金到期套利的结果，供参考。

表4–2　基金普惠、基金同益和基金泰和的封闭式基金到期套利结果

基金名称	买入时间	赎回时间	到期日	套利周期（天）	冻结周期（天）	收益率（%）	同期大盘收益率（%）	跑赢指数（%）
基金普惠	2013/12/9	2014/3/25	2014/1/10	106	74	−1.10	−10	8.90
基金同益	2014/3/24	2014/6/4	2014/4/5	72	60	1.39	−2	3.39
基金泰和	2014/3/27	2014/7/9	2014/4/9	104	91	8.72	0.60	8.12

05 货币基金

货币基金（Money Fund）是一种专门投资于低风险货币市场的基金，安全性高、流动性好、收益稳定，具有“准储蓄”的特征。

有些没有接触过货币基金的投资者，单从名称判断，会对它产生一种误解，以为货币基金是投资于外汇市场、买卖各种货币的基金。事实上，货币基金的投资与外汇市场没有关系。货币基金主要投资于短期货币工具（一般期限在一年以内），如国债、

央行票据、商业票据、银行定期存单、政府短期债券、高信用等级的企业债券、同业存款等短期有价证券。

货币基金的优点

1. 本金安全

货币基金的投资品种决定了它在各种类型的基金中是风险最低的。货币基金的合同不会承诺保本，但在事实上货币基金极少发生亏损。一般来说，货币基金被视为现金等价物。

2. 流动性好

货币基金的流动性可与活期存款媲美。基金买卖方便，资金到账时间短，流动性好，一般在被赎回后两天资金就可以到账。现在市场中一些更加先进的“场内交易型货币基金”，比如华宝添益、银华日利等，已经实现了 T+0 日的交易速度。这些货币基金既能被申购赎回，又能由投资者直接在二级市场进行买卖，当天买入，当天即可卖出。不过“场内交易型货币基金”被赎回后，资金通常需要两天才到账。

3. 收益率比一年期定期存款略高

货币基金除了可以使用常见的“交易所回购”等投资工具，还可以进入“银行间债券及回购市场”“中央银行票据市场”进行投资。货币基金的收益率通常略高于一年期定期存款。

4. 投资成本低

一般来说，货币基金的买、卖、申购、赎回手续费均为 0 元。资金进出非常方便。但有一点需要特别注意，在证券市场买卖货币基金时，一定要事先跟证券公司沟通，确认货币基金的交易费是否默认为 0 元。有些证券公司的系统默认买卖货币基金的手续费和股票交易的手续费是一样的，投资者需要在签订专门的合同之后，才能将货币基金的交易费调整为 0 元。

货币基金的使用

货币基金不是一个创造高收益的工具，而是一个极好的现金管理工具。在本书接下来的部分，我们还会介绍各种各样的投资工具。从表面上看，货币基金的作用像是球队中的替补队员。在任何时刻，只要其他任何一种投资工具有使用的价值，我们就不会选择低收益的货币基金。的确，在所有投资工具中，货币基金可以算是最不炫酷的一种，但它是最好的避风港。很多投资工具使用不当会对自身造成巨大的伤害，而货币基金几乎在任何时候都能稳稳地守护我们的本金。所以，货币基金的应用场景应该是：当你不知道该做什么的时候，就买货币基金！

货币基金的风险

本书的前半部分对于分散投资的必要性，已经做了近乎歇斯底里的强调，所以笔者不会在介绍每一种投资工具时都啰唆个没完。但是在货币基金这里，我们有必要再谈一下分散投资的问题。

由于货币基金是一种安全性极高的投资工具，这会让投资者产生一种错觉，认为货币基金是没有风险的，就像很多人认为银行是不会倒闭的，证券公司是不会跑路的，保险公司是不会赖账的。你一定要知道，这些事情都会发生！只是概率很小。面对一个死亡率为五千分之一的手术，人们的理解是："我不会死！"人，对于小概率事件是没有概念的。在这一点上，我们真的不如机器。

货币基金是有风险的！解决方案就是分散投资。不同的货币基金，收益率相差无几。我们在买股票的时候分散投资，也许还会减少一些收益，但是分散买入货币基金，不用付出任何代价。

请记住，在你认为足够安全的东西上分散投资，因为你永远不知道你不知道什么！

使用货币基金套利

刚才说到，有些货币基金既可以被申购赎回，又可以由投资者在证券市场进行买卖，所有具备这种特征的投资工具都可能产生套利的机会。原因在于，其申购、赎回的价格与在证券市场的交易价格可能会出现偏差。通常我们将基金申购、赎回的价格称为"净值"，将基金在证券市场的交易价格称为"现值"，将现值高于净值的情况称为"溢价"，将现值低于净值的情况称为"折价"。

货币基金套利的方向

1. 折价套利

当货币基金出现折价时，我们在证券市场买入货币基金，然后进行赎回，这样我们就获得了该基金“净值”高于“现值”部分的价差。

2. 溢价套利

当货币基金出现溢价时，我们直接申购货币基金，然后在证券市场卖出，这样我们就获得了该基金“现值”高于“净值”部分的价差。

折价套利好于溢价套利

理论上，这两种套利的原理是一样的，都是套取同一商品在两个不同市场间的差价，但在现实中，笔者通常只做折价套利，不做溢价套利，原因是——溢价套利的价差难以锁定。

这句话有点儿难懂，我们举例说明。

先说折价套利。假设当前某货币基金的净值是 100 元，现值是 99 元。若想进行套利，我们要做的是：以 99 元的价格买入该基金，然后进行赎回，这样我们就获得了 1 元的差价。请注意，在这个套利过程中，我们在以 99 元的价格买入该基金的一瞬间，就锁定了 1 元的价差收益。也就是说，我们是在整个套利流程的第一步就锁定了收益。

下面我们再来看溢价套利的例子。假设当前某货币基金的净值是 100 元，现值是 101 元。若想进行套利，我们要做的是：以 100 元的价格申购该基金，然后在证券市场以 101 元的价格将其卖出，这样我们就获得了 1 元的差价。请注意，在这个套利过程中，我们在将该基金以 101 元卖出的那一刻，才能锁定 1 元的价差收益。也就是说，我们要在整个套利流程的最后一步，才能锁定收益。那么我们将不得不面对一个问题：从第一步开始直到走完最后一步，溢价会一直存在吗？答案显然是“不一定”。

这就是折价套利好于溢价套利的原因。①

表 4–3 的第五列，显示了各个货币基金在某一时刻的溢价率，溢价率为正就代表溢价，溢价率为负就代表折价。第六列的“买入赎回年化收益率”是一个非常方便的指标，它帮我们计算出了在当前的折价率下进行折价套利的年化收益率。

表 4–3　各种货币基金在某一时刻的溢价率及买入赎回年化收益率

代码	名称	净值	价格	溢价（%）	买入赎回年化收益率（%）	到账日	七日年化收益率（%）	规模（亿元）
511600	货币 ETF	100.023	100.003	–0.019	1.779	01–10（周二）	3.789	31.00
511660	建信添益	100.028	100.016	–0.012	1.098	01–10（周二）	3.581	43.00
511680	安信货币	100.018	100.000	–0.018	1.641	01–10（周二）	2.313	14.00
511690	交易货币	100.031	100.004	–0.027	2.444	01–10（周二）	3.755	26.00
511700	场内货币	100.031	100.002	–0.029	2.608	01–10（周二）	3.627	17.00
511800	易货币	100.025	100.004	–0.021	1.893	01–10（周二）	2.871	34.00
511810	理财金 H	100.024	100.004	–0.020	1.793	01–10（周二）	2.882	187.00

① 在一种特殊情况下，溢价套利是可行的，那就是当我们已经持有的货币基金出现溢价时。由于我们已经持有该货币基金，因此就省去了套利流程的“申购”环节，在这种情况下，我们可以在证券市场直接将处于溢价状态的货币基金卖出，同时申购该货币基金。这样就相当于在一瞬间完成了溢价套利，这种套利方式被称为“底仓套利”。有心人会发现一个问题：当我们在证券市场卖出溢价的货币基金时，可以立刻得到现金，但是当我们申购货币基金时，却要等到当日收盘后，申购的份额才能得到确认，所以从卖出货币基金的那一刻，一直到当日收盘这个时间段内，我们实际上处于空仓状态，并未持有货币基金份额。确实如此，但这并不是问题，货币基金每天的净值变化极其微小，只要套利空间足够大，我们可以直接忽略净值的波动。

（续表）

代码	名称	净值	价格	溢价（%）	买入赎回年化收益率（%）	到账日	七日年化收益率（%）	规模（亿元）
511820	鹏华添利	100.019	99.999	−0.020	1.834	01-10（周二）	2.648	38.00
511830	华泰货币	100.031	100.008	−0.023	2.100	01-10（周二）	3.193	24.00
511850	财富宝 E	100.041	100.016	−0.025	2.297	01-10（周二）	4.605	3.00
511860	博时货币	100.021	100.003	−0.018	1.604	01-10（周二）	2.557	47.00
511880	银华日利	100.145	100.155	0.010	−0.911	01-10（周二）	2.374	248.00
511890	景顺货币	100.033	100.012	−0.021	1.880	01-10（周二）	3.522	5.00
511900	富国货币	100.019	100.001	−0.018	1.636	01-10（周二）	2.403	99.00
511910	融通货币	100.017	100.000	−0.017	1.542	01-10（周二）	2.002	11.00
511920	广发货币	100.023	100.002	−0.021	1.960	01-10（周二）	2.407	2.00
511930	中融日盈	100.037	100.008	−0.029	2.633	01-10（周二）	4.017	3.00
511950	广发添利	100.027	99.999	−0.028	2.590	01-10（周二）	2.019	0.00
511960	嘉实快线	100.031	100.006	−0.025	2.309	01-10（周二）	3.862	5.00
511970	国寿货币	100.022	100.006	−0.016	1.504	01-10（周二）	2.800	14.00
511980	现金添富	100.022	100.004	−0.018	1.639	01-10（周二）	2.662	76.00
511990	华宝添益	100.027	100.016	−0.011	0.989	01-10（周二）	3.407	598.00

数据来源：集思录

如果对网上的溢价率数据不放心，那么读者可以自己计算，溢价率的计算公式为：

溢价率 =（现值 – 净值）÷ 净值 ×100%

通常，笔者只有在“买入赎回年化收益率”超过 10% 时，才会进行折价套利。

以上关于套利的内容非常重要，如果一次看不懂，那么请多看几遍。因为后面的一些章节，也会用到相同的原理。

套利这个词，会让很多人感觉遥远而陌生。其实，套利这种行为就存在于我们的生活中。即便你不是套利者，也至少是套利行为的受益者。举个最简单的例子，为了方便理解，我们假设大米是人类唯一可食用的东西。

如果北京的大米每千克售价 1 元，而天津的大米每千克售价 100 元，那么会有很多天津人饿肚子，同时有很多北京的大米被浪费。在现实中，相同的食物在不同城市的售价会有差异，但大体上是差不多的。达成这种均衡的原因，就是套利。

当同一种商品在两个不同地方的售价相差过大时（通常要大于运输成本才行），套利者就会开始行动。在上面的例子中，套利者会从北京购买大量的大米，然后运到天津去卖，并不断重复下去，直到两地大米的售价差不多为止。

我们在金融市场的套利行为也基于相同的原理。相同商品的不同价格会在很大程度上导致短缺和浪费。如果我们认同大米的价格在各个市场达到均衡对社会是有益的，那么蚕丝的价格、剃须刀片的价格以及金融产品的价格也是如此。

下面延伸一个小知识，这个知识对于投资本身没有直接的帮助，但如果你想在投资领域进行更深入的学习和探索，那么或许下面的内容会对你有所启发。

套利者能够加速世界的融合。《人类简史》一书提到一个有趣的案例：在大航海时代，世界上的一些大帝国都认可金银的价值，并以它们为主要的交易货币。而某些偏僻落后的地区，却仍以贝壳等东西为主要的交易货币，这些地区的居民生存的环境中有黄金，但黄金对于他们而言，只是一种质地柔软的石头。

直到有一天，远方的航海者来到其中一片土地。当地的原住民很快就发现，这些远方来的人对这种质地柔软的黄色石头感兴趣，拿着这种石头就可以从他们手中交换到各种东西。于是，原住民对黄金越来越重视，很快就承认了黄金的价值。这是一个有趣的现象，其实人类以很多稀缺的东西作为货币都是可行的，但由于套利者的存在，全人类竟自然而然地对这个问题达成了共识。套利者像血管一样，将说着不同语言、信仰着不同神灵的人连接在一起，加速了整个世界的融合，让分布在地球各个角落的人以某种神奇的方式达成协作。

当然，加速世界融合的不仅仅是贸易和金融，还有暴力和战争、宗教和文化。长远来看，世界的融合对于人类这个物种而言，究竟是好事还是坏事？这又是一个比投资更加遥远的问题了。

06 债券逆回购

与货币基金一样，债券逆回购（Repurchase Agreement）也是一种低风险、低收益、流动性好的现金管理工具。

债券回购，是一种以债券为质押物的资金借贷行为，全名叫“债券质押式回购”。债券回购分为“正回购”与“逆回购”。正回购方是资金融入方，逆回购方是资金融出方。交易双方约定，在将来某一指定的日期，由正回购方按约定利率向逆回购方支付本金和利息。

简单来说，债券逆回购就是把钱借给别人用，然后赚取利息。由于有债券作为质押物，这种逆回购交易几乎没有风险。

目前，上海证券交易所和深圳证券交易所均提供逆回购交易，包括 1 天、2 天、3 天、4 天、7 天、14 天、28 天、91 天、128 天 9 个品种。表 4–4、表 4–5 列示了上交所和深交所的债券逆回购交易品种。

表 4–4　上交所债券逆回购品种

代码	名称	周期
204001	GC001	1 天
204002	GC002	2 天
204003	GC003	3 天
204004	GC004	4 天
204007	GC007	7 天
204014	GC014	14 天
204028	GC028	28 天
204091	GC091	91 天
204182	GC182	128 天

表 4–5　深交所债券逆回购品种

代码	名称	周期
131810	R-001	1 天
131811	R-002	2 天
131800	R-003	3 天
131809	R-004	4 天
131801	R-007	7 天
131802	R-014	14 天
131803	R-028	28 天
131805	R-091	91 天
131806	R-182	128 天

逆回购的操作方法是：在证券交易软件中选择“卖出”，然后输入逆回购品种的代码，软件中自动显示的价格数字就代表了年化收益率。上海证券交易所逆回购的每笔最小金额是 10 万元，

深圳证券交易所的每笔最小金额是 1 000 元。

图 4–3 为债券逆回购的实际交易页面。

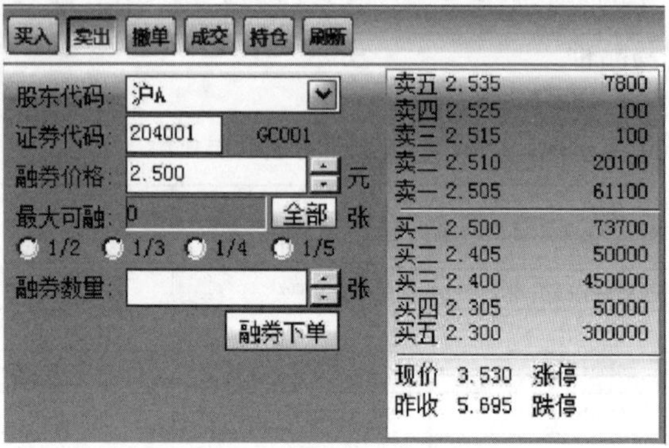

图 4–3　债券逆回购交易界面

逆回购交易操作成功后，资金将立刻被冻结。如果选择的是 1 天期的逆回购，那么资金会在 T+1 个交易日，也就是进行逆回购操作当天的下一个交易日的早上被解冻，不影响 T+1 日的证券交易。

需要注意如下两点。

1. 逆回购的资金在非交易日不可被解冻。如果我们在周五做了逆回购交易，那么在周六和周日两天，资金会一直处于冻结状态。

2. 逆回购的资金在解冻后的下一个交易日可取现。如果我们在周四做了 1 天期的逆回购交易，那么资金会在周五解冻。解冻后的资金可以被用来在证券账户内做任何规则允许的交易，但在周五当天不能取现。如果需要将这笔资金从证券账户转到银行账户，就必须等到资金解冻后的下一个交易日，也就是要等到下周一（如遇节假日还需顺延）才能操作。

逆回购交易成功后不可撤单，原因很简单，因为已经借给别人的钱，在借贷合约还没到期时，不能提前要回来。在提前支取方面，逆回购甚至不如银行定期存款。银行定期存款，若急需支取，只要牺牲一部分利息就能达成，而做了逆回购的资金，想要提前支取则是根本不可能的！所以我们在做逆回购的时候，交易代码一定不能打错，否则资金的流动性会出问题。

债券逆回购与前面介绍的货币基金都属于低风险的现金管理工具，我们应当如何选择呢？

闲置时间小于 7 天的资金，建议做逆回购；闲置时间超过 7 天的资金，建议买货币基金。

对于超短期的闲置资金来说，逆回购的性价比更高。T+0 交易的场内货币基金，交易价格会有微小的波动，买价和卖价之间也会有微小的价差，对于超短期资金而言，这些微小的扰动会导致该时段内的闲置资金未必能获得收益。而场外货币基金又存在申购和赎回周期的问题。相比之下，逆回购交易则能确保我们在每一个交易日都获得稳定的回报。

07 债券

债券（Bond）是一种金融契约，是政府、金融机构、工商企业等直接向社会借债筹措资金时向投资者发行，同时承诺按一定利率支付利息并按约定条件偿还本金的债权债务凭证。债券投资者与发行人之间是一种债权债务关系，发行人即债务人，投资者即债权人。

从传统意义上说，债券对于投资者来说是一个非常重要的领域。但笔者并不主张投资者在债券这个品种上耗费过多的精力，因为债券并不是一种性价比很高的投资工具。[①]

债券市场相对于股票市场来说是一个更加有效的市场，这也就意味着我们在这个市场投入的精力更难转换成收益。说一个市场更加有效，意味着这个市场中的标的物出现定价错误的情况更少，定价错误的程度也更低。不同国家的债券市场，定价效率会有所不同，但是世界上任何一个国家，其债券市场的定价效率必然高于其股票市场。原因很简单，股票投资者需要承担一家公司未来全部的命运，而债券投资者只需要拿回固定数额的本金和利息。换句话说，股票投资者需要判断一家公司未来会不会好，而债券投资者只需要知道一家公司未来会不会死！可以想象这两种判断在难度上有多大的差别。

例如，中国石化的股票在五年时间内（2003 年到 2008 年）的价格最高点和最低点可以有 10 倍以上的差距，这是因为在牛市与熊市的变化中，人们对于国家经济、市场走向、公司前景这些虚无缥缈的问题会在某一时刻达成共识，而这种共识由于没有足够的事实支撑很快就会被打破。价格的崩溃又使人们在短时间

---

① 可转债除外。

内形成相反的共识，周而复始。如前文所述，在价格巨幅震荡的过程中，保守的投资者可以利用市盈率、市净率等极其朴素的估值方法，在风险可控的情况下赚取高额收益。显然，市场定价的低效和混乱是取得高收益的基本前提。

然而，面对一张中国石油化工集团发行的五年期债券，市场通常能给出比较接近客观事实的定价。因为对于该债券最核心的定价因素——公司是否会在五年之内破产，多数时候人们能够达成正确的共识。

债券的风险

一些投资者对债券有很深的误解，认为债券没有风险、投资债券不会亏损，这种观念是错误的。事实上，债券至少有三种主要的风险。

违约风险

发行债券本质上是种借贷行为。懂生活的人都明白，只要把钱借出去，就有收不回来的风险！借给朋友是这样，借给公司也是这样。只是不同的公司违约的概率不同。在国际市场上，AAA级债券违约的概率低于万分之一，而 C 级债券违约的概率超过50%。截至 2017 年年初，中国市场还没有出现过 AAA 级债券违约的情况。但是，美国的 AAA 级债券只有寥寥数只，而中国有数百只之多，即使暂时没有出现过违约情况，我们也可从逻辑上推断，中国的 AAA 级债券与美国的 AAA 级债券相比，风险更高一些。

违约风险带来的机会

通常，我们将债券发行者付不出利息或者在债券到期之后还不出本金的情况称为违约。债券一旦面临违约的可能，其价格通常会大幅下跌。从国外的经验来看，面值 100 元的债券，跌到几十元、十几元甚至几元都并不稀奇。然而即使债券出现违约情况，也并不意味着债权人将损失全部的本金和利息。有些时候，债权人能延期拿回全部本金和利息；有些时候，债权人能拿回部分本金；当然在很多情况下，债权人最终什么都得不到。可以这样说，对债券而言，违约并不是故事的终点，而是故事的高潮。每一只违约债券的背后都是一场没有硝烟的战争。

投资者如果能够预判债券违约之后会发生什么，就能从违约债券中攫取巨大的利益。因为一张面值 100 元、违约后能够偿还 50 元的债券，很可能以 30 元、20 元甚至更低的价格在市场上交易。

做出这种正确判断的难度极高，只有非常老辣且实力雄厚的投资者才能做到。《安全边际》(*Margin of Safety*) 一书的作者，Baupost 基金公司总裁塞斯·卡拉曼就精于此道。

然而，普通的投资者实在不应妄想拥有这种神奇的能力。想要从违约的债券中榨取利润，不仅需要极精深的财务功底，还必须拥有足够强大的法律支持。违约债券的投资绝不是喝着咖啡看着财报，计算一下公司账上还剩多少资产就完事了，后续可能还要面临一系列旷日持久的诉讼。

功夫在诗外！

利率风险

图 4–4 是“国债 100213”2002 年至 2017 年的价格走势图，在 2002 年至 2017 年这 15 年间，中国并没有出现过真正可能使国家经济崩溃的巨大危机，“国债违约的可能性极小”应该是一个基本共识。然而国债的价格在这 15 年间却出现了不小的波动，从最高点到最低点的差价超过 30%，其中利率的变化是一个重要的诱因。如 2007 年 12 月，一年期定期存款利率达到了 4.14%，而 2017 年年初，一年期定期存款利率只有 1.5%，可以看到利率的变化与国债价格走势有明显的负相关关系。

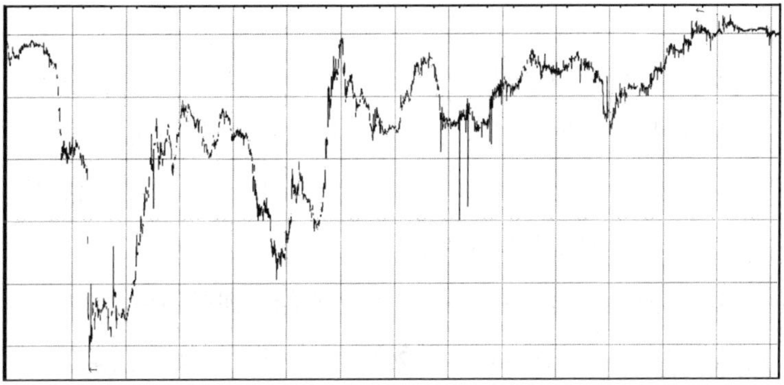

图 4–4 “国债 100213” 2002 年至 2017 年的价格走势图

数据来源：Wind

一般来说，距离到期日越远的债券，其价格对利率的变化就越敏感；相反，离到期日越近的债券，其价格就越不容易受到利率变化的干扰。

因为当债券到期兑付时，债务人不仅需要兑付给债权人当年的利息，还要按照债券的票面价值（通常是 100 元）将本金还给债权人。如果某只 1 年后到期的国债价格跌到 80 元，也就意味着，即使不考虑付息的问题，投资人在到期后仅仅通过拿回债券的票面价值，也能够获得（100 元 −80 元）÷ 80 元 ×100%=25% 的年化收益率。对于一只偿付风险几乎为零的债券来说，25% 的年化收益率显然是不合理的，所以这种情况基本不会发生。

然而，如果是一只 20 年后才到期的债券，其价格跌到 80 元就不那么有吸引力了，这里面有两个原因。

第一，1 年后到期的债券会不会出现违约情况比较容易判断，而 20 年后到期的债券会不会出现违约情况，判断起来难度会高很多。

第二，同样是以 80 元买入、到期拿回 100 元的票面价值，如果是 1 年后到期的债券，就相当于用 1 年时间，通过债券价格的变化赚到 20 元；而如果是 20 年后到期的债券，20 元的利润被平摊到 20 年，就显得微不足道了。

我们还以“国债 100213”为例，它的到期时间为 2017 年 9 月，笔者写作本章节的时间为 2017 年 2 月。可以肯定地说，即使未来的几个月内，央行的基准利率从 1.5% 上升到同 2007 年一样的 4.14%，“国债 100213”的价格也回不到同 2007 年一样的 81 元了。

利率风险带来的机会

理论上，利率变化也能为投资者带来额外的收益。如果我们能够把握利率变化的方向，在高利率环境下买入债券，然后在低利率环境下卖出，那么除了债券的利息，我们还能享受债券价格变化带来的收益。

但这只是理论上的说法。现实中，利率的变化很难把握。从国际经验来看，一个国家的利率，可以长期维持在较高水平，也可以长期维持在较低水平；利率变化的周期可能很短，也可能十分漫长；历史上的利率变化情况对未来也没有参考意义。

虽然利率的变化很难预测，但我们仍应选择在利率较高的时候投资债券。“利率较高”这种说法就像中国厨师说的“盐少许、味精少许”一样，是没有客观标准的。这没有办法，没有准确的参照物正是利率风险的本质。

基于上述情况，笔者投资债券时的思路是这样的：对于一只债券，我们若不愿意持有到期，就不应购买。持有到期的思路，可以屏蔽掉利率变化对债券价格的扰动。愿意持有到期，说明我们对该债券每年提供的固定回报是满意的，这就避免了我们为了争夺利息以外的回报而与其他投资者相互“撕咬”的窘境。

当然，持有到期只是一种出于无奈的防御。如果在持有债券的过程中，债券价格出现了大幅上涨，那么我们也没必要傻傻地坚持。提前兑现收益总是好的。

例如，我们在基准利率较高的环境下，买了一只 3 年后到期的债券，该债券的面值是 100 元，每年的利息是 7%。正常情况下，我们的计划是持有该债券 3 年，直至到期。由于资金的期限与债券的期限是匹配的，因此即使 3 年之中债券价格出现下跌，也不会对我们造成实质的伤害。但是，如果天降好运，在我们买入该债券后，基准利率开始下降，我们在第一年就获得了 14% 的收益（收益来源：债券利息 + 债券价格上涨），那么这就意味着，如果继续按照原计划，坚持“持有到期”的策略，我们未来 2 年总共只能获得 7% 的收益。这时候，我们的策略就应随情况的变化而调整，提前卖出债券，兑现一年 14% 的收益，然后去寻找其他性价比更高的投资标的。

我们不能主动追求利率变化带来的收益，但可以被动享受它带来的好处。

市场风险

刚才我们说过，债券的价格与市场利率负相关。利率越高，债券价格越低。然而，2002 年至 2017 年间，基准利率的最高点出现在 2007 年（4.14%），而“国债 100213”的价格最低点却出现在 2004 年（73 元），当时的基准利率只有 2.25%。为什么“国债 100213”的价格最低点出现在利率并不算太高的 2004 年？这并不是利率变化所致，而是市场方面的原因。

当年债券市场有一个名词叫作“国债委托理财”，类似于后来股票市场的“场外配资”，一些企业包括很多上市公司通过国债委托理财将资金拆借给券商等机构，券商等机构借入国债后，再通过国债正回购的方式融入资金，并将资金投入股票市场。2004 年 4 月，A 股市场著名的庄家德隆系倒台，这导致众多股票崩盘，大量通过国债委托理财进入股市的资金亟待撤离，供求关系失衡导致债券市场也跟随股市出现了雪崩式下跌。[①]

对这种源于市场自身的风险，投资者很难预判，只能通过合理的资产配置和动态再平衡的方式来应对。

市场风险带来的机会

相比于违约风险和利率风险带来的机会，市场风险带来的机会是更加容易把握的。这是因为，市场原因引发的下跌对于债券的内在价值并无影响。只要资产配置得当，我们手中就会有足够的资金，从容地拾取别人被迫抛售的廉价债券。市场中人们对这种投资人被迫抛售的资产有一种残忍又形象的称呼——带血的筹码！

例如，图 4–4 显示的 2004 年国债价格的暴跌，就是一个典型的由市场风险带来的投资机会。

总结

整体来说，笔者并不建议投资者直接购买债券，因为我们会在后面的章节介绍很多性价比更高的选择。如果非要投资债券，那么请在基准利率较高时开始投资，并做好持有到期的心理准备。

08 债券基金

债券基金（Bond Fund，简称债基）是指专门投资于债券的基金，通过对债券进行组合投资，寻求较为稳定的收益。根据中

---

① 引自陈绍霞的《从 12 年前国债市场雪崩看当前股灾》一文。

国证监会对基金类别的分类标准，基金资产 80% 以上投资于债券的，称为债券基金。债券基金也可以有一小部分资金投资于股票市场。另外，投资于可转债和申购新股，有时也是债券基金获得收益的重要渠道。

基金按照运作方式不同，分为开放式基金（场外开放式基金、LOF 基金、ETF 基金）和封闭式基金。同时，基金按照投资对象不同，又分为股票基金、债券基金、混合基金等。

也就是说，与股票基金一样，债券基金同样分为封闭式和开放式两种，开放式的债券基金同样分为场外开放式基金、LOF 基金和 ETF 基金三种。投资债券基金的要点与投资股票基金并无太大区别，只不过投资对象变成了债券而已，所以本书不会在这里浪费太多笔墨。读者若有不明白的地方，可以参考本书“开放式基金”的章节。

这里主要阐明投资债券基金时需单独注意的几个要点。

1. 费率

债券基金的费用整体而言要低于股票基金。主动管理型债券基金每年的管理费 + 托管费通常在 1% 以内，指数型债券基金每年的管理费 + 托管费在 0.6% 以内。

2. 杠杆风险

债券基金有时会通过“债券正回购”[①] 的方式，将自己所持有的债券抵押，然后从市场中借钱购买更多的债券，这就导致在某

---

① 还记得前面介绍的债券逆回购吗？逆回购方的钱就是被正回购方借走了。

些情况下，债券基金持有的债券会超过该基金的净资产。比如，某债券基金的净资产为 10 亿元，但它持有的债券总额可能达到 15 亿元，相当于持仓比例为 150%。所以，如果债券市场出现暴跌，那些举债投资的债券基金就会承受更大的损失。

3. 封闭式债券基金的折价

股票市场和债券市场的整体价格走势在多数情况下是负相关的，虽然这不是必然规律。

每一个投资者的资金都是有限的，投资的过程就是选择和放弃的过程。在牛市的后期，会有大量原本投资债券的人经受不住股市的诱惑，抛掉手中的债券去购买股票，大量的抛售会导致债券出现低廉的价格。持有债券的人会抛售债券，持有债基的人也会抛售债基，所以在这种情况下，市场中很容易出现大幅折价的债券基金，打折的债券基金持有低估的债券，会形成一个十分诱人的“折上折”。在 2008 年年初和 2010 年年初的时候，市场中都曾出现折价率超过 15% 的债券基金，值得注意的是，这两个时点都处在股市出现大幅上涨之后。

股市和债市的负相关对于保守的投资者而言是极其有益的。下次，你在找不到值得买入的股票时，回过头来看看债券和债基，也许会有惊喜。

第五章　进阶投资工具

在接下来的几个章节中，我们会介绍一些较为复杂的投资工具。在证券市场中，越复杂的东西越容易出现收益和风险的极端不对称。这就像扑克游戏，如果每个人抽一张牌比大小，那么即使是数学家或超级人工智能面对一名普通的赌徒，也很难建立真正的优势，但如果他们玩儿的是桥牌或德州扑克之类的复杂游戏，情况就完全不同了。同样，面对复杂的投资工具，会有很多人对其规则和原理产生错误的理解，甚至有很多人根本不知道自己在交易的究竟是什么东西，这时，我们丰富的投资知识将发挥更大的效能。

01 期权

期权（Option）是一种衍生性金融工具，是指买方向卖方支付期权费后，拥有的在未来某一特定日期（指欧式期权）或在未来一段时间内（指美式期权）以事先规定好的价格向卖方购买或出售一定数量的特定商品的权利，但期权买方不负有必须买进或卖出该特定商品的义务。

出于严谨性的考虑，笔者在介绍每一种投资工具时，会在第一段使用比较官方的语言做出描述，随后再用便于理解的语言进行解释。与前面一些章节不同，对期权没有概念的人，显然已经很难通过简单的字面意义去理解其含义了。接下来，我会试着用尽可能简单的语言和案例来解释期权的原理。

期权的基本原理

期权，从类型上分为“欧式期权”和“美式期权”，从方向上分为“看涨期权”和“看跌期权”。每一张期权必然包含“类型”和“方向”两个要素，所以我们可以把期权简单地分为四类：欧式看涨期权、欧式看跌期权、美式看涨期权、美式看跌期权。出于简洁性和实用性的考虑，在本章中，我们主要介绍“欧式看涨期权”。不同类型、不同方向的期权，其基本原理是一致的。理解了看涨期权，就能迅速理解看跌期权；理解了欧式期权，就能迅速理解美式期权。

期权这个概念对很多人而言是陌生的。在现实生活中，有一种性质与期权相似的东西，叫作订金。

假设小明要从小强手中购买一套房产，小明是买方，小强是卖方，房子的价格为 100 万元。交易过程中，合同约定小明需要先付 5 万元的订金给小强，然后在一年之后付清剩余的 95 万元。

若一年后小明付不出 95 万元，则 5 万元的订金将作为罚金赔偿给小强，而如果小明付清了 95 万元的尾款，小强就必须将房子卖给小明，不得反悔（现实中的购房合同更为复杂，为了便于理解，我们在此将其简化）。在这份合同签订后，小明实际上获得了一份选择权，我们分别看一下这份权利在不同情景中的应用。

情景 1：如果一年后，该房产的价格上涨到 200 万元，那么小明只需再交 95 万元，便能将房子买下，此时小明一年前所签订的购房合同，其价值为 200 万元 –95 万元 =105 万元；小明若付不出剩余的 95 万元购房款，可以直接将这份一年前签订的合同以接近 105 万元的价格转卖给别人。

情景 2：如果一年后，该房产的价格下跌到 50 万元，那么小明可以舍弃 5 万元的订金，放弃已经大幅贬值的房产。

讲到这里，想必有些读者已经很熟悉了。上述场景在现实中被称为"炒楼花"。小明就是炒房者，小强就是房地产开发商。

简单总结一下上述案例。

小明付出了 5 万元订金，收获了一份权利，这份权利使小明可以在房价上涨时收益无限放大，而在房价下跌时最多只损失 5 万元。但是这份权利的有效期只有 1 年，过期作废。

小强收了 5 万元订金，产生了一项义务，这项义务使得小强无法享受房价上涨的收益。但是这项义务的有效期也只有 1 年，过期作废。

这里就引申出期权的三个核心要素：

1. 期权的买方（即缴纳订金的一方）只有权利没有义务。

2. 期权的卖方（即收取订金的一方）只有义务没有权利。

3. 期权有时限，过期作废，订金不退。

到此，我们已经明白了期权的基本原理。在现实中，金融市场的期权与房产市场的订金还是有一定区别的。订金通常作为商品价格的一部分，比如一套房产售价为 100 万元，我们支付了 5 万元订金，一年后只需再交 95 万元的尾款就能获得该房产。而我们购买期权时所支付的则不是商品价格的一部分，而是一份独立于商品之外的“权利金”。我们在行使权利时，究竟需要支付多少钱，是由期权合同中约定的“行权价”来决定的。

期权的要素

上文以订金为例，是为了引导对期权没有概念的读者进入状态。有了上面的基础，现在我们可以介绍真正的期权了，我们在介绍真正的期权时，仍会将期权与订金相通的部分一一对应起来，不同的部分则单独介绍。要完整地了解期权，我们必须了解以下几个概念：

期权的类型
期权的方向
期权的价格
期权标的物
标的物价格
行权价格
期权的时限
行权比例

我们用一个案例来解释上述概念。

案例

假设目前是 2017 年 1 月 1 日，“宇宙银行”的股票当前价格是 10 元，此时某投行（证券公司）发行了一批期权[①]，该期权约定：拥有这份期权的人，有权利在一年后，也就是 2018 年 1 月 1 日以 20 元的价格购买宇宙银行的股票，每一张期权可以购买一股，每一张期权售价 1 元（期权的单位是“张”）。

以上这个案例中包含了构成期权的全部要素。

期权的类型

期权的类型分为欧式期权和美式期权，这两种期权的主要区别是行权时间不同。欧式期权的行权时间是某个特定日期，而美式期权的行权时间是一个范围，期权的拥有者可以选择在该时间范围内的任意时间行权。上述案例（以下称案例 1）中的期权约定其行权时间是 2018 年 1 月 1 日，所以这显然是一张欧式期权。

---

① 在香港，投行发行的期权被称为“窝轮”，由英文 warrant 的谐音而得名，warrant 的专业翻译应该是“认股证”，是期权的一种。

期权的方向

期权在方向上分为看涨期权和看跌期权，如果一张期权约定投资者可以在未来购买某样东西，那么这张期权就是看涨期权。相反，如果一张期权约定投资者可以在未来出售某样东西，那么这张期权就是看跌期权。案例 1 中的期权约定其拥有者可以在 2018 年 1 月 1 日购买宇宙银行的股票，所以这是一张看涨期权。

期权的价格

案例 1 中该期权的售价是每张 1 元。

期权标的物

案例 1 中该期权的标的物是宇宙银行的股票。

标的物价格

案例 1 中的标的物价格是每股 10 元。

行权价格

案例 1 中的行权价格是每股 20 元。

期权的时限

案例 1 中期权的时限为 1 年，到期时间为 2018 年 1 月 1 日。期权到期之前投资者不能行权，但可以在证券市场进行交易。在现实中，当我们在市场中购买期权时，主要考虑购买日与到期日相隔多长时间，不必考虑该期权的发行时间。

行权比例

案例 1 中该期权的行权比例为 1∶1，即 1 张期权拥有购买 1 股股票的权利。在现实中，有些期权的行权比例为 10∶1 或 100∶1，即 10 张或 100 张期权拥有购买 1 股股票的权利。

现在，假设我们购买了 1 张案例 1 中的期权，买入成本为 1 元。在该期权到期时，如果宇宙银行的股票价格低于 20 元，那么我们买入的期权价值为零，也就是说该期权变成了废纸。因为该期权的合同约定，期权的拥有者有权在 2018 年 1 月 1 日以 20 元的价格买入宇宙银行的股票，所以如果届时宇宙银行的股票价格低于 20 元，那么投资者没有任何理由以 20 元的价格，去买入一只市价低于 20 元的股票，无论当时该股票的市价是 1 元还是 19.99 元。那么，假设届时宇宙银行的股票价格正好是 20 元，我们的期权价值是多少呢？答案还是 0。因为这代表着我们有权以 20 元的价格去购买市价 20 元的股票，这种权利没有价值！

但是如果在该期权的行权日，宇宙银行的股票价格高于 20 元，期权就变得有价值了。比如届时宇宙银行的股票价格为 21 元，则每张期权的价值为 21 元 –20 元 =1 元，因为我们有权以 20 元的价格去购买市价为 21 元的股票。可是在这种情况下，期权虽然没有变成废纸，但我们依然没有赚钱，别忘了我们当时购买这张期权时，为其支付了 1 元钱。21 元的股价，只是让我们收回了当初购买期权所花费的成本。只有当宇宙银行的股票价格高于 21 元时，我们才能盈利。假设届时宇宙银行的股票价格为 30 元，则该期权的价值为 30 元 –20 元 =10 元，这时候，我们 1 元钱买入的期权变成了 10 元，盈利 9 元，收益率为 900%。

现实中，如果我们在香港的证券市场购买投行（证券公司）发行的期权，那么很多时候，我们并不需要真的在期权的到期日，以购买期权标的物的方式去行权。投行会直接将期权所对应的行权价值折算成现金，打到投资者的证券账户里。比如在案例1中，如果在行权日，宇宙银行的股票价格为30元，我们的期权价值为10元。这时我们将直接从发行该期权的投行（即期权的卖方）处获得10元现金，现金会自动打入我们的证券账户，不需要我们做行权操作。以上所说只是一种普遍现象，并非所有期权都有相同的条款。投资者在每次购买期权时，一定要仔细阅读期权的合同。

期权的使用

刚才介绍了期权是什么，以及用期权能做什么。接下来，我们将进入实际操作层面，详细说明应如何投资期权。笔者在投资期权时，会重点考虑以下几个因素：

期权标的物的估值
期权溢价率
期权剩余时间
杠杆倍数

对这些因素的逐一介绍如下。

期权标的物的估值

理论上，期权标的物可以是任何东西。在本书中我们主要介绍标的物为股票或股票指数的期权。根据对“投资体系第一层级”的认识，我们知道低估值的股票或股票指数更容易让投资者在未来获得超额回报，或者说得更通俗一点儿，低估值的股票或股票指数未来更容易涨。所以我们在投资看涨期权时，一定要选择其标的物估值足够低的。

应用：在投资期权时，期权标的物的市净率（PB）不能高于1倍，无论是个股还是指数。

期权溢价率

期权溢价率的公式是：（期权行权价格 + 期权价格 – 期权标的物当前价格）÷ 期权标的物当前价格 ×100%。

这个指标可以告诉我们期权的盈亏平衡点在哪里，也就是期权标的物需要涨多少，期权才能保本。比如在案例1中，期权标的物宇宙银行股票的行权价格为20元，期权价格为1元，标的物价格为10元。投资宇宙银行股票的期权如果要达到盈亏平衡，就需要其标的物宇宙银行的股票价格从10元涨到21元，涨幅为110%，所以在宇宙银行的股票价格为10元时，该期权的溢价率为110%。计算方法为：（20元+1元–10元）÷10元×100%=110%。对投资者而言，期权的溢价率越低越好。

应用：期权溢价率必须小于30%。

期权剩余时间

期权剩余时间的计算公式为：行权日期 – 当前日期。

期权的剩余时间是指当前时间与到期时间的差，与期权的发行时间无关。假设当前时间为2017年1月1日，该期权的到期时间为2018年1月1日，那么该期权的剩余时间为365天。时间的因素对于期权而言至关重要，剩余时间越短，未来的可能性越少，期权的价值也就越小。

比如案例 1 中的期权，需要正股涨幅超过 110% 才能盈利，如果其剩余时间为 1 年（365 天），那么该期权的价值很小，一只股票在未来 1 年之内涨幅达到 110% 是个小概率事件。而如果该期权的剩余时间为 10 年（3 650 天），那么该期权的价值很大，因为在未来 10 年当中，遇到一个牛市的可能性非常高，届时其股价的涨幅可能远超 110%。这里需要说明一点，我们在投资期权时，不必非要等到期权到期，然后将其行权，只需在期权上涨后将其卖出即可（公开交易的欧式期权虽然不能在任意时间行权，但可以在任意时间通过证券市场进行买卖）。一般来说，一张看涨期权，如果其标的物价格上涨，该期权也会上涨，而且由于杠杆的存在，期权的上涨幅度会远远超过其标的物本身。

应用：期权的剩余时间必须超过 2 年（730 天）。

杠杆倍数

关于期权有一个常用指标叫作“杠杆比率”，它反映的是期权标的物当前价格（即正股价格）与期权价格的比值，计算公式为：杠杆比率 = 正股价格 ÷（期权价格 × 行权比例）。请注意，笔者这里说的杠杆倍数不是杠杠比率！

杠杆倍数是指假设我们以当前价格买入某期权，当它的标的物价格翻倍时，该期权的价格能翻多少倍（假设届时期权溢价率为 0），所以严格地说，它应该叫作“标的物价格翻倍时的杠杆倍数”，为了方便表述，我们之后将其称为“杠杆倍数”。这个指标是笔者根据过往投资经验总结出的，并不是市场的通用指标，在任何软件或网站上都无法直接查到。期权对于多数投资者而言仅仅是一个用来炒作的工具，而只有对于那些把期权当作一个有价值的东西进行长期投资（投机）的人来说，杠杆倍数这个指标才是有意义的。

杠杆倍数的计算公式为：杠杆倍数 =（期权标的物当前价格 ×2– 期权行权价格）÷（期权价格 × 行权比例）。

举例说明，假设某期权价格为 0.1 元，其对应的标的物股票当前价格为 10 元，该期权的行权价格为 12 元，行权比例为 10∶1，即 10 张期权换 1 股股票。那么当预期该股票价格将会上涨到 20 元时，期权的杠杆倍数为（10 元 ×2–12 元）÷（0.1 元 ×10）=8 倍。

使用这个指标的前提是我们之前阐述的几个条件都满足，只有当期权标的物的估值足够低，期权剩余的时间足够长时，我们才能够预期该标的物的价格在期权的存续期内有翻倍的可能。当然，我们绝不能认为某种东西的价格必然会翻倍，标的物价格在特定期限内的涨幅能有多大，这是一个概率分布的问题。我们能够确定的是，被低估的东西有回归其合理价值的内在动力，时间越长，回归的可能性越大。

应用：期权的杠杆倍数必须高于 10 倍。

总结一下我们对期权的要求。

1. 期权标的物必须处于被低估状态，市净率不超过 1 倍。

2. 期权溢价率不能太高，要低于 30%。

3. 期权剩余时间要足够长，必须超过 2 年。

4. 期权杠杆倍数要足够高，必须高于 10 倍。

对期权有所了解的读者看到这个标准，想必会认为它太过严苛了。同时满足上述四个标准的期权产品几年也未必能遇到一个。是的，这样就对了！请记住，期权是一种极其凶险的投资工具，我们在正常情况下默认的做法是不碰它！只有当它的风险和收益极不对称时，才值得小注一搏。注意，是小注一搏，而不是放手一搏。个人投资者配置期权的比例，绝不能超过资产的5%，如果做不到这一点，那么请尽快将本书关于期权的章节全部撕掉！

歇斯底里的风险提示之后，让我们回归专业技术的讨论。有专业背景的投资者看到上述四个严苛的标准后，自然会想到一个问题：要同时满足这四个标准显然很难，那么它们之间是否可以相互补偿？比如，如果期权标的物的估值为 0.4 倍市净率，那么是否可以接受其溢价率为 50% ？如果期权的杠杆倍数为 30 倍，那么是否可以接受其剩余时间为 1 年？按照标准的金融理论，其实是可以的。但在现实中，笔者的回答是：不能。

两个原因。

第一，刚才说过，期权是风险极高的投资工具，我们不应经常使用它。允许几个条件相互补偿，会增加期权进入我们狩猎范围的频率。理论上这是中性的，但那是对于高度冰冷的大脑而言，绝大多数有血有肉的投资者都会在频繁的期权操作中迷失自己。严格执行上述四个标准是对投资者精神状态的一种保护。

第二，我们应当尽量避免那些“收益率极高但成功率极低”的投资。上述四个指标，其实就是试图让期权投资在“收益率”与“成功率”之间达成一种均衡。笔者不期待投资某个期权能赚数百倍，但希望能够做到——每投资两次期权，至少有一次不赔光。

人类毕竟不是机器，在投资中单纯地追求数学上的高期望值，而不考虑成功率，至少会面临两个问题。

1. 人类的青春是有限的，所以我们希望自己的财富每年（至少每几年）都有增长，而不是在经历长年累月的亏损后，突然在某一天获得成百上千倍的投资回报。

2. 人类的思考能力是有限的，在经历了连续数十次甚至上百次的亏损之后，我们会开始怀疑自己的做法到底对不对，更尴尬的是，我们无法找到标准答案。投资不是考试，我们只能用残酷的现实来验证自己的方法。这时，两种模式的优劣就会体现出来。理论上高成功率低回报率的方法，如果连续几次不成功，我们就知道自己的方法可能是有什么地方出了问题。而理论上低成功率高回报率的方法，即使连续几十次不成功，我们也很难判断究竟是方法不对还是运气不好。

期权投资的实际操作案例

关于期权投资的理论部分，至此已全部阐述完毕。下面分享一个笔者几年前投资期权的实际案例。通过上文的理论部分，我们已经理解了在投资期权时需要关注的主要标准，在下面的案例中，请重点关注笔者在实际决策时的思考过程。

在现实中，笔者主要投资香港市场的期权。目前我国内地的期权市场尚不成熟，标的物太少，而且期权的时限基本无法满足

“2 年以上”的要求。但期权是个标准化的投资工具，全世界的期权基本原理都是一致的，故本章讲述的投资期权的方法不仅仅适用于香港市场。

即使是在香港市场投资期权，也并不意味着仅仅能买到标的物为在香港上市的公司股票或指数的期权。事实上，笔者在 2014 年 3 月购买的看涨期权就是挂钩 A 股市场的。该期权的名称为“A 中法兴七一购 A（12793）”，其标的物名称为“安硕 A50 中国基金（02823）”。以下是该期权当时的基本情况。

期权名称：A 中法兴七一购 A（12793）

期权标的物：安硕 A50 中国基金（02823）

标的物价格：8.17 港元

行权价格：8.87 港元

期权的价格：0.093 港元

到期时间：2017 年 01 月 03 日

行权比例：10∶1

期权标的物的估值

当时，价格为 8.17 港元的“安硕 A50 中国基金”所挂钩的安硕 A50 指数，其市盈率大约是 7 倍，市净率大约是 0.9 倍。让我们从“相对值”和“绝对值”两个角度来理解这个数据。

相对值：纵向对比，这是 A 股市场的历史最低估值，很多人对安硕 A50 指数没有概念，大家比较熟悉的上证指数当时不到 2 100 点，从市盈率、市净率的角度看，其估值比 2008 年大熊市的最低点还要低；横向对比，安硕 A50 指数是当时全球估值最低的指数之一，其估值低于香港市场，更远低于纽约市场。

绝对值：7 倍市盈率意味着 14% 的静态回报，0.9 倍市净率意味着低于账面净资产的市场价格，对于资本而言，此时的股票市场显然比实业投资更加诱人。

期权溢价率

该期权当时的价格为 0.093 港元，需要注意的是，它的行权比例为 10∶1。也就是说 10 张期权对应一份行权权利。所以我们想要获得一份行权权利，需要购买 10 张期权，也就是 0.093 港元的 10 倍，即 0.93 港元。该期权对应的标的物是“安硕 A50 中国基金”，当时“安硕 A50 中国基金”的价格是 8.17 港元。根据合同约定，该期权的行权价格为 8.87 港元，也就是说，当“安硕 A50 中国基金”的价格超过 8.87 港元之后，该期权开始具有行权价值。考虑到 0.93 港元的期权权利价格，该期权溢价率约为（8.87 港元 +0.93 港元 –8.17 港元）÷8.17 港元 ×100%=20%。

期权剩余时间

该期权的到期时间是 2017 年 1 月 3 日，距离购买时的 2014 年 3 月有 2 年零 10 个月的剩余时间。

杠杆倍数

杠杆倍数为（8.17 港元 ×2–8.87 港元）÷（0.093 港元 ×10）=8 倍

上述四项标准中，唯有杠杆倍数这一项并不符合笔者在前文期权理论部分中设置的标准（杠杆倍数必须高于 10 倍）。这是因为在 2014 年，笔者投资期权的思路还不成熟，尚未制订出严格的标准。若换作今天，我会耐心等待期权跌到更低的价格，等不到就放弃。

这里可以简单阐述一下我当时的想法：该期权还差 2 年零 10 个月到期，从 2014 年往回看，安硕 A50 指数中的成分股在过去三年的年均业绩增速超过 15%，但我们假设未来三年的业绩增速下降到 7%。在这种假设下，如果在期权到期时，“安硕 A50 中国基金”的价格翻 1 倍，那么届时其市盈率不到 12 倍，市净率不到 1.5 倍。也就是说，即使在价格翻倍之后，期权标的物的估值依然是合理甚至偏低的。

图 5–1 为该期权在剩余时间内的价格走势图。

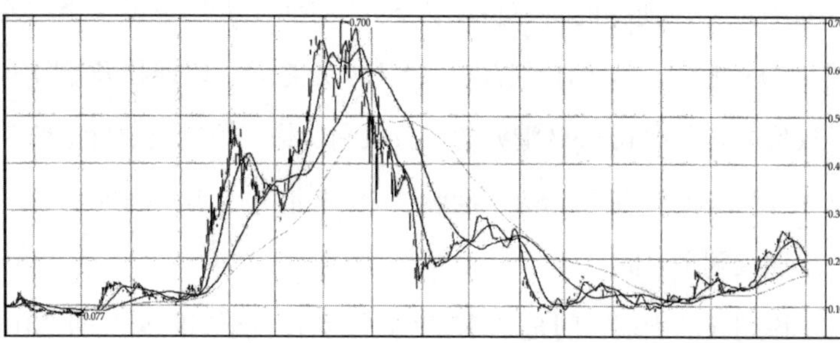

图 5–1 期权“A 中法兴七一购 A (12793)”于 2014 年 3 月至 2017 年 1 月的价格走势图

后来，A 股市场在 2014 年 6 月至 2015 年 6 月这一时段中，出现了一次中等级别的牛市，“安硕 A50 中国基金”的估值也回归合理的水平。笔者在该期权价格处于 0.5~0.6 港元时，分批卖出了该期权。通过这一笔投资，笔者获得了收益率约 700% 的利润。

有心的读者会发现，在 0.093 港元的买入成本和 0.5~0.6 港元的卖出价格之间，不存在 700% 的利润空间。接下来，我们介绍一种能够放大期权收益的诡异方法——期权轮动策略。

期权轮动策略是一种通过在不同期权之间进行切换以提高收益的策略。之所以说它诡异，是因为这一部分收益在理论上是不应该存在的。我们先来看一组数据。

A 中法兴七一购 A（12793）：0.093 港元

A 中汇丰六乙购 A（12322）：0.093 港元

A 中高盛六乙购 A（26378）：0.096 港元

A 中渣打六乙购 A（29666）：0.1 港元

A 中瑞信六乙购 A（13261）：0.104 港元

A 中瑞银六乙购 A（13277）：0.111 港元

这几个都是 2014 年 3 月的数据。当时的市场中存在着这样 6 个几乎相同的期权，它们除了发行商不同，其他所有合同条款，如期权形式（欧式期权）、期权方向（看涨期权）、期权标的物（“安硕 A50 中国基金”）、到期时间（事实上，它们的到期时间相差 7 天，相对于 2 年零 10 个月的剩余时间，这是一个可以忽略的差异）、行权价格（8.87 港元）以及行权比例（10：1）都一模一样。

这 6 个期权的发行商分别是：法兴、汇丰、高盛、渣打、瑞信、瑞银，都是颇有实力的金融机构。如果我们认为它们都不太可能违约的话，理论上，这 6 个期权就是无差别的，它们的价格应该完全相等才对。然而事实上，当时它们中价格最高的是

0.111 港元，价格最低的是 0.093 港元，相差约 20%！并且，它们之间的相对差价是完全随机的，今天期权 A 比期权 B 贵 20%，到下个月可能期权 B 就比期权 A 贵 15%。这种相对差价的出现完全无法预测，但由于它们实际上是完全一样的东西，我们根本不必预测，只要在买入时选择价格最低的那一个，在之后持有期权的过程中，随着价格变化，不断将期权换成价格最低的那一个就可以了！更神奇的是，这种近乎弱智的市场现象，平均每几个月就会出现一次！我们只需每天甚至每个月打开交易软件看一眼，就能捡到钱！之前提到的 700% 的利润，其中有相当一部分就是通过这个方法获得的。

这种现象究竟是怎么发生的？期权的差价与我们习以为常的 A 股和 H 股的差价不同，A 股、H 股分别属于不同的市场，有着不同的交易制度和税收规则，由不同的投资者进行交易和定价。而这些期权在同一个市场，有着相同的交易制度和税收规则，由同一批投资者进行交易和定价，为什么它们之间的差价有时候甚至比 A 股、H 股的差价还要大？我在很长一段时间百思不得其解，甚至怀疑是因为自己没看懂合同。

直到有一天，我遇到了一位香港的朋友。听说他也投资期权，我很高兴地和他讨论起来。在他说到他投资了某只香港蓝筹股的期权时，我打开软件查询了一下，顿时感到这个世界又为我打开了一扇窗……在四个合同条款相同的期权中，他买了最贵的那个，比四个中最便宜的贵了整整 40%！我几乎想咆哮着问他："为什么！"但出于教养，我还是用温和的语气轻声问道："为什么？”他平静地告诉我：“买期权，自然要买涨得最凶的那一只啰。”

这是一个简洁而完美的解释。我本以为，期权是个很专业的领域，香港是个很成熟的市场，所以香港的期权投资者和内地的股票炒家应该不一样，后来发现，是我想多了。

“我高估了对手”，这是一个让人安心的解释。然而从另一个角度看，也可以理解为：我们一直以来引以为傲的投资观成了枷锁，禁锢了我们的思想。价值投资可以战胜市场，但如果我们只有这一种思维，就永远无法真正理解市场。

这位香港的朋友，后来投资期权的结果并不理想，经过几次炒作，他投资期权的资金缩水了将近 70%，但这并没有给他造成太大的损害。他知道自己在投机，所以一开始就只拿出了资产的一小部分。我的另一位朋友老 Z 就没那么幸运了。最可怕的不是投机，而是分不清投资与投机。

老 Z 也住在香港，他是杭州人，在香港一家金融机构工作。老 Z 是一位标准的价值投资者，所以他能理解 2013 年的 A 股市场有极好的投资机会。他在香港金融业浸淫多年，所以他能找到期权这种高效而刺激的投资工具，于是，我们不约而同地盯上了“安硕 A50 中国基金”的看涨期权。但他买的期权并不是前面提到的 6 个期权中的一个，他选择了一个行权价格更高、杠杆倍数更高、剩余时间更短的期权，换句话说，他买的期权风险更大，弹性也更大。

更可怕的是，老 Z 买期权，用掉了他几乎全部的积蓄。老 Z

在香港有着体面的工作，生活也比较节俭，几年时间积累了 100 多万港元。他的这些钱，并不是一次性全部被他投到了期权中，而是一点儿一点儿被吸进去的。事实上，老 Z 在 2013 年下半年就开始投资期权了，这是他第一次使用期权这种工具，于是在资金控制上出了问题。期权这种东西，价格涨跌在 50% 以内只能算微小的波动，翻几十倍或赔光才是它的正常范围。可惜当时的老 Z 并不明白，他按照自己以往投资股票的经验，每当期权价格下跌 20% 左右就追加投资，终于在期权标的物“安硕 A50 中国基金”的价格跌到 8 元左右时，用光了自己全部的资金，并将手中持有的大部分股票也换成了期权（在市场下跌时，期权的价格下跌幅度远大于股票）。8 港元，事后来看这几乎是“安硕 A50 中国基金”最低的价格，在短暂地触碰到 7.91 港元之后，随着 2014—2015 年 A 股牛市的到来，“安硕 A50 中国基金”的价格一路上涨到 16.62 港元，那时的上证指数是 5 000 多点。在这个过程中，老 Z 的期权自然也出现了疯狂的价格上涨，在 2015 年 6 月的最高点时，老 Z 的资产已接近 2 000 万港元。那次牛市期间，我曾多次与老 Z 在电话中讨论，是否应将期权的利润逐步兑现，老 Z 一开始有些犹豫，后来看到每次我卖掉一批期权后，期权价格都继续上涨，这或许降低了他减持的意愿。其实，老 Z 也意识到，随着牛市的演进，安硕 A50 指数的估值已经越来越没有吸引力了。他多次跟我说，等他的资产达到 2 000 万港元，就把手里的期权全卖掉。“面对市场，我们只能判断，不能盼望”，这个道理，老 Z 其实是懂的。只是人在成功时，理智或多或少会被削弱。

市场的崩溃总是比上涨更令人猝不及防，短短两个月的时间，上证指数就跌回了 2 800 点左右，“安硕 A50 中国基金”的价格也回到了 9 港元上下。老 Z 的期权行权价格很高，杠杆倍数又大，这时他持有的期权的价格，距离最高点已经缩水超过 90%。之后的几个月，A 股市场有涨有跌，但由于老 Z 的期权行权价格太高，小幅度的上涨对他已没有意义。随着到期日的临近，老 Z 手中的期权已经越来越接近废纸，价格不断向零靠近。我已记不清老 Z 的期权到期时间是 2016 年的几月，但是显然，整个 2016 年并没有给他任何机会。终于，一切都结束了。

老 Z 依然有着体面的工作，只是失去了热情。2 000 万港元，是他心里的一座山，越过它之前，每走一步都在阴影里。后来，我又见到老 Z，他说想回杭州了。我心想，这样也好。①

关于期权的内容到此结束，最后做一次风险提示。

1. 期权是风险极高的投资工具，默认的状态是不使用。

2. 投资期权的比例不得高于自有资金的 5%。

02 可转债

可转债的基本原理

可转债全称为可转换债券（Convertible Bond），是债券的一

① 出于保护隐私的考虑，老 Z 的故事进行了一定修改。

种，其持有者可以在某种情况下将可转债转换为债券发行公司的股票，可转债通常具有较低的票面利率。本质上讲，可转换债券是在公司债券的基础上，附加了一份期权，允许购买人在规定的时间范围内，将其购买的债券转换成指定公司的股票。

可转债是笔者非常喜欢的一种投资工具，与前一章提到的期权相比，它的属性更加温和。可转债的本质是“债券 + 期权”的组合，所以这一节必须放在“期权”的后面，只有先理解了期权，才有可能理解可转债。

举例说明。

假设 A 公司发行了一批 5 年期的可转债，5 年的利息总共为 10%，每张可转债面值为 100 元，每张可转债可以转换成 10 股 A 公司的股票。那么，当 A 公司股票的价格涨到 20 元时，由于每张可转债可以变成 10 股 A 公司的股票，因此届时该可转债的价值为 200 元。但若 5 年之内，A 公司股票的价格始终低于 10 元，那么在该可转债到期后，投资者可以拿回 100 元的本金并得到 10% 的利息，总共 110 元。

也就是说，只要以低于 110 元的价格投资该可转债，并决心持有到期，那么在债券不违约的前提下，等待你的命运只有两种：多赚钱或少赚钱！下有保底，上不封顶，这就是可转债最大的优点。

可转债的要素

当然，上文用极为简单粗暴的方式阐述了可转债的基本原理，只是为了使“可转债”这三个字快速在读者脑中由抽象的名词变成具体的概念。真实的可转债要比上文描述的更为复杂。

要了解一张可转债的基本情况，我们必须知道以下几个要素：

可转债发行人
可转债标的物
可转债面值
可转债价格
票面利率
可转债到期日
转股价格
标的物价格（正股价格）
转股起始日
回售条件
提前赎回
向下调整转股价条件

下面我们一一介绍这些要素。

可转债发行人

可转债的发行人是某家符合发行可转债条件的上市公司。

可转债标的物

可转债的标的物就是发行该可转债的上市公司的股票。

可转债面值

通常可转债的面值为 100 元。

可转债价格

可转债的交易价格理论上可以在零到无限大的范围内波动，

但由于可转债具有债券的到期还本付息的属性，所以其价格通常不会低于面值太多，除非该可转债面临违约风险。截至 2017 年 1 月，上交所和深交所发行的可转债没有出现过违约，在内地市场发行的可转债，历史上出现过的最低价格是“南山转债”的 82.7 元。

当然，过去的数据不代表未来。只要时间够长，就一定会有坏事发生。香港某家食品行业的上市公司发行的可转债，由于到期时付不出利息，其价格跌到了 30 元以下！希望读者明白，在沪市和深市，可转债不败只是一个历史现象，而非客观规律！

附：在笔者撰写《投资要义》增订版时，可转债的历史最低价已经被“辉丰转债”刷新为 71 元。随着新可转债的大量发行，当笔者几年之后再写《投资要义》第三版时，那时市场中或许已经有了违约的可转债。很多读者留言问我，如何避免买到违约的可转债，这个思路是不对的。请记住，在我们漫长的投资生涯中，迟早会遇到破产的公司和违约的债券。对此，最简单也是最有效的办法，就是分散投资。以可转债为例，笔者给自己的限制是，配置单只可转债的比例，不得超过资产的 5%。

票面利率

通常，可转债的票面利率会比普通债券低很多，这是由于可转债附带了期权价值的缘故。而且，可转债的利息通常不是每年等额派发的，存续期内，可转债的票面利率往往是逐年递增的。以三一重工发行的“三一转债”为例，其票面利率为：第一年 0.2%、第二年 0.5%、第三年 1.0%、第四年 1.5%、第五年 1.6%、第六年 2.0%。

需要注意的是，可转债存续期最后一年的利率会根据可转债退市的原因不同而变化。以“三一转债”为例，如果可转债在存续期的最后一年（即第六年）被提前赎回[①]，那么发行人需要支付给债权人的利率是 2%，而如果可转债未被提前赎回，一直存续到该可转债的到期日，然后发行人还本付息（即到期赎回），那么情况则完全不同。具体条款如下：

> 本次发行的可转债到期后五个交易日内，发行人将以本次发行的可转债的票面面值的 106%（含最后一期年度利息）的价格向投资者兑付全部未转股的可转债。

也就是说，如果持有“三一转债”至到期日，那么最后一年的票面利率不是 2%，而是 6%。

可转债到期日

可转债的到期日，就是债券的债务人需要将本金和最后一年的利息归还给债权人的日子，这一点和普通债券相同。

转股价格

转股价格是指将可转债转换成股票时，需要为每一股股票支付的价格，之前说过，每一张可转债，本质上都是以“债券 + 期权”的形式构成的，可转债的转股价格其实就是期权的“行权价

---

① 后面的章节会解释什么是提前赎回。

格”。假设可转债的面值是 100 元，转股价格是 5 元，则每一张可转债可以转换成 100 元 ÷5 元 =20 股股票。以“三一转债”为例，其面值为 100 元，转股价格为 7.46 元，基于以上条件，我们可以计算出，每一张“三一转债”可以转换为 100 元 ÷7.46 元 =13.4 股三一重工的股票。

每张可转债的可转股数量 = 可转债面值 ÷ 转股价格。

需要注意的是，在计算每张可转债的可转股数量时，必须用可转债的“面值”除以“转股价格”，不必考虑可转债的当前价格，也不必考虑其标的物（正股）的当前价格。这是很多投资者在初学可转债时容易混淆的地方。

标的物价格（正股价格）

可转债所挂钩的标的物，通常也被称为“正股”。正股价格是指挂钩可转债的标的物当前的价格。“正股价格”与上面所说的“转股价格”的区别在于，“正股价格”是随时变化的，而“转股价格”是一个固定值。以“三一转债”为例，其转股价格为 7.46 元，在笔者写作本文当天，其正股价格为 7.61 元。理论上，“三一转债”的正股价格可以是零到无限大不等，而转股价格则永远是 7.46 元！除非该可转债的发行人按照合同约定，下调其转股价格。这是后面要讲的内容，此处不表。

转股起始日

通常，可转债在发行上市之后并不能立刻转换成股票，要等可转债上市一段时间之后才能进行转股。这个时间周期通常是半年，具体情况要视每个可转债的合同而定。可转债开始允许转股的那个日期，就叫作“转股起始日”。以“三一转债”为例，其发行日期为 2016 年 1 月，转股起始日为 2016 年 7 月，其间相距 6 个月。

回售条件

“回售”是指可转债的投资者（债权人）可以在特定条件下，将手中持有的可转债以特定的价格卖回给发行人（债务人），发行人无权拒绝此项交易。当然，可转债的投资者可以选择行使这项权利，也可以选择不行使。以“三一转债”为例，其回售条款如下：

> 自本可转债第五个计息年度起，如果公司股票收盘价连续 30 个交易日低于当期转股价格的 70%，可转债持有人有权将其持有的可转债全部或部分按面值的 103%（含当期计息年度利息）回售给公司。

这是一个十分常见的回售条款，国内市场的绝大部分可转债合同中都有与之相似的回售条款，但也有个别可转债没有回售条款，比如光大银行发行的“光大转债”。

回售条款并不是可转债所独有的，很多普通的债券也有类似条款。

提前赎回（强制赎回）条件

提前赎回也叫强制赎回，是指在满足特定条件时，可转债的发行人可以在可转债未到期的情况下，以特定的价格（通常是可

转债面值 + 当期应计利息）强行从投资者手中赎回已发行的可转债。以“三一转债”为例，其正式条款如下：

> 在本可转债转股期内，如果公司股票任意连续 30 个交易日中至少有 15 个交易日的收盘价不低于当期转股价格的 130%（含 130%），公司有权按照债券面值加当期应计利息赎回部分或者全部转债。

目前在国内市场发行的可转债，提前赎回条件基本和上述内容一致。当然，这只是现象，不是规范，具体情况还要以合同为准。另外，只有在转股起始日之后，可转债的发行人才允许行使提前赎回的权利。

可转债的提前赎回，乍一看很像流氓条款。但实际上，提前赎回条款并不会真正损害可转债投资者的利益。因为正常情况下，公司行使提前赎回权利的过程是这样的：

1. 公司发布公告，启动提前赎回程序。

2. 可转债的持有者可以在公司发布提前赎回公告之后的一段时间内（通常是 1 个月，具体情况以公告为准）将可转债全部转换为正股，或直接全部卖出。也就是说，投资者手中的可转债并不会真的被发行人以低价赎回，发行人行使提前赎回的权利，目的只是逼迫可转债的持有人将手中的可转债转股。

按上述条款所述，提前赎回的触发条件是：公司股票在任意连续 30 个交易日中至少有 15 个交易日的收盘价不低于当期转股价格的 130%（含 130%）。举例来说，假设转股价格是 10 元，当期转股价格的 130% 就是 13 元。通常来说，这意味着可转债的价格也已经不低于 130 元。如果你是一个保守的投资者，从来不买价格超过 110 元的可转债，那么一旦发行人行使了提前赎回的权利，就代表你已经获得了不菲的利润。

另外，可转债满足了提前赎回的条件，并不代表发行人一定会立即行使提前赎回的权利。很多时候，发行人会在正股价格与转股价格的比值远大于 130% 时才进行提前赎回。

向下调整转股价条件

向下调整转股价是指可转债的发行人可以在满足特定条件时，将可转债的转股价格向下调整，一旦转股价下调，就意味着每一张可转债可以转换为更多的正股，这对投资者是极其有利的。假设一张可转债的面值是 100 元，转股价是 5 元，此时每张可转债可以转换为 20 股股票。如果发行人宣布将转股价下调至 4 元，那么每张可转债能够转换的股票数量就从 20 股增加到 25 股。以“三一转债”为例，其下调转股价的条款如下：

> 在本可转债存续期间，当本公司股票出现在任意连续 20 个交易日中至少 10 个交易日的收盘价低于当期转股价格 90% 的情况，公司董事会有权提出转股价格向下修正方案并提交本公司股东大会表决。修正后的转股价格应不低于该次股东大会召开日前 20 个交易日公司股票交易均价和前一个交易日的公司股票交易均价，同时，修正后的转股价格不得

低于最近一期经审计的每股净资产值和股票面值。

这也是一个常见的下调转股价条款，国内市场绝大部分可转债都有与之相似的下调转股价条款。

“下调转股价”与“提前赎回”一样，都是发行人在特定条件下可以行使的权利，当然发行人也可以选择不行使。

另外，按照合同约定，在可转债挂钩的标的物股票分红、转增股本或送股时，可转债的转股价也会按比例下调。这种情况下的下调转股价对发行人而言是义务，不是权利，所以必须执行。

至此，我们已经从规则的角度，了解了构成可转债的基本要素。接下来，我们从投资的角度来阐述一下，对于可转债这种投资工具，我们应该如何理解，如何使用。

一家上市公司为什么要发行可转债？一般来说，可以认为上市公司发行可转债，是为了进行股权融资。在国内市场，发行可转债的标准比发行普通债券要严苛很多。如果上市公司只是单纯地想要进行债权融资，直接发行债券显然是更加简便的方法。有读者会问：会不会是因为可转债的利息更低呢？这是一个考虑因素，但不是重点。公司一旦发行可转债，就会面临转股的可能性，转股就意味着上市公司大股东的持股比例被摊薄了，在发行可转债时，公司的大股东和管理层一定会考虑到这一点。所以，我们可以认为，发行可转债的上市公司，其实际控制人是愿意看到可转债转股的，至少不介意可转债转股！

事实上，在国内市场发行的可转债，绝大部分都以转股告终。

当我们理解了上市公司发行可转债的动机，也就能体会到“提前赎回”和“下调转股价”这两个条款的深意了！“提前赎回”是为了逼迫投资者转股，“下调转股价”则是为了帮助投资者转股。

如果“发行人渴望可转债转股”的判断是成立的，那么我们便可以推理出一个让人欣喜的结论——在可转债这个品种上，投资者与上市公司实际控制人[①]的利益是一致的！转股，是大家共同的期许。对于可转债的发行人而言，转股就意味着实现了股权融资；对于可转债的投资者而言，转股就意味着可转债实现了大幅上涨。

表 5–1 是国内市场可转债的部分历史数据。

表 5–1 国内市场可转债的部分历史数据[②]（截至 2017 年 6 月）

名称	收盘价格	最高（元）	最低（元）	上市日	退市日	实际存续期限（年）
丝绸转债	303.6	372.0	100.0	1998-08-27	2000-06-27	1.8
南化转债	269.7	300.0	100.0	1998-08-03	2000-10-11	2.2
鞍钢转债	117.9	151.6	95.0	2000-03-14	2001-11-27	1.7
钢钒转债	144.5	151.3	100.2	2003-01-22	2004-03-04	1.1
万科转债	145.3	167.9	94.0	2002-06-13	2004-04-20	1.9
机场转债	153.9	170.0	90.0	2000-02-25	2004-04-23	4.2
茂炼转债	121.0	144.9	98.1	1999-07-28	2004-07-27	5.0
阳光转债	102.0	130.5	96.0	2002-04-18	2005-04-05	3.0

① 通常来说，上市公司的最高权力掌握在公司的大股东手中，但在有些情况下，上市公司的最高权力由股份不多或没有股份的管理团队掌握，出于严谨性的考虑，我们在此使用“实际控制人”一词来代表公司的最高权力掌握者。

② 有些公司历史上多次发行可转债，比如民生银行发行过两次，南山铝业发行过三次。

（续表）

名称	收盘价格	最高（元）	最低（元）	上市日	退市日	实际存续期限（年）
侨城转债	158.0	164.0	101.8	2003-12-31	2005-04-22	1.3
金牛转债	114.3	149.5	102.5	2004-08-11	2005-07-01	0.9
丰原转债	145.0	165.0	101.0	2003-04-24	2005-10-14	2.5
铜都转债	113.6	180.0	101.5	2003-05-21	2005-09-30	2.4
民生转债	118.6	157.0	99.7	2003-02-27	2005-10-31	2.7
江淮转债	130.4	135.0	103.0	2004-04-15	2005-12-19	1.7
歌华转债	128.0	144.0	100.6	2004-05-12	2006-03-08	1.8
云化转债	147.2	169.0	99.2	2003-09-10	2006-03-10	2.5
雅戈转债	119.2	140.0	102.5	2003-04-03	2006-04-03	3.0
包钢转债	140.5	152.5	98.7	2004-11-09	2006-03-31	1.4
万科转债	193.0	195.9	103.0	2004-09-24	2006-04-07	1.5
山鹰转债	122.6	123.0	100.6	2003-06-16	2006-04-19	2.8
燕京转债	131.0	133.0	95.1	2002-10-16	2006-04-20	3.5
复兴转债	138.2	149.8	98.0	2003-10-28	2006-07-11	2.7
南山转债	122.2	191.6	98.0	2004-10-19	2006-08-11	1.8
华西转债	144.0	169.5	96.2	2003-09-01	2006-08-14	3.0
招行转债	169.1	177.0	98.7	2004-11-10	2006-09-29	1.9
丝绸转债	140.5	151.7	95.0	2002-09-09	2006-09-09	4.0
邯钢转债	182.0	204.0	98.2	2003-11-26	2007-03-02	3.3
营港转债	177.0	186.0	103.6	2004-05-19	2007-03-26	2.9
水运转债	205.1	218.0	94.0	2002-08-12	2007-03-29	4.6
华发转债	285.0	299.0	107.5	2006-07-27	2007-04-03	0.7
柳化转债	176.0	176.7	106.1	2006-07-28	2007-04-03	0.7
首钢转债	215.0	205.0	95.3	2003-12-15	2007-04-06	3.3
国电转债	211.9	219.0	95.1	2003-07-18	2007-04-23	3.8
晨鸣转债	204.1	220.0	99.9	2004-09-15	2007-05-14	2.7
招商转债	290.4	350.0	117.0	2006-08-30	2007-05-25	0.7
华电转债	300.0	300.0	101.0	2003-06-02	2007-05-29	4.0
华菱转债	231.6	279.4	99.5	2004-07-16	2007-05-31	2.9
西钢转债	158.0	222.0	95.0	2003-08-10	2007-06-11	3.8
天药转债	189.7	240.0	105.1	2006-10-25	2007-06-22	0.7
上电转债	226.6	278.0	113.1	2006-12-01	2007-08-15	0.7
创业转债	288.3	328.0	97.5	2004-06-30	2007-08-28	3.2

（续表）

名称	收盘价格	最高（元）	最低（元）	上市日	退市日	实际存续期限（年）
韶钢转债	272.2	350.0	130.0	2007-02-05	2007-10-09	0.7
凯诺转债	201.9	295.0	106.7	2006-08-15	2007-10-16	1.2
海化转债	366.0	460.0	99.9	2004-09-07	2008-02-14	3.4
中海转债	110.0	214.1	103.5	2007-07-02	2008-03-27	0.7
桂冠转债	128.5	310.0	100.0	2003-06-25	2008-03-27	4.8
金鹰转债	146.5	223.7	106.9	2006-11-20	2009-05-12	2.5
海马转债	160.4	163.3	105.0	2008-01-16	2009-06-01	1.4
赤化转债	135.2	168.0	104.7	2007-10-10	2009-05-25	1.6
五洲转债	144.4	155.0	103.0	2008-02-29	2009-07-02	1.3
柳工转债	151.5	175.0	104.5	2008-04-18	2009-05-25	1.1
巨轮转债	150.5	228.8	105.0	2007-01-19	2009-08-28	2.6
南山转债	137.0	199.0	82.7	2008-04-18	2009-09-18	1.4
恒源转债	262.0	335.0	106.6	2007-09-24	2009-12-21	2.2
山鹰转债	152.7	185.5	100.3	2007-08-31	2010-02-05	2.4
大荒转债	139.0	204.0	105.9	2007-12-19	2010-03-08	2.2
龙盛转债	129.1	160.1	118.2	2009-09-14	2010-05-06	0.6
安泰转债	156.0	170.0	129.1	2009-09-16	2010-06-10	0.7
澄星转债	104.6	154.5	102.3	2007-05-25	2012-05-09	4.9
锡业转债	141.0	351.2	101.4	2007-05-29	2010-12-10	3.5
唐钢转债	109.7	162.7	100.2	2007-12-28	2012-12-11	4.9
厦工转债	139.4	154.3	121.5	2009-09-11	2010-09-28	1.0
西洋转债	129.9	157.4	122.7	2009-09-21	2010-05-18	0.6
博汇转债	106.6	139.3	95.8	2009-10-16	2014-09-22	4.9
王府转债	132.1	147.1	123.3	2009-10-30	2010-11-04	1.0
双良转债	92.1	133.7	92.1	2010-05-13	2015-04-29	4.9
中行转债	144.6	187.7	89.2	2010-06-02	2015-03-05	4.7
美丰转债	162.1	182.0	102.4	2010-06-02	2013-04-23	2.9
铜陵转债	182.6	214.8	127.7	2010-08-05	2011-03-31	0.6
塔牌转债	133.4	167.8	132.2	2010-09-15	2011-06-08	0.7
工行转债	131.7	157.4	97.3	2010-09-10	2015-02-13	4.4
燕京转债	149.1	167.2	99.7	2010-11-03	2015-06-12	4.5
歌华转债	204.3	223.1	86.5	2010-12-10	2015-04-29	4.3
海运转债	205.9	235.1	90.9	2011-01-20	2015-05-12	4.3

（续表）

名称	收盘价格	最高（元）	最低（元）	上市日	退市日	实际存续期限（年）
国投转债	128.1	142.0	91.1	2011-02-15	2013-07-08	2.4
中鼎转债	141.2	142.1	102.1	2011-03-01	2014-08-08	3.4
石化转债	115.0	150.6	86.1	2011-03-07	2015-02-12	3.9
川投转债	158.5	158.5	87.4	2011-03-31	2014-09-03	3.4
深机转债	219.9	227.8	90.8	2011-08-10	2015-06-05	3.8
中海转债	114.3	162.3	88.3	2011-08-12	2015-02-10	3.4
国电转债	168.6	211.3	96.7	2011-09-02	2015-02-27	3.4
恒丰转债	172.9	181.5	93.5	2012-04-12	2015-04-27	3.0
重工转债	132.1	144.1	99.3	2012-06-18	2014-12-01	2.4
南山转债	151.0	157.2	88.9	2012-10-31	2015-03-11	2.3
同仁转债	131.2	165.0	110.0	2012-10-31	2015-03-03	2.3
海直转债	166.2	170.7	108.4	2013-01-07	2014-09-29	1.7
泰尔转债	133.3	147.4	97.1	2013-01-28	2014-11-20	1.8
民生转债	119.5	145.9	87.8	2013-03-29	2015-06-25	2.2
东华转债	340.3	347.4	122.8	2013-08-19	2015-06-01	1.8
华天转债	153.8	153.8	107.0	2013-08-28	2014-12-05	1.3
隧道转债	152.8	154.8	90.0	2013-09-30	2014-12-12	1.2
徐工转债	135.8	184.8	85.6	2013-11-15	2015-02-13	1.2
平安转债	167.4	183.9	98.7	2013-12-09	2015-01-12	1.1
深燃转债	142.6	155.5	94.3	2013-12-27	2015-05-04	1.3
久立转债	142.6	159.6	102.6	2014-03-14	2014-12-31	0.8
齐翔转债	163.3	176.6	102.8	2014-05-13	2015-06-12	1.1
国金转债	194.7	234.8	107.5	2014-06-03	2014-12-30	0.6
长青转债	145.5	154.8	105.3	2014-07-09	2015-04-23	0.8
东方转债	159.3	202.3	106.3	2014-07-09	2015-02-17	0.6
冠城转债	176.6	180.1	114.1	2014-08-01	2015-04-24	0.7
通鼎转债	354.3	618.4	116.9	2014-09-05	2015-07-14	0.8
吉视转债	99.8	193.8	99.8	2014-09-25	2015-07-14	0.8
齐峰转债	200.2	207.6	119.7	2014-10-10	2015-06-15	0.7
洛钼转债	130.2	222.8	103.9	2014-12-16	2015-07-10	0.6
浙能转债	165.2	167.0	107.4	2014-10-28	2015-05-27	0.6
均值	166.3	200.9	102.0			2.3

数据来源：Wind

表 5–1 显示了截至 2017 年 6 月，国内市场历史上曾经发行并且已经退市的可转债的收盘价格、最高价格、最低价格和存续期限。此表中的信息极有价值，根据以上数据，我们可以知道以下事实。

1. 国内市场历史上多数可转债的收盘价格都超过了 130 元，平均收盘价格为 166.3 元。这说明，如果以面值上下的价格买入可转债，然后持有到期，那么多数情况下都能获得不菲的利润。

2. 国内市场历史上可转债最高价格的平均值为 200.9 元。这说明，如果以面值上下的价格买入可转债，那么在某些情况下能获得极高的利润。

3. 国内市场历史上可转债最低价格的平均值为 102 元。这说明，以面值上下的价格买入可转债并非痴人说梦。

4. 国内市场历史上可转债的平均存续期限为 2.3 年。这说明，如果以面值上下的价格买入可转债，那么不需要等太久就能实现盈利。

在投资可转债时，我们需要考虑的因素有很多，但如果只允许我讲一句话，那就是：以接近面值或低于面值的价格买入可转债！

可转债的使用

接下来，我们从实际操作层面，讲一下应该如何投资可转债。笔者在投资可转债时，会重点关注以下几个指标：

可转债价格
到期年化收益率（税后）
转股价值（转换价值）
转股溢价率
下调转股价条件
提前赎回条件
回售条件
可转债剩余时间
正股价格波动率
违约风险

这些指标的名称，有一部分与上文相同，但内容是不同的。上文主要介绍该指标“是什么意思”，而下文介绍该指标“应如何使用”。

可转债价格

如果可转债价格在 100 元附近，就应被重点关注，这很可能是不错的投资机会。

应用：可转债的价格越低越好，重点关注价格接近面值甚至低于面值的可转债。

到期年化收益率（税后）

可转债的到期年化收益率，与可转债的价格是呈反比的。到期年化收益率越高的可转债，价格越低。这一点与普通债券的原理相同。对于保守的投资者而言，到期年化收益率是一个很好的参考指标。

应用：可转债的到期年化收益率越高越好，不要投资到期年化收益率为负的可转债。

转股价值（转换价值）

转股价值也叫转换价值，是指如果当下立刻将一张可转债转换成股票，投资者能够获得的股票市值。转股价值的计算公式为：可转债面值 ÷ 转股价格 × 正股价格。假设一张可转债的面值是 100 元，转股价格为 9 元，正股价格为 8 元，则该可转债的转股价值为 100 元 ÷9 元 ×8 元 =88.9 元。若一张可转债的转股价格高于正股价格，其转股价值必然小于面值；而如果其转股价格低于正股价格，那么其转股价值必然大于面值。假设一张可转债的面值是 100 元，转股价格为 8 元，正股价格为 9 元，则该可转债的转股价值为 100 元 ÷8 元 ×9 元 =112.5 元。需要注意，一张可转债的转股价值，与该可转债的市场价格无关。

应用：单纯看转股价值的高低没有意义，重点是转股价值与可转债价格的关系。

转股溢价率

转股溢价率衡量的是可转债价格与转股价值的差异。计算公式为：转股溢价率 =（可转债价格 – 转股价值）÷ 转股价值 × 100%。

如果可转债价格高于转股价值，转股溢价率就为正；如果可转债价格低于转股价值，转股溢价率就为负。在大多数情况下，转股溢价率都是正的。通过这个指标我们可以知道，假设我们购买了某个可转债，它的正股价格后续需要上涨多少，我们才能开始受益。引用上面的案例，假设某可转债当前的价格为 110 元，该可转债的转股价格为 9 元，正股价格为 8 元，则该可转债的转股价值为 100 元 ÷9 元 ×8 元 =88.9 元，那么它的转股溢价率为（110 元 –88.9 元）÷88.9 元 ×100%=23.7%。

这就意味着，当正股价格涨幅达到 23.7% 时，该可转债的转股价值刚好等于 110 元。当正股价格涨幅达到 23.7% 之后，如果继续上涨，那么该可转债的转股价值开始等比例上涨。在上述案例中，若要让转股价值等于可转债价格，需要正股价格以 8 元为基础上涨 23.7%，达到 9.9 元，此时投资者以 110 元买入的可转债达到盈亏平衡点。此后，若正股价格以 9.9 元为基础再上涨 100%，达到 19.8 元，届时该可转债的价格在理论上应不低于 100÷9×19.8=220 元。

应用：可转债的转股溢价率越低越好。

下调转股价条件

目前国内市场发行的所有可转债，下调转股价条件都是相似的，合同条款大体如下：

> 在本可转债存续期间，当本公司股票出现在任意连续 20 个交易日中至少 10 个交易日的收盘价低于当期转股价格 90% 的情况，公司董事会有权提出转股价格向下修正方案并提交本公司股东大会表决。修正后的转股价格应不低于该次股东大会召开日前 20 个交易日公司股票交易均价和前一交易日的公司股票交易均价，同时，修正后的转股价格不得低于最近一期经审计的每股净资产值和股票面值。

微小的区别在于，不同的可转债，下调转股价条件的苛刻程度不同。比如，有些可转债规定，当本公司股票出现在任意连续30个交易日中至少15个交易日的收盘价低于当期转股价格80%的情况时，才可以下调转股价。

应用：下调转股价的条件越宽松越好。

提前赎回条件

目前国内市场发行的所有可转债，提前赎回条件基本都是一样的，合同条款大体如下：

> 在本可转债转股期内，如果公司股票任意连续30个交易日中至少有15个交易日的收盘价不低于当期转股价格的130%（含130%），公司有权按照债券面值加当期应计利息赎回部分或者全部可转债。

提前赎回条件的存在，对可转债的价格波动是有影响的。由于此条款的存在，价格超过130元的可转债的转股溢价率通常是很小的，甚至有可能出现转股溢价率为负的情况。而价格远低于130元的可转债的转股溢价率则有可能很大。通过表5–2，我们可以很明显地观察到可转债价格与转股溢价率之间的负相关关系。

绝大多数时候，可转债价格与转股溢价率是负相关的，但是也有极少数时候，市场会出现价格低、转股溢价率也低的可转债，那就是我们所等待的完美的投资机会，这种情况可能很多年才出现一次。

表 5–2 可转债价格与转股溢价率的关系

名称	可转债价格（元）	涨跌幅（%）	正股	正股价格（元）	正股涨跌幅（%）	净资产（元）	市净率（%）	转股价格（元）	转股价值（元）	溢价率（%）
歌尔转债	131.41	1.40	歌尔声学	34.54	1.77	6.37	5.42	26.230	131.68	–0.21
白云转债	130.58	1.78	白云机场	16.41	2.56	8.93	1.84	12.560	130.65	–0.06
九州转债	121.88	0.77	九州通	20.67	4.55	6.49	3.18	18.650	110.83	9.97
广汽转债	121.69	1.16	广汽集团	26.22	1.67	6.50	4.03	21.750	120.55	0.94
顺昌转债	121.40	0.91	澳洋顺昌	9.47	–0.42	1.80	5.26	9.340	101.39	19.73
汽模转债	120.11	0.00	天汽模	6.75	0.00	2.30	2.94	5.770	116.98	2.67
国贸转债	114.89	1.85	厦门国贸	8.97	1.24	5.15	1.74	8.930	100.45	14.38
电气转债	114.66	0.00	上海电气	8.42	0.00	3.19	2.64	10.650	79.06	45.03
三一转债	113.27	0.27	三一重工	7.61	1.74	3.07	2.48	7.460	102.01	11.04
江南转债	108.79	0.17	江南水务	7.99	0.13	2.55	3.13	9.410	84.91	28.12
格力转债	108.27	0.25	格力地产	5.86	–0.34	2.48	2.36	7.260	80.72	34.14
海印转债	107.73	0.62	海印股份	4.60	0.00	1.38	3.33	5.260	87.45	23.19
航信转债	104.53	–0.31	航天信息	20.88	0.34	4.48	4.66	43.050	48.50	115.52
辉丰转债	104.29	0.28	辉丰股份	5.18	0.78	2.24	2.31	7.790	66.50	56.84
洪涛转债	104.21	0.20	洪涛股份	7.22	–0.14	2.79	2.59	10.280	70.23	48.37
蓝标转债	103.86	0.25	蓝色光标	9.44	0.53	2.39	3.95	14.950	63.14	64.48

数据来源：集思录

应用：正常情况下，可转债价格与转股溢价率负相关，投资者应耐心等待不正常的情况出现。

回售条件

目前国内市场发行的所有可转债，回售条件都是相似的，合同条款大体如下：

> 自本可转债第五个计息年度起，如果公司股票收盘价连续 30 个交易日低于当期转股价格的 70%，可转债持有人有权将其持有的可转债全部或部分按面值的 103%（含当期计

息年度利息）回售给公司。

微小的区别在于，有些可转债的回售期是存续期的最后一年，有些是最后两年，也有个别可转债没有回售条款。在现实中，处于回售期内，并且即将触碰回售条件的可转债，价格通常不会太高，而且其发行人更有可能去行使下调转股价的权利。对于有财务压力而不想还债的公司，或者有融资需求渴望转股的公司，它们极有可能下调转股价，或者使用更加粗暴的方法，直接做高正股价格以避免回售。

应用：优先考虑即将触发回售条件的可转债。

可转债剩余时间

投资可转债时，该可转债距离到期日还剩多长时间，是一个很重要的考量因素。距离到期日比较近，即剩余时间比较短的可转债有两个巨大的优势。

第一，投资者自身的资金压力小。我们知道可转债是保底的（在不出现违约情况的前提下），但保底的前提是持有到期，除非触发了提前赎回或回售条件。比如我们在某个可转债上市交易当天，以 105 元每张的价格投资了 100 万元，假设这个可转债的存续期限是 6 年，那么我们只有在 6 年以后，才能确保拿回自己全部的本金。虽然有很大的可能性，在 6 年之内的某个时间，该可转债就涨到了 130 元甚至 200 元，让我们可以拿回本金并获得巨大的利润，也有一定的可能性，在存续期的最后两年中，可转债触发回售条件，让我们能提前拿回本金，但这些毕竟只是可能性而已。想要确保拿回本金的话，我们至少要做好持有 6 年的准备。这里说的准备，不仅仅是心理准备，更重要的是资金期限与可转债存续期的匹配。投资一个 6 年后到期的可转债，我们需要准备一笔可以趴在账上 6 年不动的资金！这时候，距离到期日近的好处就体现得十分明显：如果我们要购买一个 1 年之后到期的可转债，那么只需要准备一笔 1 年之内不用的资金即可。后者的资金压力显然要小很多。

第二，即将到期的可转债更有可能“被操作”。与上一段提到的上市公司想要避免回售的理由一样，面对即将到期的可转债，有财务压力而不想还债的公司或者有融资需求渴望转股的公司，更有动力下调转股价（或者想别的办法）去触发提前赎回条件从而强迫投资者将可转债转股。而那些刚刚发行了可转债，距离到期日还有五六年的上市公司，心态就会轻松很多。因为它们即使什么都不做，未来几年也有可能遇到牛市，轻轻松松地触发提前赎回条件，实现转股。

应用：优先考虑剩余时间较短的可转债。

正股价格波动率

正股价格波动率，也可以简单地理解为股票的价格弹性。我们不可能精确判断一只股票未来的价格波动率，只能以历史价格波动率作为参考。[①] 对于可转债的投资者而言，正股价格波动率

---

① 我们一定要清楚，通过一只股票的历史价格波动率去判断其未来价格的波动率，是一种极其不严谨的思维。我们此处借用这个指标作为参考，是因为实在没有更好的办法了。事实上，要判断某个金融资产未来的价格波动率，几乎没有任何办法。

越大越好。由于可转债具有“下有保底，上不封顶”的属性，因此正股价格所有向上的波动都能被投资者享受到，而所有向下的波动都会被屏蔽掉，并且在正股价格向下波动时，上市公司还有可能用下调转股价的方式来“作弊”，这使得向下的波动也变成了一件对投资者有利的事情。

假设有一张可转债，面值是 100 元，正股价格为 10 元，转股价格为 10 元，此时该可转债的转股价值为 100 元。随后它的正股价格从 10 元下跌到 5 元，上市公司将可转债的转股价格向下调整到 5 元，之后正股价格从 5 元上涨到 8 元，此时该可转债的转股价值为 100 元 ÷5 元 ×8 元 =160 元。在这个案例中，该可转债的正股价格从 10 元下跌到 8 元，而可转债的转股价值却从 100 元变成了 160 元。有趣的是，如果正股价格始终保持在 10 元不动，可转债的投资者就无法从中获得任何好处。

应用：可转债的正股价格波动率越大越好。

违约风险

所有债券都有违约风险，在这一点上可转债与普通债券相比并不特殊。关于债券违约风险的详细内容，可以参考本书“债券”的章节。与普通的债券一样，可转债也有评级，评级越高的可转债违约风险越低。

应用：在其他条件相同的情况下，可转债的评级越高越好。

关于可转债的选择标准，至此介绍完毕。

可转债投资的案例

在接下来的章节中，笔者会分享四个可转债投资的实战案例。读者可以结合前面理论部分的内容，来体会一下笔者当初投资可转债的心境及思考过程。本书的理论部分，笔者出于严谨性方面的考虑，尽量使用标准的书面语言。而本章涉及实战案例的内容，为了使读者便于理解，笔者会使用偏口语化的形式进行叙述。

可转债投资案例（一）——“中行转债”

在这个案例中，我投资的可转债，是中国银行发行的“中行转债”。“中行转债”于 2010 年 6 月发行，最终在 2015 年 3 月退市，整个存续期将近 5 年，这在国内市场历史上发行的所有可转债当中，算是存续时间非常长的，前面说过，可转债平均的存续时间，只有两年多一点儿。

我投资“中行转债”，是在 2011 年的 11 月 30 日，当时“中行转债”的价格是 94.46 元，转股溢价率大约是 19%，也就是说，只要中国银行的股票先上涨 19%，再涨的话，我就可以享受到之后上涨带来的全部收益。在之后的几年中，“中行转债”的价格最高涨到 194.16 元，后来在 2015 年 1 月 28 日中国银行发布了提前赎回公告，那时“中行转债”的价格是 174 元。我也在中国银行发布提前赎回公告的当时，卖出了全部的“中行转债”。整个投资过程历时 3 年零 3 个月，总收益率是 84%。年化收益率是 21%。

图 5–2 显示了“中行转债”从上市到退市的历史价格走势图。对于这一笔投资，有下面几个问题值得重点讨论一下。

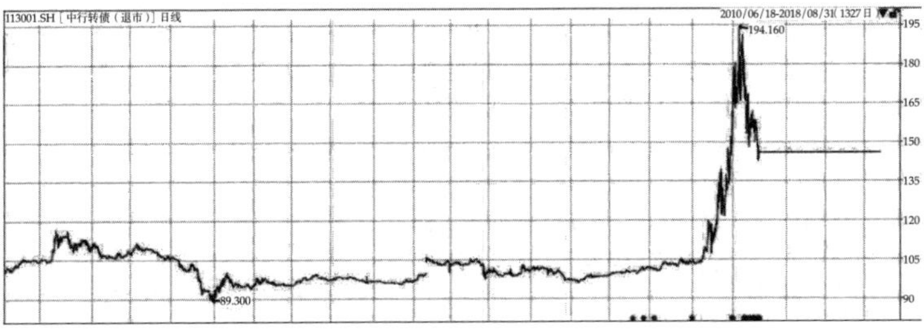

图 5–2　“中行转债”历史价格走势图

数据来源：Wind

第一是时间。可以看到，在我买入“中行转债”之后的整整三年，“中行转债”的价格基本上没有上涨，始终在 100 元上下徘徊，直到 2014 年 10 月，才突然开始爆发，短短三个月的时间，就涨到了 170 元以上。我把图放在这儿，把过程写下来，就是一瞬间的事，但实际去经历的话，那将是一个非常漫长的过程。三年是一千多天，两万六千多个小时。当年身边的朋友，有至少十多个人跟我一起投资了“中行转债”，但真正坚持到最后，享受到收益的，除我之外就只有两个人。三年的时间，可以腐蚀掉绝大多数投资者的心理防线。试想一下，你用 94 元买了一只可转债，100 天后它还是 94 元，300 天后它还是 94 元，500 天后它还是 94 元，1 000 天后它还是 94 元，你心里是什么感受？事实上，有几个朋友是到了 2014 年 7 月和 8 月才放弃的，基本上算是倒在了日出前的最后一刻。这种情况下，我们靠什么坚持到最终开花结果、瓜熟蒂落的那一天呢？不是靠信仰，也不是靠勇气。坚持需要勇气，放弃也需要勇气，做对的人有信仰，做错的人也可以有信仰，在投资的世界，信仰和勇气一点儿用处也没有，只有充足的知识才能帮助我们。

我之所以不会半路放弃，是因为在我买入“中行转债”的时候，就做好了坚持很多年的心理准备。因为我从一开始就知道，可转债什么时候能上涨是不确定的，这是一个概率分布的问题。94 元买入的可转债，半年就涨到 170 元，或者三四年之后才开始上涨，都是正常现象。我能等三年，是因为这件事并没有超出我的认知范围。以 94 元买入“中行转债”的时候，我甚至做好了持有到期的心理准备，如果“中行转债”一直不涨，到期还本付息，我大约能拿回 110 元。

说到这里，你可能会问：既然持有“中行转债”的前三年，它都没有上涨，那能不能等到第三年的时候再买入呢？答案是不能。我们面对复杂的证券市场，一定要保持最基本的敬畏之心。你得承认你不能预测市场的涨跌，否则你根本不需要投资可转债。正是因为市场的波动很难预测，我们才需要追求“收益和风险的不对称”，如果你知道市场下一刻会发生什么，那就根本没有风险，只有收益了。另一方面，也不是所有可转债都要等很久。事实上，下一章要提到的案例，就是我只持有了一年就功成身退的“平安转债”。这是后话，我们先回到这个“中行转债”的案例。

在这个案例中，除了时间因素，另一个值得拿出来讨论的，就是两只相似的可转债之间的对比。同样是在 2011 年 11 月 30

日，在四大国有银行中，工商银行发行的“工行转债”也在证券市场交易，当时“中行转债”的价格是94元，“工行转债”的价格是107元，从价格上看，明显是“中行转债”更便宜，但同时需要考虑的另一个因素是，“中行转债”的溢价率是19%，而“工行转债”的溢价率只有1.3%。也就是说，中国银行的股票要先涨19%，“中行转债”才会跟随股票一起上涨，但工商银行的股票只需要先涨1.3%，“工行转债”就能跟随股票一起上涨。这时就面临一个选择，到底是价格低更重要，还是溢价率低更重要。最终我把更多的资产配置成了价格更低的“中行转债”，原因是，虽然可转债是个攻守兼备的品种，但在实际投资时，我认为应该更加看重它的防御属性。可转债的价格越高，它事实上就越接近股票，而可转债的价格越低，它攻守兼备的属性就越明显。

从最终的结果来看，“中行转债”最高涨到194元，“工行转债”最高涨到163元。但这个结果本身不能说明什么问题，可转债价格在上涨到130元以上之后，最终能涨到多少，其实有很强的随机性，再来一遍的话，两个结果反转也不是没有可能的。其实在当时选择“中行转债”的时候，我就已经做好了它的收益会低于“工行转债”的心理准备。

小结：投资可转债需要足够的耐心。虽然绝大多数可转债会在到期之前成功转股，但投资可转债时，仍需做好持有到期的心理准备。

可转债投资案例（二）——“平安转债”

“平安转债”是保险业巨头中国平安保险集团发行的可转债，在2013年12月9日上市，上市之后没过几天，价格就跌到了100元左右。我在102元左右分两批买入了“平安转债”。当时的情况比较特殊，我没有去等待100元以下的价格，主要有这样两个原因。第一，当时“平安转债”的溢价率非常低，大概在3%左右；第二，我当时原本就持有中国平安的股票，所以就面临一个是否要切换投资品种的选择。在上一章中，我面对的是“中行转债”和“工行转债”这两个可转债之间的选择，而这一次，我面对的是正股和可转债之间的选择。3%的溢价率，意味着如果我把中国平安的股票换成可转债，当股票上涨时我会损失3%的收益，对此的补偿是，我持有的资产从下不保底、上不封顶的股票，变成了下有保底、上不封顶的可转债。这里需要注意一点，102元的可转债，也是保底的，通常来说，可转债几年累计的利息加上最后偿还的本金，总共会超过110元。我倾向于买100元以下的可转债，是出于一种更加保守的考虑，我希望不仅能享受到股票上涨的收益，同时也能在最差的情况下，得到还算不错的利息收益。

但是在这个案例中，由于我本身就持有中国平安的股票，所以对比的思路会不太一样。用一个不太恰当的比喻来说，当时的选择就像是：要不要花3%的成本，给中国平安这只股票买个保险。我最终的回答是：要！所以我在“平安转债”102元上下的时候，把中国平安的股票全部换成了中国平安的可转债。在上一个案例中，“中行转债”的投资过程，历时 3 年零 3 个月，“平安转债”的周期就短很多，2014 年 12 月 24 日，中国平安保险集团发布可转债“提前赎回公告”，2014 年 12 月 25 日，我以 152 元的价格卖出了“平安转债”。整个投资过程历时 1 年，总收益率是 49%，由于只用了一年，所以年化收益率也是 49%。

在这个案例中，还有一个值得重点讨论的问题，就是卖出策略。

图 5–3 是“平安转债”的历史价格走势图，在我以 152 元的价格卖出“平安转债”之后，它最高涨到了 192 元，另外它最终收盘的价格是 167 元。这种情况下，你心里可能会有个疑问：在公司发布“提前赎回公告”之后，立刻就卖出，是不是太早了？是不是可以等它再涨一涨？我的建议是最好不要等。你可以回看一下上一个案例“中行转债”的历史价格走势图。你会发现，在中行发布了可转债“提前赎回公告”之后，“中行转债”的价格是一路下跌的。如果你在这两个案例中都选择再等一等，那么平

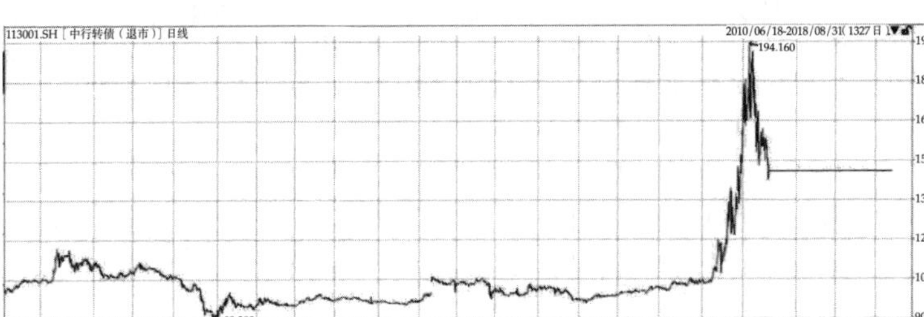

图 5–3　“平安转债”历史价格走势图

数据来源：Wind

均而言并不会获得更好的结果。

在目前投资可转债的小圈子中，比较流行的卖出策略有两种：一种是我们刚才说的，在看到“提前赎回公告”时立刻卖出的策略，我们可以叫它策略 1；另一种策略，我们可以叫它策略 2。

策略 2 是指，在可转债价格达到或超过 130 元之后，只要从最高点下跌超过 10 元，就卖出，不考虑有没有发布“提前赎回公告”。举例来说，当一只可转债的价格第一次达到了 130 元，这时候它的历史最高价显然也是 130 元，那么如果未来有一天，它的价格从 130 元下跌到了 120 元，就立刻卖出全部的可转债。如果未来价格上涨到 140 元呢？这时候，它的历史最高价就是 140 元，那么重新以 140 元为基准，如果下跌 10 元达到 130 元，就卖出可转债，如果涨到了 150 元，就把基准调整到 150 元，以此类推。当然，策略 2 的使用有一个时间期限，就是不能超过可转债的“赎回日”，一旦超过了赎回日，你的可转债就会被公司以 100 元左右的价格直接拿走。这个规则很重要，如果你忘记了，那么一定要回顾一下前面的内容。一般来说，赎回日在公司发布“提前赎回公告”的一个月之后，具体日期以公告为准。

策略 2 的好处是，它可以在可转债价格的快速上涨中，实现一种“止损不止盈”的效果，但同时，这个策略也有几个额外的副作用。

第一，从结果上看，策略 2 有时候会导致可转债卖出过早。

比如第一个案例中的“中行转债”，如果使用策略 1，看到“提前赎回公告”后卖出，那么卖出的价格是 174 元，但如果按照策略 2，就会在 130 元左右卖掉，原因是在可转债价格上涨的过程中，出现过一次从 140 元到 122 元的大幅回落。

第二，耗时。可转债价格在超过 130 元之后，波动会非常剧烈，按照策略 2 的要求，如果价格从最高点回落 10 元就要卖出，我们就必须在交易时间一直盯着看。

第三，操作的时候更容易不守纪律。其实本书讲的每一种投资工具，都有很多种投资策略，但我通常会建议你选择最简单的那一种。因为十多年的投资经验告诉我，复杂的策略到了实际操作中，往往比你以为的更复杂。有的时候，单从数学期望的角度看，复杂策略是好于简单策略的，但在现实中，往往是那些使用简单策略的人赚钱更多，因为使用复杂策略的人，除了策略本身的风险，还额外承担了一个执行时偏离策略的风险。

其实严格来说，现在比较流行的策略 1 和策略 2，都不是最科学的。最科学的方法是“动态再平衡”。但是动态再平衡这个策略，难度更高，需要对投资有很深刻的理解才能执行，否则很容易在实际操作中，混淆了再平衡和炒短线。

广义上说，动态再平衡的主旨是：在任何时候，用任何资产和任何资产做对比。假设你现在持有一批可转债，根据动态再平衡的逻辑，此刻你需要思考的问题是：如果我不持有这些可转债，那么我还能持有什么？其他资产的性价比会不会更好？这里所说的“其他资产”，不仅仅包括其他可转债，也包括股票、债券、银行存款、基金、期权等一切金融资产；甚至这里所说的“其他资产”，不仅仅包括金融资产，也包括房产、金条、煤矿等一切实物资产。

不过，在本章中我们先讨论最狭义层面的动态再平衡，也就是可转债与可转债之间的再平衡。

在实际操作中，我有时候会等到可转债发行公司发布“提前赎回公告”后再卖出可转债，但并不是所有时候都这样做。有些时候，我会在可转债价格出现一定程度的上涨，但并未发布“提前赎回公告”时，就卖出该可转债，换成其他价格更便宜的。甚至有些时候，我会在某只可转债价格并未上涨的情况下将它卖出，因为有其他可转债跌出了更加诱人的价格。

接下来，我会分享两个我在可转债发行公司没有发布“提前赎回公告”时，基于动态再平衡的逻辑卖出可转债的实战案例。

小结：当你投资的上市公司发行了可转债时，假如该可转债的价格和溢价率都很低，应该将股票换成可转债。

可转债投资案例（三）——“蓝标转债”

“蓝标转债”是一个非常典型的可转债投资案例。“蓝标转债”于 2016 年 1 月上市，截至我撰写本章的 2019 年 8 月，该可转债尚未到期。“蓝标转债”的案例，充分展示出了“下调转股价”带来的效果。我们先来看两张图。

图 5–4 是蓝色光标公司的股票从 2016 年 1 月到 2019 年 3 月

的价格走势图。图 5–5 则是蓝色光标公司发行的可转债“蓝标转债”从 2016 年 1 月到 2019 年 3 月的价格走势图。

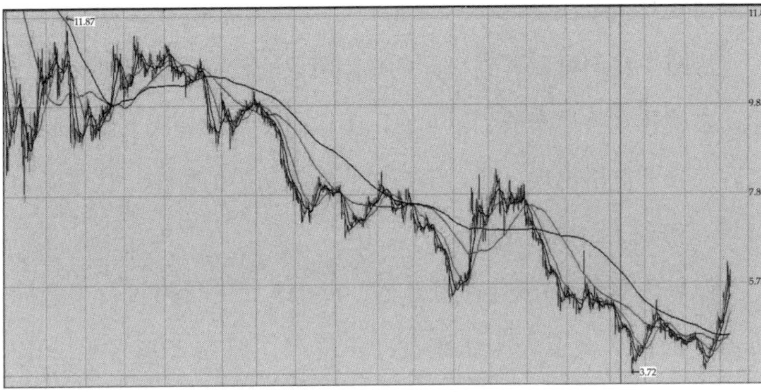

图 5–4　蓝色光标股票历史价格走势图

数据来源：Wind

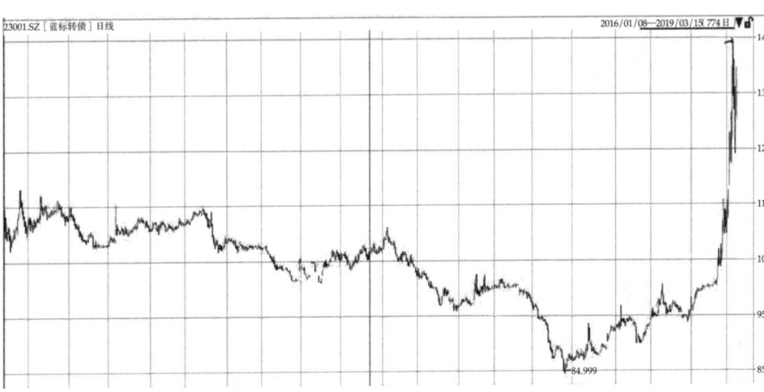

图 5–5　“蓝标转债”历史价格走势图

数据来源：Wind

可以看到，2016 年到 2019 年这三年时间里，蓝色光标这只股票的价格，从 11.9 元跌到了 5.7 元，而与此同时，“蓝标转债”的价格却从 115 元涨到了 125 元。正股与可转债出现完全相反的价格走势，是因为在这三年期间，“蓝标转债”被连续3次下调了转股价。第一次下调到10元，第二次下调到5.29元，第三次下调到4.31元。

从图中我们可以看到，蓝色光标股票的价格，最低跌到3.72元，之后几个月最高涨到了6元以上。由于最后一次下调转股价之后，股票价格出现反弹，于是“蓝标转债”的价格，从最低的84元，涨到了最高的144元。

如果你是从2016年1月开始，以115元的价格投资“蓝标转债”的，那么至今为止收益并不算高，但在2016年至2019年这三年漫长的熊市中，你也足以战胜市场中绝大多数的投资者了。

不过根据我们前面几章所讲的投资策略，我通常是不会买入价格超过100元的可转债的。在这个案例中，我是在2018年5月，“蓝标转债”95元时投资了该可转债，到2019年3月，我以132元的价格卖掉了全部的“蓝标转债”。整个过程历时10个月，总收益率为39%，年化收益率为48%。

在这个案例中，值得重点讨论的问题有两个。一个是刚才所说的，由于“下调转股价”的存在，可转债完全可能出现和正股完全相反的价格走势，在股票下跌的过程中实现收益。

第二个要讨论的问题就是，为什么不等到“提前赎回公告”发布后再卖出可转债？主要有两个原因。

第一个原因是，当“中行转债”和“平安转债”价格达到130元时，它们所对应的正股的估值并不算高。换句话说，如果中国银行和中国平安保险集团那时没有发行可转债，我也愿意持有它们的正股。而当“蓝标转债”价格达到 130 元时，它所对应的正股蓝色光标，估值是高还是低，我无法判断。

更重要的原因是，在 2014 年至 2015 年那段时间，市场中的可转债数量很少，如果过早卖出“中行转债”和“平安转债”，那么卖出之后想找到性价比更高的标的并不容易。而在 2019 年，市场中存在的可转债数量相比于 2014 年多了几倍。当我卖掉 132 元的“蓝标转债”之后，还有很多价格低于 100 元或者在 100 元左右的可转债任我挑选。卖掉“蓝标转债”之后，我又买入了一只当时价格略低于 100 元的可转债。截至撰写本段文字的 2019 年 9 月，我仍在持有这只可转债，出于监管要求，暂时不便说明具体是哪一只可转债。

其实卖掉“蓝标转债”之后具体买入哪只可转债并不是重点。我想说明的是，如果你手中的可转债价格涨到了 130 元以上，同时你又能找到其他 100 元以下的可转债，那么你可以选择不等“提前赎回公告”发布，直接切换。这里需要特别强调的一点是，“买入单只可转债的金额，不能超过资产的 5%”，这个标准绝对不能打破。任何时候，一定要确保自己的投资组合是足够分散的！

关于可转债的动态再平衡，还有两点需要说明。

第一，理论上说，可转债之间的动态再平衡，不一定非得是 130 元以上换成 100 元以下，也可以是 110 元换 105 元。但在实际操作中，还是建议把尺度控制在“130 元以上换成 100 元以下”

这个范围，再平衡的频率太高，会增加很多交易成本，更重要的是，在频繁的交易中，投资者很容易情绪失控。

第二，动态再平衡策略，是对“低价买入等待强赎”策略的一种优化，它不是必须的。如果动态再平衡的策略超出了你的能力范围，直接退回到最简单、最原始的策略就好。

小结：即使股票价格大幅下跌，可转债依然可能获得不菲的收益。

可转债投资案例（四）——“利欧转债”

“利欧转债”于 2018 年 4 月上市，截至我撰写本段文字的 2019 年 8 月，该可转债尚未到期。从图 5–6、图 5–7 中我们可以明显看出，“利欧转债”和“蓝标转债”情况相似，它也是一个由于下调转股价，可转债大幅跑赢正股的案例。

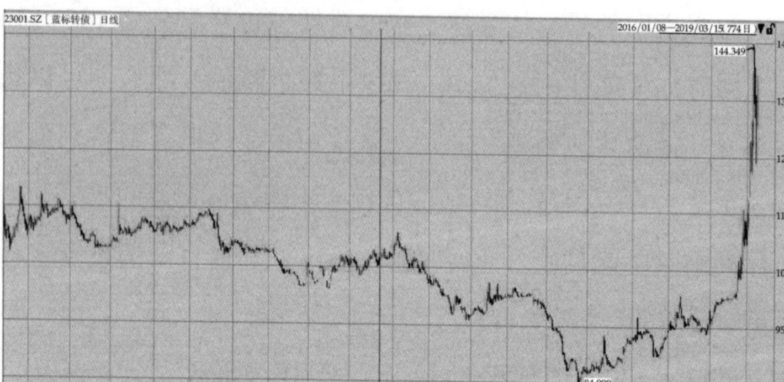

图 5–6 “利欧转债”历史价格走势图

数据来源：Wind

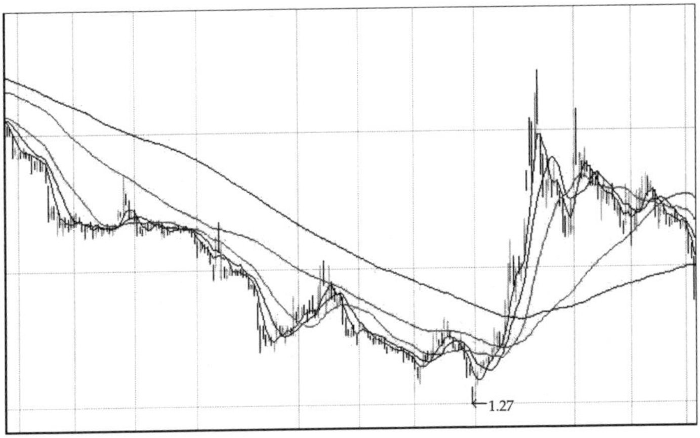

图 5–7　利欧股份股票历史价格走势图

数据来源：Wind

“利欧转债”是在 2018 年 4 月上市的，上市当天价格就跌破了 100 元，之后一路下跌，我在 2018 年 6 月其价格跌到 87 元时投资了“利欧转债”。之后“利欧转债”的价格继续下跌，最低跌到 78 元，成为 A 股市场历史上价格第二低的可转债。[①]

后来，到 2018 年 11 月，利欧集团启动了下调转股价的程序，将转股价格从 2.75 元直接下调到 1.72 元。下调转股价之后，正股价格继续下跌，最低跌到 1.27 元，之后股价出现大幅反弹，最高涨到 2.69 元，随着正股价格的上涨，“利欧转债”的价格也从最低的 78 元，一路上涨到最高的 155 元。仔细看这几个数字，“利欧转债”一开始的转股价是 2.75 元[②]，后来在正股价格跌到 1.27 元又涨回 2.69 元的过程中，“利欧转债”的价格涨到了 155 元。

① “辉丰转债”最低跌到过 71 元。

② 这意味着在“利欧转债”发行时，它所对应的正股价格是不低于 2.75 元的。

正股价格跌了，可转债价格却涨了。我在 2019 年 3 月该可转债价格涨到 138 元时，卖出了全部的“利欧转债”，整个过程历时 9 个月，总收益率为 59%，年化收益率为 85%。后来我用卖出“利欧转债”的资金，买入了另外一只当时价格略低于 100 元的可转债，截至撰写本段文字的 2019 年 9 月，这只可转债我仍在持有，出于监管要求，暂时不便说明具体是哪一只可转债。

在“利欧转债”的案例中，有一个问题需要重点讨论。

前面提到“利欧转债”的价格最低曾跌到 78 元，截至 2019 年 8 月，78 元是 A 股市场历史上所有可转债中第二低的价格。当时能跌到这么低的价格，跟股票及可转债市场的整体低迷有关，但出现如此极端的价格，还有一个额外的原因。

当时，利欧集团计划花十几亿收购微信公众号。这个投资计划引发了很多债权人的不满。有很多持有可转债的投资者，争先恐后地抛售手中的“利欧转债”，导致价格暴跌。

假设你是当时“利欧转债”的持有人，你会怎样看待这件事？收购微信公众号，到底是不是合理的经营行为，我的态度非常明确——我不知道，也不在乎！公司一些引发争议的行为，我为什么不太在意？首先是因为我的投资非常分散，我投资于单只可转债或单只股票的金额，通常不会超过资产的 5%。相比于集中投资，分散投资这种模式肯定会让投资者在心态上轻松一些。这就有点儿像养娃和养鹅的区别，养娃要是出了问题，那是五雷轰顶、天崩地裂的大事，养鹅要是出了问题……那只是成本的一部分。

我不在意公司争议行为的另一个重要原因，是我对“可转债”特性的理解。在可转债投资中有一个有趣的悖论。当你持有一只可转债的时候，你应该盼望发行该可转债的是一家什么样的公司？现金流是充沛更好，还是紧张更好？经营风格是激进更好，还是保守更好？答案是——不一定！

如果你投资的是纯债，那么公司的现金流肯定是越充沛越好，经营风格肯定是越保守越好，因为纯债主要的收益，来自公司“还本付息”。但对于可转债的投资者来说，这里面其实有一个悖论。公司现金流紧张、经营风格激进，当然会增加可转债违约的可能性，但与此同时，越是缺钱的公司，下调转股价的动力也就越强。因而投资经营风格激进的公司的可转债，在增加风险的同时会有相当大的潜在补偿。就在抛出收购微信号的方案后不久，该公司下调了“利欧转债”的转股价，下调的幅度是“一撸到底”。也就是说，它将转股价下调到了规则所允许的极限。

需要说明的是，一家公司的经营风格，究竟是激进还是保守，是一种不可量化的主观判断，因此，我说激进的经营风格会在给可转债增加风险的同时带来补偿，这也仅仅是一种模糊的洞察。

在实际操作中，我们不必刻意寻找或回避某种经营风格的上市公司所发行的可转债，本章重点想要说明的是：对股票而言，估值低就是纯粹的好事；对纯债而言，公司现金流充沛就是纯粹的好事；但对于可转债而言，正股估值低、公司现金流充沛，这两个因素都是偏中性的。正股估值高，意味着正股价格的下跌空间大，同时也意味着下调转股价的空间大；公司现金流吃紧，意味着可转债违约的可能性更高，同时也意味着下调转股价的动力更强。最终，对于可转债来说，价格低才是最核心的要素。

小结：现金流紧张的公司，下调转股价的意愿更强。

自制可转债

在本章的最后一部分，我们将介绍一个比较高级的方法。

2014 年，国内市场有大量的可转债都出现了非常诱人的价格，当时笔者将自己一半的资产都配置到了可转债市场，分散投资了很多只可转债，除了前面提到的“中行转债”和“平安转债”，还包括“南山转债”“恒丰转债”“海运转债”“徐工转债”“石化转债”“民生转债”等。

笔者至今还能回想起，当初躺在低风险可转债的摇篮中，静待高收益的那种夜夜安枕的幸福。然而一个高素质的投资者在饱暖之后除了思淫欲，还要思进退——没有可转债的时候，我们怎么办？

要知道，符合投资条件的可转债并不经常出现，在多数时候，我们找不到价格合理的可转债。香港的投资者要投资可转债就更加困难，因为香港市场的可转债几乎都是场外交易的，流动性极差。这种情况下又该怎么办呢？

没有可转债，我们就自己制造一个。

可转债这种东西，本质上就是期权 + 纯债的组合。可转债之所以价格上涨的时候像股票，下跌的时候像债券，就是因为它在价格上涨时会触发期权的属性，而在价格下跌时有纯债价值来保底。根据这个原理，只要我们能找到价格合适的期权，再配上任意一只或一些你认为安全的债券，就可以在事实上“勾兑”出一只可转债。

我们在前面的章节中已经单独介绍过债券、期权和可转债，本节是对以上内容的综合应用。所以在这里，我们不再做基本原理层面的解释，直接给出一个实战案例。

2014 年 10 月，民生银行的港股比 A 股的估值更低，如果我们想买民生银行港股的可转债，但市场中没有，那么我们要怎么做，才能制造一个“民生 H 股转债”出来呢？

第一步，我们要去寻找民生银行 H 股的期权。这里我们找到了一个剩余时间最长的期权——11373，它距离到期日还有 560 天[①]，如果在 560 天之内，民生银行 H 股的价格翻一倍，那么这个期权的收益大约是 10 倍。这时候，假设我们打算配置 100 万元的“民生 H 股转债”，那么可以用 7 万元买入这个期权，然后用剩下的 93 万元买入一个到期年化收益率在 5%~6% 的债券，或其他债权类资产。这样配置出的可转债，在 560 天之后，如果民生银行 H 股的价格下跌了，那么期权的部分会赔光，而 93 万元的债券会带来超过 7 万元的回报，最终我们可以获得微小的盈利。到这里，可转债的保底属性已经体现出来了。而如果 560 天后，民生银行 H 股的价格翻了一倍，我们持有的 7% 的期权会带

① 此案例中，期权的剩余时间不足 2 年，在实际操作中，应尽量选择剩余时间在 2 年以上的期权，不能为了“制造可转债”而放宽标准。

来 10 倍的收益，从 7 万元变成 70 万元，同时债券部分的 93 万元也会变成 100 万元以上。这时我们初始投资的 100 万元就变成了 170 多万元，收益率超过 70%。当然，在实际操作中，除了下跌和翻倍，股票价格还可能落在其他任何范围，这是一个概率分布的问题，我们只需要针对各种情况去分别计算就可以了。

有心的读者会发现，用这个方法“勾兑”出来的可转债，与国内市场传统的可转债有一个区别：真正的可转债，可以在正股价格下跌之后，通过下调转股价来保护投资者。而我们自己制造可转债，就占不到下调转股价这个便宜了。对此，我们的态度是：有便宜要占，没有便宜创造便宜也要占！在实际操作中，我们可以通过“期权轮动策略”来达到相似的效果。

从表 5–3 中我们可以看到，这里有五只民生银行的期权，它们的条款几乎一模一样，但价格有很大差别。五只期权中，最便宜的是 0.080 港元，最贵的是 0.095 港元，相差将近 20%。

表 5–3　五只民生银行的股票期权价格

代码	名称	类型	最新价格（港元）	涨跌幅（%）	成交额（万港元）	行使价格（港元）	溢价率（%）	杠杆比率	街货量	行权比例	最后到期日
12909	民行法兴六五购 A	认购	0.086	+2.38	162.97	7.66	17.718	10.01	–	8.33	2016–04–28
14051	民行法巴六五购 A	认购	0.089	+3.49	65.93	7.65	17.840	9.67	–	8.33	2016–04–28
11373	民行野村六四购 A	认购	0.080	+2.56	4.50	7.65	16.901	10.76	–	8.33	2016–04–22
11788	民行汇丰六四购 A	认购	0.094	+2.17	107.90	7.66	18.657	9.16	–	8.33	2016–04–15
13141	民行瑞银六四购 A	认购	0.095	+2.15	–	7.66	18.774	9.06	–	8.33	2016–04–15

数据来源：腾讯财经

历史数据显示，同类型期权之间，这个幅度的价差是十分常见的，我们只要买入价格最低的一个，用之前提到的动态再平衡原理，在它们价格随机波动的过程中，不断把价格涨高的期权换成更便宜的，就相当于自动下调了转股价。从这个角度看，我们自己制造的可转债，性能并不比真正的可转债差，因为真正的可转债，只有在正股价格下跌之后才有可能下调转股价，而我们自制的可转债，不论正股价格是涨是跌，转股价格都有巨大的潜在下调空间。

总结一下本策略的三个要点。

1. 债券的收益必须覆盖期权赔光的损失。

2. 期权的杠杆倍数要足够大。

3. 通过“期权轮动策略”有可能达成近似于下调转股价的效果。

03 分级基金

分级基金的基本原理

分级基金（Structured Fund）又叫“结构型基金”，它的主要特点是将基金产品分为两类或多类份额，并分别给予不同的收益分配。分级基金各个子基金的净值与份额占比的乘积之和等于母基金的净值。例如拆分成两类子份额的母基金净值 =A 类子基金净值 ×A 类子基金份额占比 + B 类子基金净值 ×B 类子基金份额占比。如果母基金不进行拆分，其本身就只是一个普通的基金。

以上为精确表述，接下来，我们用浅显的语言来解释什么是分级基金。

分级基金按照模式区分，分为融资型分级基金和多空分级基金，由于多空分级基金刚刚出现不久就被监管部门叫停，所以目前市场中的分级基金几乎都是融资型分级基金。而在融资型分级基金中，除个别几只合约比较奇特的基金（如全兴合润、申万申成等），绝大多数基金合约的基本结构都是相似的，可以称它们为“主流融资型分级基金”。在目前已上市的所有分级基金中，“主流融资型分级基金”的占比超过95%，从效率的角度出发，本书只重点介绍这一种。

对融资型分级基金的通俗解释是：A类子基金份额和B类子基金份额的资产作为一个整体进行投资，B类子基金份额的投资者每年向A类子基金份额的投资者支付利息，并且由B类子基金份额的投资者支付除申购费和赎回费以外的全部基金费用（如管理费、运作费等），支付利息和费用后的整体投资盈亏都由B类子基金份额的投资者承担。

我们假设，一位母亲有两个孩子，哥哥叫小谨，弟弟叫小浪。两兄弟的压岁钱都交给母亲管理，母亲用两兄弟的钱去投资股票。对于母亲的投资策略，小谨和小浪都不是很满意。小谨是个风险厌恶者，他觉得股票的风险太高了；小浪是个风险偏好者，他觉得股票的波动太小，不够刺激。于是，聪明的母亲想出了一个让两兄弟都拍手叫好的方案：原本的投资策略不变，还是把两兄弟的钱放在同一个资金池里投资股票，但是由哥哥小谨把自己的那部分钱借给弟弟小浪，小浪每年支付给小谨6%的利息，之后不论股票价格是涨是跌，所有的风险都由小浪承担，所有的收益也都由小浪享受，哥哥小谨则每年稳稳地收取利息。

这个故事中，母亲与两兄弟的财务结构，就是分级基金的雏形。分级基金有三个重要的组成部分：母基金、优先基金、劣后基金。在故事中，母亲所扮演的就是母基金的角色，哥哥小谨就是优先基金，弟弟小浪就是劣后基金，更多时候，人们把优先基金称为A类子基金，把劣后基金称为B类子基金。为了方便，本书也将在后面的内容中采用A类子基金、B 类子基金的说法。

分级基金区别于普通基金的地方，不是它的投资方式，而是它的收益分配方式。分级基金中的母基金其实与普通的基金没有任何区别，就是一个“证券投资基金”而已，就好比故事中的母亲，与其他帮孩子们管理压岁钱的母亲相比，她的投资水平未必更高。不同之处只是，她所管理的这笔钱，在自己的两个孩子之间以一种特殊的方式进行分配。现实中，绝大多数分级基金的母基金都是指数型的，也就是说，它们并不在母基金的层面去追求超越市场平均水平的回报率。

分级基金的要素

要理解一只分级基金，我们必须了解以下几个要素。

1. 母基金投资方向

大多数母基金都是指数型的，它们的投资组合会挂钩某个指数，可以是上证50、沪深300等主流指数；可以是有色金属、互联网等行业指数；也可以是国企改革、“一带一路”等概念指数。也有少部分母基金是主动管理型的，其投资组合是不透明的，并非由某个指数的成分股组成。

2. 子基金比例

绝大多数分级基金A类子基金份额与B类子基金份额的比例都是5∶5[①]，也有少数分级基金A类子基金份额与B类子基金份额的比例是2∶8、4∶6、7∶3或8∶2。一般来说，A类子基金份额与B类子基金份额比例达到7∶3或8∶2的都是债券型基金，因为债券本身的波动比较小，只有更高的杠杆率才能使B类子基金具有高风险、高收益的特征。

3. A类子基金

A类子基金本质上是债权类资产，它通过将资金出借给B类子基金，每年收取一定的利息。至于每年能收取多少利息，要看合同如何约定。大部分A类子基金收取利息的标准是"一年期定期存款利率+*X*%"，比如"一年期定期存款利率+4%"，这就意味着，如果一年期定期存款利率是3%，那么该A类子基金的利率就是3%+4%=7%。绝大多数A类子基金的利率标准是在一年期定期存款利率的基础上，上浮3%~5%，当基准利率出现变化时，A类子基金的利率不会立刻随之变化，而是会等到每年的"定期折算日"才进行调整。定期折算的概念我们后续会做解释，简单来说，A类子基金的利率通常是每年调整一次。也有少数A类

① 5∶5更精确地说是1∶1，但由于现实中有2∶8、4∶6、7∶3和8∶2等不同份额比例的分级基金存在，很多时候人们把A∶B为1∶1的分级基金说成是A∶B为5∶5的分级基金，这两种表述含义是相同的，本书之后仍将使用"5∶5"的说法。

子基金的利率是固定的，比如锁定在每年 6%，不在基准利率的基础上上浮，也不随基准利率的变化而变化。

4. B 类子基金

B 类子基金本质上是举债投资，它通过每年向 A 类子基金支付一定的利息来获得杠杆。B 类子基金的杠杆率会受到 A 类子基金份额与 B 类子基金份额比例的影响，也会随着净值的变化而变化。

份额比例的影响。A∶B 为 5∶5 的分级基金，在 A 类子基金和 B 类子基金净值均为 1 元的情况下，理论上该 B 类子基金的杠杆倍数为（5 元 +5 元）÷5 元 =2 倍（为方便说明，此处忽略 B 类子基金需要向 A 类子基金支付的费用，下同），但如果 A∶B 为 4∶6，那么该 B 类子基金的杠杆倍数为（4 元 +6 元）÷6 元 =1.67 倍。

所以，从份额比例的角度看，B 类子基金占比越小，其杠杆倍数越大，反之亦然。

净值变化的影响（上涨）。A∶B 为 5∶5 的基金，在 A 类子基金和 B 类子基金净值均为 1 元的情况下，理论上该 B 类子基金的杠杆倍数为（5 元 +5 元）÷5 元 =2 倍，但如果 B 类子基金的净值涨到 2 元，而 A 类子基金的净值仍为 1 元，那么届时 B 类子基金的杠杆倍数为（1 元 +2 元）÷2 元 =1.5 倍。

净值变化的影响（下跌）。A∶B 为 5∶5 的基金，在 A 类子基金和 B 类子基金净值均为 1 元的情况下，理论上该 B 类子基金的杠杆倍数为（5 元 +5 元）÷5 元 =2 倍，但如果 B 类子基金的净值下跌到 0.5 元，而 A 类子基金的净值仍为 1 元，那么届时该 B 类子基金的杠杆倍数为（1 元 +0.5 元）÷ 0.5 元 =3 倍。

所以，在 A 类子基金净值不变的条件下，B 类子基金的净值越低，其杠杆倍数越大，反之亦然。

5. 向下折算条件

要理解分级基金向下折算（简称下折）是怎么回事，还要从小谨、小浪两兄弟说起。我们假设小谨和小浪两人各有 1 万元压岁钱存在母亲那里，母亲将这 2 万元全部用来买了股票。哥哥小谨每年只收取固定的利息，而股市的波动全部由弟弟小浪承担。这时候小谨提出一个问题：万一股市跌得太凶，小浪的 1 万元亏光了，再把我的钱亏进去怎么办？于是母子三人协商后，设计出一个下折条款：假设母亲所管理的 2 万元缩水到 1.2 万元，这时账户中的钱有属于小谨的 1 万元（为方便计算，忽略利息和费用）和属于小浪的 2 000 元。一旦发生这种情况，小谨为了安全起见，要从属于自己的 1 万元中提取 8 000 元出来，提取之后账户中还剩 4 000 元，兄弟俩各拥有 2 000 元。然后母亲继续用这 4 000 元去投资。这就是分级基金向下折算的基本原理。

这种设计，确保了无论股市出现多深的下跌，都永远不会危害到小谨的本金安全，但副作用是，一旦发生了下折，小浪想要把亏掉的钱赚回来会难上加难。想象一下，一开始小谨和小浪的本金都是 1 万元，理论上当股市下跌 40%，他们的总本金 2 万元将变成 1.2 万元，触发下折条件。当下折发生后，小谨从还剩 1.2 万元的股票账户中取走了 8 000 元，此时账户中仅剩下 4 000 元，即使接下来股市上涨 100%，4 000 元也仅仅变成 8 000 元而已，扣除属于小谨的 2 000 元，小浪的资产总共只有 6 000 元。这个过程中，股票市场以 1 为单位，先下跌 40% 至 0.6，再上涨 100% 至 1.2，总体上涨 20%，而小浪的资产却从 1 万元缩水至 6 000 元，总体下跌了 40%。小浪希望通过承受更大的波动获取更高的收益。然而市场的波动从长期来看对小浪是有害的。

现实中，绝大多数分级基金向下折算的触发点是 B 类子基金净值下跌到 0.2 元或 0.25 元。

假设某分级基金的 A 类子基金份额与 B 类子基金份额比例是 5 : 5，向下折算的触发条件是 B 类子基金净值跌到 0.2 元。假设触发下折时，A 类子基金的净值为 1 元，此时 B 类子基金的杠杆倍数为（1 元 +0.2 元）÷ 0.2 元 =6 倍。为了使 B 类子基金的杠杆倍数恢复到初始的状态——2 倍，必须让 A 类子基金的净值也降低到 0.2 元。实现这一目的的方法是，A 类子基金向持有人分红 0.8 元。分红后，A 类子基金的净值也变成了 0.2 元，与 B 类子基金完全相等。接下来，基金公司会宣布，将 A 类子基金与 B 类子基金的净值全部恢复为 1 元，这个过程被称为“净值归 1”。净值归 1，不会为基金持有人带来收益或损失，只是为了方便和美观所做的计价方式的改变。如不理解，可以想象在考试题完全不变的情况下，将试卷的总分数由 100 分修改为 500 分。

需要注意的是，A 类子基金向投资者分红时，并不是直接发放现金，而是将分红以“母基金份额”的形式发放给投资者。假设你在上述案例中持有 1 万元的 A 类子基金，那么在下折后你将拥有2 000元的A类子基金和8 000元的母基金。8 000元的母基金到账后，你可以选择赎回，或是将母基金按比例拆分成A类子基金和B类子基金。

6. 向上折算条件

向上折算的原理与向下折算相反。上文提道，B类子基金的杠杆率，会随着净值的上涨而快速下降。我们仍然假设小谨和小浪两人各有1万元压岁钱存在母亲那里，母亲将这2万元全部用来买股票。哥哥小谨每年只收取固定的利息，而股市的波动全部由弟弟小浪承担。当股市上涨50%时，这2万元变成了3万元，此时小谨在整个资产中拥有1万元（忽略利息和基金费用），而小浪拥有2万元。

原本在小谨和小浪资产都是1万元的情况下，"分级"的制度会让小浪的资产带有2倍的杠杆，当股票上涨1%，小浪的资产增加2%，当股票下跌1%，小浪的资产减少2%，这正是小浪想要的。而现在，小浪的资产变成2万元，小谨的资产仍是1万元，这时股票价格每上涨1%，小浪的资产只能增加1.5%，反之亦然。这让小浪觉得不够刺激，于是小浪提出，要将自己赚到的1万元取出来。当小浪取出盈利的1万元之后，母亲账户中的资产又变回2万元，小谨和小浪各拥有1万元，这时，小浪那部分资产的杠杆倍数重新回到2倍。

现实中，绝大多数分级基金向上折算的触发点，是母基金净值上涨到1.5元或2元。

假设某分级基金的A类子基金份额与B类子基金份额比例

是 5 : 5，向上折算的触发条件是母基金净值涨到 1.5 元。假设触发上折时，A 类子基金的净值为 1 元，那么此时 B 类子基金净值为 2 元，B 类子基金的杠杆倍数为（1 元 +2 元）÷ 2 元 =1.5 倍。为了使 B 类子基金的杠杆倍数恢复到初始的状态——2 倍，必须让 B 类子基金的净值也降低到 1 元。实现这一目的的方法是，B 类子基金向持有人分红 1 元。分红后，B 类子基金的净值也变成 1 元，与 A 类子基金完全相等。

同样，B 类子基金向投资者分红时，也不是直接发放现金，而是将分红以“母基金份额”的形式发放给投资者。假设在上述案例中，当 B 类子基金净值涨到 2 元时，你刚好持有价值 2 万元的 B 类子基金，那么在上折后你将拥有 1 万元的 B 类子基金和 1 万元的母基金。当 1 万元的母基金到账后，你可以选择赎回，或将母基金按比例拆分成 A 类子基金和 B 类子基金。

7. 定期折算条件

小谨和小浪又吵架了。小谨问：“说好的每年 6% 的利息，你什么时候给我？”小浪说：“等你结婚的时候就给你。”小谨说：“呸！一年给一次！”母亲同意了小谨的方案。于是双方约定，在每一年的某一个固定的日期，小浪将一年的利息支付给小谨，剩余资金继续按照原定的分级制度运作。这个过程叫作“定期折算”。

现实中，绝大多数分级基金都是每年进行一次定期折算，定期折算的具体时间，每只基金各不相同。

在定期折算时，A 类子基金向投资者分红，也不是直接发放现金，而是将分红以“母基金份额”的形式发放给投资者。假设某分级基金定期折算的时间是每年的 1 月 1 日，A 类子基金的约定利率是固定的每年 6%。如果你在年初投资 1 万元，买入净值为 1 元的 A 类子基金，那么一年后，A 类子基金的净值会涨到 1.06 元，你的资产将增值到 1.06 万元。定期折算时，A 类子基金会将净值高于 1 元的部分分配给投资者，你会得到 600 元的母基金。

A 类子基金的净值是每天按照固定的数值小幅上涨的，并不是在定斯折算当日突然涨到 1.06 元。所以如果你在刚好持有半年的时候想要卖出 A 类子基金，那么理论上当时的净值应该是 1.03 元。但基金的净值不等于基金在证券市场的交易价格，无论 A 类子基金还是 B 类子基金，都有可能出现折价或溢价，这一原理，与之前讲过的封闭式基金类似。

8. 基金费用

基金的主要费用有四种：管理费、托管费、申购费、赎回费。在以上四种费用中，管理费和托管费在投资者持有基金期间会一直收取，申购费和赎回费只有在投资者对母基金进行申购和赎回的时候才收取。如果我们只在二级市场买卖 A 类子基金或 B 类子基金，是不会涉及申购费和赎回费的。

指数型的分级基金，其管理费通常在每年 1% 左右，托管费通常为 0.2%~0.25%。申购费的费率是阶梯式的，申购金额越大，申购费就越低，一般为 0.1%~1.2% ，如果申购金额足够大，那么还可以按照固定金额收取，通常是 1 000 元封顶。

需要注意的是，整个分级基金的管理费和托管费，事实上全部都由 B 类子基金的投资者承担。所以实际上 B 类子基金每年的成本要比支付给 A 类子基金的利息高很多。假设某分级基金的 A 类子基金份额与 B 类子基金份额比例是 5∶5，A 类子基金和 B 类子基金的净值都是 1 元，A 类子基金每年的利率是固定的 6%，该基金每年的管理费加托管费总共是 1.2%，那么 B 类子基金一年的成本是 2.4%+6%=8.4%。为什么是 2.4% ？因为在 A 类子基金份额与 B 类子基金份额比例为 5∶5 且 A 类子基金和 B 类子基金的净值都是 1 元的情况下，B 类子基金的资产只占母基金资产的 50%，但它要承担全部的基金费用。

分级基金的使用

至此，我们已经从规则的角度，了解了构成分级基金的基本要素。接下来，我们从投资的角度阐述一下，对于分级基金这种投资工具，应该如何理解、如何使用。

分级基金是个多功能的投资工具，有很多种使用方法。下面我们会分别介绍分级基金 A 类子基金的投资、B 类子基金的投资、分级基金折价套利和分级基金溢价套利。

分级基金 A 类子基金的投资

投资分级基金 A 类子基金，可以通过两种方式获得收益，第一是利息收益，第二是折价率收敛的收益。

1. 利息收益

分级基金 A 类子基金的基础收益，来源于分级基金 B 类子基金所支付的利息。由于有下折制度的保护，约定利率高的 A 类子基金并不会面临更高的违约率，这一点与债券有所不同。在现实中，我们在投资一只 A 类子基金时，每年能够获得多少利息，并不是完全由约定利率决定的，还要考虑 A 类子基金的市场交易价格。A 类子基金的净值与市场交易价格可能出现偏离，也就是出现折价或溢价。

假设一只 A 类子基金的净值为 1 元，它的利率是固定的每年 6%，当它的价格低于净值，它的隐含收益率就会高于 6%，如果它的价格是 0.8 元，相对于净值折价 20%，那么它的隐含收益率就是 1 元 ×6%÷0.8 元 ×100%=7.5%；而当它的价格高于净值，它的隐含收益率就会低于 6%，如果它的价格是 1.2 元，相对于净值溢价 20%，那么它的隐含收益率就是 1 元 ×6%÷1.2 元 ×100%=5%。投资 A 类子基金时，隐含收益率（实际收益率）比约定利率（净值收益率）更加重要。

2. 折价率收敛

A 类子基金的折价率可以通过两种方式得到收敛——上涨和下折。

（1）上涨导致的折价率收敛

一般来说，在降息周期内，A 类子基金价格容易出现大幅上涨，这和长期债券在降息周期内价格容易上涨的道理是一样的。绝大多数 A 类子基金的存续期限都是永远，因而对利率变化极其敏感。

即使是浮动利率的 A 类子基金，由于它的利率标准是“一

年期定期存款利率 +X%”，因此，随着基准利率变化的，也只有“一年期定期存款利率”那部分，而“X%”的那部分，是永远不变的，所以 A 类子基金利率变化的弹性远远小于基准利率。假设一个 A 类子基金，它的约定利率是“一年期定期存款利率 +4%”，那么当基准利率为 3% 时，此 A 类子基金的约定利率是 3%+4%=7%；而当基准利率下调为 1.5% 时，该 A 类子基金的约定利率是 1.5%+4%=5.5%，基准利率下降了 50%，但该 A 类子基金的约定利率只下降了约 21%。

即使我们知道基准利率下降会导致 A 类子基金价格上涨，基准利率的变化也是很难预测的。央行的利率政策会根据经济形式而变化，就连央行自己也无法精确预测未来的利率。这个问题的解决办法，与之前“债券”一章讲的一样：放弃对未来利率的判断，等到 A 类子基金的“隐含收益率（实际收益率）”令人满意时再投资。在实际操作中，笔者一般要等到 A 类子基金的“隐含收益率”超过 7% 时，才会开始投资。

选择这个标准的原因如下。

第一，从历史数据上看，7% 的“隐含收益率”并不算特别严苛，在 2007—2017 年这 10 年间至少出现过 3 次 A 类子基金“隐含收益率”超过 7% 的情况。

第二，7% 的收益率对于分级基金 A 类子基金这种安全等级较高的债权类资产而言，是相当令人满意的（除非发生恶性通货膨胀）。当然，“隐含收益率”超过 7%，只是意味着该 A 类子基金进入了我们的狩猎范围，并不代表它已经是完美的投资机会了。在极端情况下，有个别A类子基金的“隐含收益率”曾超过9%。对于A类子基金这种类似于永续债券的投资工具，无论我们买入的价格多么便宜，都必须做好承受波动的准备。

（2）下折导致的折价率收敛

在投资A类子基金时，笔者遵循一个原则：只投资折价的A类子基金，不投资溢价的A类子基金。这是因为在面对下折时，折价的A类子基金和溢价的A类子基金会面临完全不同的命运。

假设一只A类子基金目前的净值是1元，市场价格是0.85元，折价率为15%，该分级基金的下折条件是B类子基金净值下跌到0.2元。那么当该分级基金触发下折条件后，A类子基金资产的80%将会被分配给投资者，如果某位投资者花8 500元，以0.85元的价格买了1万份净值为1元的A类子基金，那么在下折后，他将获得8 000元的母基金，并保留2 000份A类子基金，我们假设下折后A类子基金仍然保持15%的折价率，则他拥有的A类子基金市场价格为2 000份 ×0.85元=1 700元。此时他手中还有价值8 000元的母基金，这部分母基金可以直接按照净值进行赎回（此处忽略赎回费和赎回过程中的净值波动），所以在下折后，他理论上拥有1 700元+8 000元=9 700元，比买入A类子基金时所花的8 500元增加了1 200元，收益率为14.12%。

相反，假设一只A类子基金目前的净值是1元，市场价格是1.15元，溢价率为15%，该分级基金的下折条件是B类子基金净值下跌到0.2元。那么当该分级基金触发下折条件后，A类子基金资产的 80% 将会被分配给投资者，如果某位投资者花 11 500 元，以 1.15 元的价格买了 1 万份净值为 1 元的 A 类子基金，那么在下折后，他将获得 8 000 元的母基金，并保留 2 000 份 A 类子基金，我们假设下折后 A 类子基金仍然保持 15% 的溢价，则他拥有的 A 类子基金市场价格为 2 000 份 ×1.15 元=2 300 元。此时他手中还有价值 8 000 元的母基金，这部分母基金可以直接按照净值进行赎回（此处忽略赎回费和赎回过程中的净值波动），所以在下折后，他理论上拥有 2 300 元+8 000 元=10 300 元，比买入 A 类子基金时所花的 11 500 元减少了 1 200 元，收益率为 –10.43%。

现在我们知道，一旦分级基金触发下折条件，对于处于折价状态的 A 类子基金会有好处，A 类子基金的折价率越高，好处越大。所以我们在选择 A 类子基金时，应尽量寻找折价率高并且容易下折的。折价率的高低是一个直观的数字，很容易理解，然而什么样的分级基金更容易触发下折条件呢？有这样几个标准。

首先，B 类子基金净值已经很低，距离下折触发点已经很近的分级基金，显然更容易在未来一段时间发生下折，这是最重要的指标。但由于这个指标太过明显，大家都能看到，因此在一只 B 类子基金的净值不断向下折触发点逼近的过程中，投资者会去争夺它所对应的 A 类子基金（前提是该 A 类子基金处于折价状态），导致折价率收敛。

除此之外，还有两个不是特别明显的指标，也会影响发生下折的概率：估值和波动率。

一般来说，分级基金所挂钩的指数估值特别高的，未来出现下折的概率更大，关于这一点，我们在本书“投资体系第一层级”的部分已经有详细的阐述，此处不再赘述。现实中，出于人性的固有弱点，投资者作为一个群体，很少对“高估值”这一现象有所警惕，反而往往对高估值的东西抱有极大的热情。这是一个可以利用的现象。

另外，分级基金所挂钩的指数，如果历史波动率特别大，那么显然也更容易在未来触发下折，市场对于这一点，似乎也并未给予足够的重视。

分级基金 B 类子基金的投资

不要投资分级基金 B 类子基金。B 类子基金的本质就是举债投资，用通俗的话说就是借钱炒股。这种做法长期来看是极不明智的。

笔者在写作本书时，原本打算在投资理念的内容中单辟一章，来讲关于举债投资的问题，但最后还是决定将该内容合并到此处。行文至此，本书的核心思想已阐明大半，读者应该已经对投资的“道、法、术”三个层面建立了较为立体的认识，此时再来谈举债投资的问题，想必各位能有更为深刻的理解。

截至目前，本书所讲的内容可以用一句话来概括：如何在不预测未来的情况下赚取利润。而举债投资，将会破坏整个投资体系的核心——不预测未来。

在举债投资时，我们不仅需要预测未来，而且必须精准地预测！假设我们有 100 万元的本金，然后以每年 8% 的利息[①]通过融资融券的方式借入 100 万元，总共用 200 万元进行投资。这种情况下，只要股市下跌 35% 左右，券商就会对我们的融资账户进行“强行平仓”，强行平仓的意思，就是强制卖掉我们账户中的股票，去归还我们借来的资金和利息。融资融券的强行平仓和分级基金的下折原理是相同的，其目的都是对债权人进行保护。可以参考“向下折算条件”一节，小谨和小浪的故事。

举债投资时，我们的命运实际上掌握在别人手中。就算你知道股市最终会涨，那又怎样？只要先跌后涨，就可以要你好看。

低估值、分散化、动态再平衡这些无懈可击的策略，在负债的威胁下不堪一击；封闭式基金、期权、可转债这些狂拽炫酷的工具，在负债的阴影下黯然失色。是的，包括可转债，包括纯债，也包括分级基金 A 类子基金，只要是会波动的东西，就统统可以被负债伤害！一张债券，能跌到 80 元，就能跌到 50 元，区别只是概率的大小而已。很多人在投资时，总想着正常情况下会如何如何，殊不知毁灭一个投资者的，往往是那些一辈子只能遇到一两次的极端事件。巴菲特说：“一生只需富一次。”此言蕴含着无比巨大的智慧。

也许有人会问，你说不能举债投资，那为什么大部分公司都是有负债的？我的答案是：（1）能控制；（2）作死照样死。

我们先来谈第一点，能控制。公司借来一笔钱之后，它对于

---

① 2018 年以前，A 股市场融资融券的利息通常为每年 8% ~ 9%。2018 年后略有下降。

使用这笔钱的每一个环节，从采购到生产再到销售，都有一定的掌控力。而证券投资不同，当我们购买了股票之后，我们对于它的波动，是完全无法掌控的。如果能，你就犯法了。另一方面，如果上市公司本身是有负债的，而我们又借钱去买上市公司的股票，那么是杠杆之上再加杠杆，两者的危险程度更加不可同日而语。

接下来谈第二点，作死照样死。的确有大量公司存在负债经营的现象，但我们同样应该看到，公司的寿命是很短的。一个自然人，从出生到死亡，90 年的时间，个人资产从来没有变成过负值，这是很正常的事情，没有人会为此骄傲。而作为公司，能活 90 年的实在是凤毛麟角。笔者并不认为公司负债经营有什么不对，只是想说明，公司负债多、寿命短，这是一个事物的一体两面。如果你喜欢波澜不惊的生活，请不要举债投资。

分级基金折价套利

我们在本书“货币基金”一节中讲过货币基金的折价套利，其原理与分级基金折价套利是一模一样的，只是分级基金的套利在技术上更复杂。

基金的折价套利，无论是货币基金还是分级基金，本质上都是依赖其净值与现值的价差。货币基金折价套利有两个步骤：（1）买入折价的货币基金；（2）赎回。而分级基金由于被拆分成了 A 类子基金和 B 类子基金，所以其折价套利的过程分为三步：（1）按比例分别买入 A 类子基金和 B 类子基金；（2）将 A 类子基金与 B 类子基金合并为母基金；（3）赎回。想要利用分级基金套利，我们必须先知道它的净值与现值分别是多少。

母基金净值 =A 类子基金净值 ×A 类子基金份额占比 + B 类子基金净值 ×B 类子基金份额占比

母基金现值 =A 类子基金价格 ×A 类子基金份额占比 + B 类子基金价格 ×B 类子基金份额占比

假设一只分级基金 A 类子基金份额与 B 类子基金份额的比例是 5∶5，A 类子基金净值为 1 元，B 类子基金净值为 0.8 元，那么该分级基金的母基金净值为 1 元 ×0.5+0.8 元 ×0.5=0.9 元。

同时假设该分级基金的 A 类子基金市场价格为 0.99 元，B 类子基金市场价格为 0.78 元，则该分级基金的母基金现值（合并价格）=0.99 元 ×0.5+0.78 元 ×0.5=0.885 元。此时，该分级基金的折价率为（0.9 元 –0.885 元）÷0.885 元 ×100%=1.69%。需要注意的是，我们在买入 A 类子基金和 B 类子基金时，需要缴纳交易费（通常为 0.03%），在赎回基金时，需要缴纳赎回费（通常为 0.5%），所以在本案例中，虽然该基金的折价率为 1.69%，但实际上，套利空间只有 1.69%–0.03%–0.5%=1.16%。如果投资者的交易量足够大，交易费和赎回费均可在上述基础上进一步降低。

在实际操作中，分级基金折价套利的过程是这样的。

1. T 日按照 5∶5（即 1∶1）的比例，以市场价格买入 A 类子基金和 B 类子基金。

2. T 日买入之后，立刻将 A 类子基金与 B 类子基金合并，如图 5–8 所示，在证券交易软件中，会有一个分级基金分拆或合并的选项。[①]

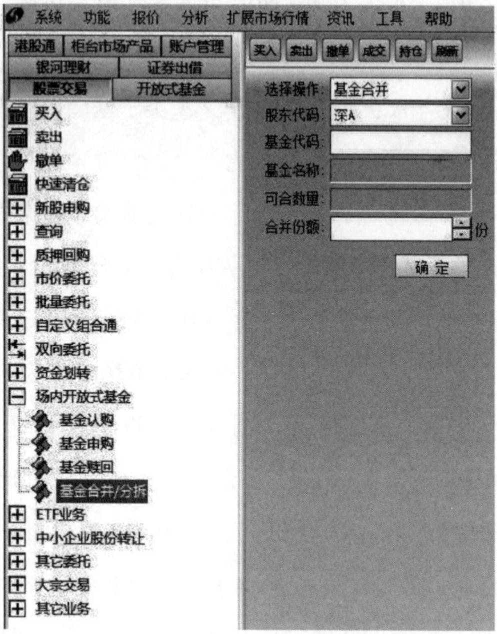

图 5–8 证券交易软件的交易界面示例

3. T+1 日，完成合并的母基金会出现在证券账户中，此时可以直接将其赎回。赎回之后，资金会在 T+3 日回到证券账户。[②]

这样，一次分级基金的折价套利就完成了。

与货币基金的折价套利不同，分级基金的折价套利是有风险的。其主要的风险在于母基金的净值波动。在整个套利周期中，投资者需要承受 T 日和 T+1 日两个交易日的净值波动，在 T+1

① 不同券商的交易界面略有不同，具体细节需咨询具体券商。

② 有些券商回款周期会更长，在做分级基金套利时，尽量选择回款周期短的券商。

日进行赎回操作之后，我们实际得到的是 T+1 日收盘后的母基金净值，无论我们的赎回时间是在 T+1 日的上午还是下午。

上述案例中，该分级基金的折价套利空间为 1.16%，也就是说，如果在 T 日和 T+1 日两个交易日内，该基金的净值下跌超过 1.16%，这笔套利就会亏损。当然，如果基金净值上涨，套利的实际收益率就会高于 1.16%。就单次套利而言，市场波动决定成败；而从长远来看，折价率才是套利的核心因素。

目前，分级基金折价套利有两种主流的模式，这两种模式没有官方名称，我们姑且称它们为"独立套利"和"统计套利"。

独立套利是指在分级基金折价率较大时才进行套利，追求的是单笔投资的高收益。比如有些投资者要等到折价率超过 3% 时才会进行套利。

统计套利是指在一个很长的时间段中，只要折价率大于套利成本就持续进行套利，追求的是积少成多的累计收益。在实际操作中，统计套利与独立套利并不矛盾，因为统计套利是在一个漫长的周期中持续套利，其中必然包含套利空间极大和极小的情况。

分级基金溢价套利

与折价套利相反，只有当母基金的净值低于母基金的现值时，才有可能进行溢价套利。分级基金溢价套利的程序是：（1）申购溢价的分级基金；（2）将母基金分拆为 A 类子基金和 B 类子基金；（3）分别卖出 A 类子基金和 B 类子基金。

分级基金溢价套利，在此仅作为一个知识普及类的内容。在实际操作中，笔者建议不要尝试分级基金溢价套利。不建议做溢价套利的原因，我们在货币基金套利的章节已经讲过：因为在折价套利时，我们是在整个套利环节的第一步就锁定了套利空间；而溢价套利，需要在整个套利环节的最后一步才能锁定套利空间。换句话说，当下有折价的基金就真的有折价，而当下有溢价的基金，未必真有溢价。相比之下，分级基金的溢价套利，比货币基金的溢价套利凶险得多。绝大多数货币基金因为在申购和赎回时不产生费用，所以溢价套利最坏的结果就是赚不到钱，白辛苦一场；而分级基金在申购时需要收取费用，所以在溢价套利时极容易发生亏损。

至此，三种“进阶投资工具”全部介绍完毕。

杂文篇

“杂文篇”是我在微信订阅号发表的一些文章的合集，其中有一些是讲投资的，还有一部分投资以外的内容。当然，即使是那些不直接谈投资的篇章，也难免带着一个投资者的思维烙印，我想对于读者来说，或许这一部分是更有趣味，也更有价值的内容。

生殖保险——用生命践行“分散投资”

2017 年，我在医院购买了“生殖保险”服务。

生殖保险，也叫精子（卵子）银行，意思是你可以在年轻的时候，把自己的精子（卵子）提取出来，在氮气罐中冷冻，以供将来使用。[①] 目前国内已经有了这项服务。北京的一些大医院可以操作，全国范围的情况我不太了解，这不是太复杂的技术，估计很多城市都会有。[②]

大家都知道，我的投资策略是“低估分散、股债平衡”，从分散投资的角度看，生殖保险这件事，至少有以下两个不可忽视的价值。

1. 晚婚晚育的人，常常需要面对一种尴尬——生殖能力强时，抚养能力差；抚养能力强时，生殖能力差。对于男性而言，生殖保险可以很好地解决这个问题。

---

① 生殖保险和精子捐献是两回事，注意区分。

② 需要强调一下，生殖保险这项服务要直接在医院购买，不是保险公司。

2. 有丁克思想的人，可以给自己留条后路。我本人20岁的时候是坚决不想要小孩的，现在30岁，心态变得比较中立，觉得要不要都行。在最初态度摇摆到中立时，我没有警惕，后来突然意识到，这件事有问题！人在很大程度上其实是欲望的奴隶，没有真正的自由意志。当人们想要一样东西，就各种“阴谋阳谋，明说暗夺”，仿佛一切都是自己做主的样子。

但是，我们为什么想要这样东西？这种渴望是从哪里来的？关于欲望的根源，目前学界也没有给出完整的答案，但欲望很大程度上受体内化学元素的影响，这是可以确定的。也就是说，只要我们了解“人”这种动物的内分泌周期，就可以在一定程度上预测自己未来的欲望！

男性在年轻的时候，睾酮分泌量很大，催产素分泌量较小，随着年龄增长，睾酮会越来越少，催产素会越来越多。睾酮让人渴望战斗和交配，催产素让人享受养育和陪伴。如果我在30岁时，对孩子的态度从“抗拒”过渡到“中立”，那么可以预见的是，我到40岁时，有极大的概率会渴望抚养自己的后代。生殖保险，对于不想生育的人价值尤其巨大，它的另一个名字叫“后悔药”。

对于女性而言，这件事会更复杂一些。一方面取卵子会给女性的身体带来一定的损伤，至于损伤程度有多大，目前各方还有争议。另一方面，一个女性就算在30岁时保存了卵子，到了40岁可能也没力气怀孕了。国内的法律不允许代孕，但胎儿的体外培植是一个未来很可能会实现的技术。

整体来说，女性购买生殖保险服务的成本要比男性高很多，医疗价格方面也更贵一些。[①]

生殖保险并不是保险公司的那种常规保险，但它的名字叫“保险”，也是有道理的，因为它跟保险很像。一个人在医院保存了精子或卵子之后，可能一辈子也用不到，就像一个人买了保险，可能一辈子也不出事。但投资者所追求的，从来不是绝对的成功，而是“收益和风险的不对称”。提前存起来用不到的话，每年损失几千元。万一有一天用到了……生命的传承价值几何，这就要看你个人的主观评估了。

价值投资，从来不是一种单纯的赚钱技巧，更是一种看待世界、应对变化的思维方式。未来只有一个，“不对称”却无处不在。

---

① 男性保存精子的价格，北京正规医院每年几千元，这是2019年的价格。

“现金”在你的资产配置中扮演怎样的角色

很久不写长文了，最近关于“适度保留现金”还是“永远满仓”的问题在雪球引发了激烈的争论，我也说一下自己的看法。

1. 当我们谈论满仓的时候，我们在谈论什么？

从评论中不难发现，大家对于满仓的定义是不同的。有些人说的满仓，是指满仓持有股票，另一些人说的满仓，是指手中没有现金（即持有债券也算满仓）。在定义不清晰的情况下，讨论问题很容易陷入鸡同鸭讲的尴尬境地。这里面不存在谁专业谁无知的问题，投资中的很多术语就是没有清晰的定义，任何学问在发展尚不成熟的阶段都是如此。定义不清，是我们讨论问题的一项成本。为了方便讨论，我们暂时把满仓定义为“不持有现金”。

2. 现金是什么？

如果现金不是股票，不是债券，也不是期权，那么现金到底是什么？看过我的文章《资产配置的三个维度》的朋友应该知道，我在文中简单粗暴地把资产分为“股权类资产”和“债权类资产”，股权类资产怕通货紧缩，债权类资产怕通货膨胀，从这个角度看，现金其实属于债权类资产。然而现金又是一种特殊的债权类资产，它与债券的一个重大区别是——现金不会下跌（当然，现金的购买力是会变化的，这不妨碍本文的论点）。

有一种观点认为，现金就是利息很低且不会违约的债券，我不太同意。国债也是利息很低且不会违约的债券（这个说法不够严谨，但至少相对于本国的法定货币而言，这样说没有问题。若国债对内违约，货币也会崩溃），但国债的价格可以发生巨大的波动。国债价格波动的原理前文有过说明，这里就不重复解释了，可参考前文中的图 4–4。

注意，“不会下跌”这个属性非常重要！股票、债券以及其他一切资产都会下跌，而现金永远不会，这就意味着，现金除了能够产生微小的正收益，还附带着对其他一切资产的“看跌期权”。

3. 永远满仓合理吗？

明确了满仓的定义，理解了现金的特性，终于可以讨论永远满仓是否合理的问题了。想要严肃地探讨一个问题是很麻烦的，这也是我在雪球发言次数变少的一个原因。评论中大多数人认为应该永远满仓的理由，都是基于收益最大化的考虑，认为永远能找到比现金潜在收益更高的资产，所以没必要持有现金。然而恰恰是从收益最大化的角度考虑，我认为永远满仓的想法是不合理的。

我们通过一项资产来获得收益，无非有两种途径：

1. 资产产生的现金流（股息、债息、租金等）。

2. 资本利得（资产价格的波动）。

单纯从产生现金流的角度看，我们的确几乎在任何时候都能找到比现金更好的资产，然而从资本利得的角度看却未必。为了方便表达，我们暂且把世界上的资产分为股票、债券、现金三类。

当股票和债券都被严重高估的时候，持有现金显然是合理的。被高估的债券所产生的债息可能依然高于现金的利息，但被高估的债券同时面临着价格下跌的风险。股票更是如此，一个市盈率 30 倍的股票，假设将每年的利润全部用于分红，那么它从产生现金流的角度看，很可能依然是好于现金的，然而真正经历过牛熊市的人都知道，在熊市中我们能捡到多少市盈率只有个位数的股票。一个投资者如果永远保持满仓的状态，他就放弃了以更低的价格获得更多资产份额的可能性。

4. 货币基金可以看作现金吗？

世界上的东西原本没有清晰的边界，我们人为地将各种事物进行归类划分，只是为了弥补人脑运算能力的不足，节约内存。至于货币基金能不能被视作现金，目前我们只能说，它是所有投资工具中最接近现金的一种，可以被视作“类现金资产”，但在极端情况下，如2008年金融危机时，美国的一些货币基金也出现了约5%的下跌。

现金，就像球队中的替补队员，看似无足轻重，实则妙用无穷。

什么是真正的护城河——轻资产的迷思

昨天跟朋友吃饭，朋友问我一个问题，现在出现了越来越多的“轻资产、高 ROE（净资产收益率）”的公司，面对这样的公司，像市净率这种基于净资产的估值方法，会不会失效？

我的回答是：如果这真是一家轻资产高 ROE 的公司，那它就一定会慢慢变成重资产的公司，除非它把净利润全部拿出来分红。

解释一下，公司的运营是一件长期动态的事情，我们说一家公司“轻资产、高 ROE”是什么意思？这意味着它用很少的资产就赚到了很多的钱，那然后呢？这些钱如果不分掉的话，留在公司里就总要变成些什么，对不对？不管这些钱最终变成什么，可以确定的一点是，源源不断赚进来的这些钱，绝不可能源源不断地继续变成“轻资产、高 ROE”的项目，无论是扩大再生产，还是对外投资，都不可能！为什么，因为“轻资产、高 ROE”本身，就意味着这个生意不需要太多钱，所以扩大再生产的话，钱花不完；对外投资的话，投不出去。最终，剩余的资产一定会流到“低 ROE”的项目上去！当“低 ROE”的项目越来越多时，这家公司也就不再是当年的“轻资产公司”了。

我们来看看国内轻资产公司的代表腾讯的情况。

腾讯是一家不太喜欢分红的公司，2009 年—2018 年，它平均每年用于分红的资金占净利润的 12%~15%。也就是说，腾讯这些年赚到的钱，绝大部分都留在了自己内部。

下面我们来看看留存在内部的利润，给腾讯带来了怎样的影响。

如附图 1 所示，2009—2018 年，腾讯的 ROE 从 53% 下降到 25%。

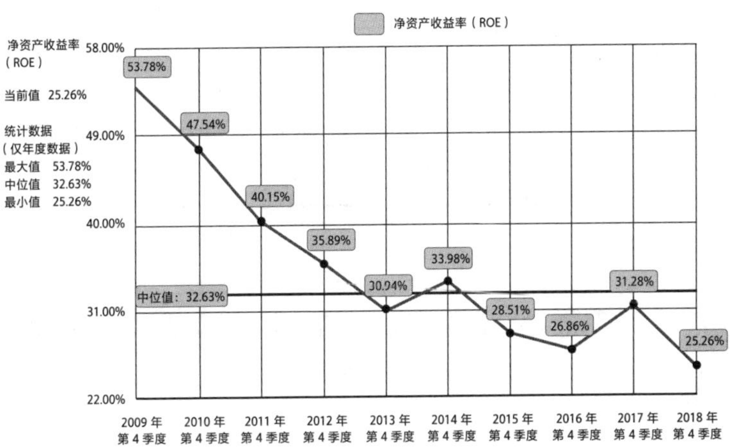

附图 1　2009—2018 年腾讯 ROE 走势图

数据来源：理性仁

当然，25% 仍然是很高的 ROE，所以腾讯选择将利润留存在自己内部而不分红的做法是非常正确的。但这并不影响我前面所说的逻辑，因为很明显，腾讯和曾经的自己相比，由于资产越来越重，新资产的盈利能力远不如老资产，净资产收益率就有了大幅下滑。

净资产收益率从53%下降到25%，资产的效率下滑了一半左右吗？不，其实更多。下面我们来看看更能代表公司整体资产效率的ROA（总资产收益率）的变化。

如附图2所示，2009—2018年，腾讯的ROA水平，从38%下降到12%，降幅约70%。

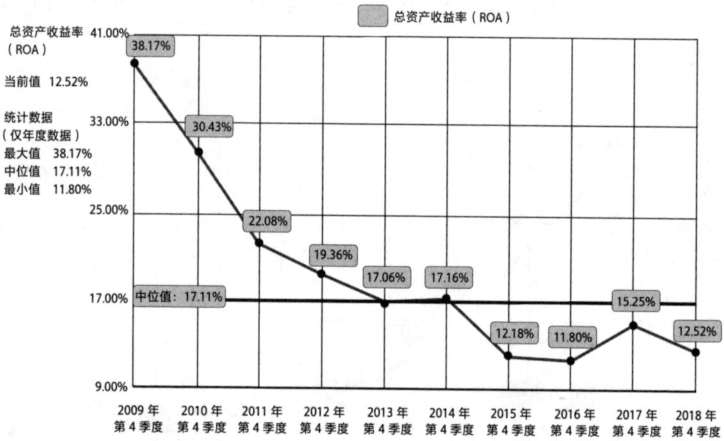

附图2　2009—2018年腾讯ROA走势图

数据来源：理性仁

为什么净资产收益率下降的幅度和总资产收益率不一致？原因在于负债率的变化。

如附图3所示，2009年腾讯的资产负债率是29%，2018年是50%。

我不知道腾讯究竟用赚来的钱买了什么，这不重要。本文想说明的是，轻资产高 ROE 的状态，不可能无条件地维持。要么把利润全分掉，保持轻资产；要么把利润留存，让资产变得越来越重。

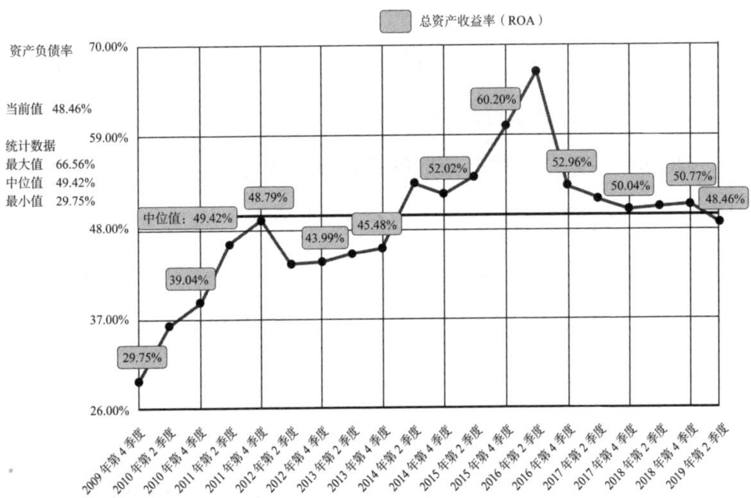

附图 3　2009—2018 年腾讯资产负债率走势图

数据来源：理性仁

当一家公司的资产变得越来越重时，它就越来越能用市净率的逻辑去估值。很多时候，我们看到一家公司，觉得用市净率解释不了。其实这时候我们需要反思一下，到底是市净率解释不了，还是市净率已经给出解释，而我们不能接受呢？

还是用腾讯举例。

在撰写本文的 2019 年 12 月，腾讯的净利润为 780 亿元，总市值为 3.6 万亿元；工商银行的净利润为 3 000 亿元，总市值为

2.2 万亿元。腾讯控股市净率为 8 倍，工商银行（港股）市净率为 0.7 倍。两个公司市净率相差 10 倍以上。

当然，以 2019 年 12 月的情况来看，腾讯的利润增长率要比工商银行高不少，资产的效率高出更多，所以腾讯有着比工商银行更高的市净率，是完全合理的。但是作为投资者，我们需要对比的从来不是单纯的资产质量好坏，更重要的问题是，为了质量更好的资产，你愿意付出多大代价？

2019 年 12 月，腾讯控股的市净率是 8 倍，市盈率（TTM）[①] 是 38 倍；工商银行市净率是 0.7 倍，市盈率（TTM）是 6.8 倍。

高出的部分，就是投资者需要为更好的资产质量所付的代价。值与不值，大家可以自己衡量。至于我本人，态度很明确，我是不付的。

大家不要看我这样说，就觉得我买了工商银行的股票。经济学告诉我们"成本，就是放弃了的最大代价"，所以即使在我眼中，此刻工商银行股票的性价比好于腾讯，但是如果我们能找到比工商银行性价比更好的标的，也不应该买工商银行。目前比工商银行更加被低估的股票还有很多，我的投资组合中有 30 只股票，没有腾讯，也没有工商银行。

最后再聊一个有趣的问题。近些年，在价值投资的圈子中总有一个迷思，大家普遍喜欢把"轻资产"和"护城河"两个词联系在一起，认为轻资产的公司更容易有"护城河"。作为一个胆

① 市盈率（TTM）指最近 12 个月市盈率。——编者注

小的外部投资者，我是不敢这样想问题的。注意这句话的重点词不是“胆小”，而是“外部投资者”。

什么叫外部投资者？你对上市公司的管理层指手画脚，他们是不是即使不同意你的意见也得老老实实听着？你问上市公司的管理层一些年报里没提到的事，他们是不是得老老实实告诉你？如果人家不用理你，你就是外部投资者。投资界内部投资者的代表是格雷厄姆的二弟子巴菲特，外部投资者的代表是格雷厄姆的大弟子施洛斯。

我说一句话，大家可能未必同意，但我就是这样想的：作为外部投资者，什么管理层优秀、商业模式好、轻资产运营，这些所谓的“护城河”都是瞎扯。只有重资产，才是最深的“护城河”！

越是轻资产的公司，管理层的想法越重要；越是重资产的公司，公司的资产越重要。某某石油和某某能源的管理层是谁，我根本不在乎，我只要知道它们有多少油，有多少矿，就足够了！任你有泼天的本领，1 年在网上挖出几亿新用户，那又如何？油就是油，矿就是矿。任你双 11 卖出几千亿元的销售额，那又如何？油就是油，矿就是矿！互联网公司崛起，一路摧枯拉朽掀了多少桌子，砸了多少饭碗。但是你们发现了吗？重资产的行业岿然不动！所谓的破坏性创新，破坏的基本都是其他轻资产的公司，重资产的公司反而是干不倒的！为什么？因为油就是油，矿就是矿，港口就是港口，公路就是公路！很多人认为轻资产代表先进，重资产代表落后，不对的。轻资产是擂台上的斗士，而重资产就是擂台本身！

我的投资之路（2006—2019）

我最开始接触投资，是在2006年下旬，当时印象特别深刻的一件事，是我去券商开户被拒绝了，因为未满18岁。于是我就用父母的账户开始尝试投资。在我上小学的时候，我就听家人在讨论买股票还是买国债，所以我从小就知道，股票和债券这些东西是有可能赚钱的。当我年龄稍长，萌生了想赚钱的念头后，首先想到的就是股票。

当时想要学投资，不知道跟谁学，就跑到中关村图书大厦去买书，那个时候还不流行网购。对那个时代还有印象的人应该知道，那时候但凡你到书店去买投资类的书，如果没有针对性地随机买，那么你大概率买到的是教你如何炒作、如何跟庄的书。我清楚地记得当时在书店投资区域摆着的最醒目的一本书，是教人如何“跟庄”的。当时我心里就有点儿懵，坐庄不是违法吗，跟庄可以随便学？总之我很快发现，这种玩法不适合我。绝大多数讲投资的书，读完了都有一种浮在半空中的感觉。这种感觉一直持续到2008年，这几年间我又读了一些投资的书，比如操盘手心得之类的，同时在2008年，我也把之前赚的钱都亏回去了。

后来我越想越觉得不对劲儿，这个世界上各种稀奇古怪的投资方法，没有一千也有八百，我到底该跟谁学呢？如果一个一个去验证，等找到正确的方法我可能都老了。更何况，验证一个方法是否有效，到底要花多长时间呢？如果连续两年赚钱，是方法对还是运气好？如果连续五年赚钱，是方法对还是运气好？

这个最困惑的阶段，可能也是我初步显露出一点点投资天赋的阶段，有些问题正着想想不通，就试试倒过来想。现在面临的问题是，方法太多不知道跟谁学，那么既然老师很多，学生只有我一个，这时候权利关系应该倒转才对——任何一种投资方法，它必须先证明自己是有效的，才有资格让我看它一眼！

这样想之后，事情就容易了很多，哪种投资方法最有效？先查查富豪榜。谁的钱最多，我就先跟谁学，如果学不会，就再跟第二有钱的人学，以此类推……

富豪榜上做投资的人，最有钱的就是巴菲特，但当时巴菲特自己没有写书，于是我只能尽可能去找跟巴菲特有关的书。当时找到一本书，名叫《巴菲特最有价值的8条投资商律》，里面摘录了很多巴菲特在股东大会上的原话，看完这本书，我心里隐隐有一种“落地”的感觉，投资就应该是这样的才对。幸运的是，只要我们读到跟巴菲特有关的内容，就会发现他每十句话中，总有一句在歌颂格雷厄姆。既然这个富豪如此崇拜自己的老师，那我自然也顺理成章地开始寻找格雷厄姆的作品。幸运的是，格雷厄姆是写过书的，而且还写了两本。

格雷厄姆的书读到一半，我心里就有一种感慨——还是老师厉害！虽然巴菲特最终赚到了更多的钱，但格雷厄姆才是真正如山岳一般的大宗师。为什么这样说？其实当时只是一种模糊的感觉，后来过了很久，我才慢慢能把这种感觉用清晰的语言描述出来：巴菲特的方法，尤其是后期的方法，需要建立在特定的个人禀赋和周边资源上；而格雷厄姆的方法，是一种接近数学公理般的存在。相比之下，格雷厄姆的方法有更强的可复制性，也更容易被验证。

想学投资的话，格雷厄姆的书是一定要读的。

读完格雷厄姆的书之后，我在投资体系方面基本就没有任何困惑了。我经常说，我的投资体系，核心就是十六个字：

低估分散，股债平衡；

体系严整，工具丰富。

低估分散和股债平衡，都是从格雷厄姆身上学到的，做到了体系严整之后，剩余的部分就是对投资工具的使用。这个阶段，相当于内功练好了之后，就该学具体的招式和兵刃了。

大约是在2010—2012年那段时间，我陆续学会了各种简单的、复杂的投资工具，简单的工具，像封闭式基金、指数基金之类的，很容易理解和上手，稍微复杂一点儿的工具，比如期权、可转债、分级基金这些，真的花了我不少心力。当时这些工具都比较小众，很难找到相关的书籍（其实今天相关的书籍也不多），我学习的方法，主要是一份一份、逐字逐句地看合同。当时内地的期权市场基本空白，只能硬读香港版的繁体字合同。分级基金也是个大工程，它跟期权和可转债还不太一样。期权和可转债，合同模版基本上是标准化的，不同的期权和可转债，差别主要体现在合同里的参数上。所以从理论上来说，吃透一份可转债的合同，就能理解所有可转债。而分级基金不同，很多分级基金，有它自己专属的特殊条款。研究分级基金，表面上是在学一种工具，实际上是在学很多种不同的工具。

现在回想那几年，辛苦而充实。比充实更让人欣慰的是，辛苦真的没有白费。后来期权、可转债、分级基金这三种工具，每一种都帮我赚了不少钱。2009 年的小牛市之后，真正跨等级赚钱的机会其实就是 2014 年和 2015 年，2014 年年初，我主要的资产配置是期权、可转债、A 股，那也是过去十几年中比较罕见的 A 股比港股更便宜的阶段。在那两年中，我的期权赚了 7 倍，可转债赚了将近 1 倍，股票赚了不止 1 倍。

2015 年股市崩了。读格雷厄姆的人，会在牛市赚得不够多，但不会被熊市坑杀掉。能保住胜利果实在我的意料之内，惊喜之处在于，在 2015 年和 2016 年，分级基金 A 类子基金的错误定价，又让我在只承担债券风险的前提下，赚到了远高于债券水平的收益。虽然不能跟牛市相提并论，但正餐之后的甜品总是让人分外满足。再后来，又出了“分级基金折价套利”这种玩法，甜品之后还有甜品。不过套利赚的是辛苦钱，为了搞这个，我眼镜都变厚了，也不知究竟值不值。总之，还是“人弃我取”的钱好赚一些。格局和远见，永远比撕咬更高级。

如今，可转债市场蓬勃发展，机会比当年更多了；期权市场一如既往地凶残；分级基金这个品种却日渐凋零，不知道哪天就会彻底消失。

到了 2012 年，投资工具学得差不多了之后，我开始学习 A 股以外的市场。2012 年至今，我逐渐涉足了港股、B 股、美股，以及欧洲、俄罗斯等股票市场。

更丰富的投资工具，意味着战术上有更多的选择。而接触 A 股以外的市场，则有着更高维度的战略意义。相比于“如何打好一场仗”，“选择一个更好的战场”可以从更基本的层面优化一个投资者的处境。2009 年，我在 A 股市场赚到了真正意义上的“第一桶金”，但我若以今天的水准苛责自己，则当初的决策并不能让我满意。如果当时我的视野能够覆盖到 B 股市场，那么很显然我其实能在承担更小风险的前提下赚到更多利润。

投资体系的进化或许有上限，但狩猎范围的拓宽是没有止境的。投资路漫漫，我将在旅途中继续修行。

定投真的适合你吗？

经常有朋友问我关于定投的问题，今天写篇文章，系统说一下。

关于定投的问题通常是下面这样的：

听说现在港股机会很好，那我可不可以从现在开始定投港股？

听说现在可转债机会很好，那我可不可以从现在开始定投可转债？

我之前说过，“提问的高度决定了一个投资者在市场中的排名”。上面这两个问题本身，都是有问题的。

定投这个词现在很热，但是我发现多数投资者没有真正理解定投是怎么回事。先说结论：定投不是一种投资策略，而是解决特定问题的特定办法。

解决的是哪种特定问题呢？解决的是“收入多，资产少”的问题。当然，这里所说的多和少，指的不是绝对值，而是比例。

什么人符合“收入多，资产少”的特征呢？举例来说，一个刚毕业不久的学生，他面临的处境很可能是这样的：每年收入 15 万元，但现金存款只有 3 万元。这种情况下，如果他能看明白此时的某个投资品类有非常好的投资机会，那么他应该怎么办？是的，应该把每个月花不完的钱投进去，如果此人花钱比较没有节制，出于跟自己争斗的目的，那么也可以在每个月发工资的时候，先投一部分钱进去，然后用剩余的钱维持生活。一个我们无比熟悉的行为呼之欲出——定投。

他这种行为是正确的吗？假定他对投资机会的判断是无误的，则这种“定投”行为显然是正确的。但是有没有发现其中的问题？这个刚毕业的学生为什么选择定投？是他自己愿意定投的吗？不是！是因为他没钱。当他面对一个很明确的投资机会时，他显然更希望自己当下就有很多钱，可以直接用来投资，而不是一个月一个月慢慢地赚，然后一个月一个月慢慢地投进去。

那么，问我要不要定投的朋友，都是些什么人呢？我今年 30 岁了，身边已经没有刚毕业的朋友，而且我的朋友多数年纪都比我大，所以问我这类问题的，通常都是已经有了一定积累，甚至已经继承了一部分家业的人。他们的自身情况和刚毕业的学生正好相反，“资产多，收入少”，同上，这里所说的多与少，也是指比例，不是绝对值。假设一个人的资产是 1000 万元，但每年的收入是 30 万元。这种资产收入比例，在一线城市的中产家庭中特别常见。我们要知道，在这样的资产结构下，收入其实没什么意义。而定投是干吗用的？是解决“收入多，资产少”的问题的。对于情况相反的人，也就是“资产多，收入少”的人，定投没有任何道理。重复一下这句话：定投不是一种投资策略，而是解决特定问题的特定办法。

假定我现在的资产配置，是“*X*% 股票、*Y*% 债券”，如果此刻不管什么原因，有人突然给了我一大笔现金，这笔现金是我资产的 10 倍，那么我该怎么办？我该把钱分成 30 份，然后花 30 个月慢慢把这笔钱配置到我此刻最想拥有的资产上吗？显然是不应该。

如果一个人手中有大笔现金，看到了系统性的投资机会却选择定投，真正的理由只有一个，那就是他其实不确信自己看到的是否真的是一个系统性的投资机会。然而，如果一个人没有能力判断市场的“系统性机会”和“系统性风险”，定投是不能帮他解决任何问题的。把资金切割成 30 小份慢慢投，只会把问题变得更复杂。试问，如果你连此时此刻有没有系统性机会都不能判断，那么你又怎么知道未来 30 个月是什么情况呢？

说到这里，容易产生一个误会。请注意，我不是说当你看到一个投资机会，就应该立刻把全部的钱都投进去。我的意思是，作为一个投资者，以自己的能力圈为基础，你应该知道当下最合理的资产配置（股债比例）是什么样的，然后确保把自己的资产配置成最合理的状态。如果你发现自己不知道此刻最合理的配置是什么，那么你应该好好学习投资知识，而不是通过“定投”来熨平自己的恐惧。

如果你发现自己不知道此刻最合理的配置是什么，那么你投出去的每一笔钱都是在赌博。如果你的每一笔下注都是赌博，那么把钱分成 30 份或 100 份，并不能把赌博变成投资。

如果我认为“*X*% 股票、*Y*% 债券”是此刻最优的策略，那么不管我的资产是突然多出一个零，还是突然减少一个零，我都应该把我的资产在尽可能短的时间内调整为这样的结构。

当然，对于某些体量过大的机构，为了避免冲击市场而选择慢慢买入是合理的，但那并不是定投，也不是本文要讨论的问题。

很多人认为，定投是一种在时间维度上的分散投资。先不说结论对不对，这个目的首先就是不对的。投资应该在标的物上分散，不应该在时间上分散。尤其像 A 股这样的市场，它大部分时间都是被高估的，在时间维度上做分散，有害无益。分散投资的目的，是在明确的系统性机会中实现大概率下的平均赢。但是在时间层面上，当我收到新的资金时，我只希望用尽可能短的时间，完成当下最合理的配置。

最后再厘清另一个误解：动态再平衡不是定投。虽然在市场下跌的过程中，动态再平衡从行为上看，很像定投，但内在逻辑完全不同。假设我们在市场整体市净率为 1 倍的时候，配置股票和债券的比例是 5∶5，接下来市场整体市净率跌到了 0.8 倍，我们将股票和债券的比例变成 6∶4，然后市场继续下跌，整体市净率跌到了 0.6 倍，我们又将股票和债券的比例变成 7∶3。这是一个价值投资者典型的投资节奏，这一系列行为从时间顺序上看，似乎跟定投没有区别。但根本的不同在于，如果市场不是一路下跌，而是持续上涨，那么此时基于“估值”的逻辑去投资的人，会主动降低股票的比例，而基于“定投”的逻辑去投资的人，则会继续买入股票。

定投的问题就说到这里，按照“小学生作文写作规范”的指导，重要的话要在开头说一遍，中间说一遍，结尾再说一遍：定投不是一种投资策略，而是解决特定问题的特定办法。

疫情之下，说说投资

新冠肺炎疫情的事情不多说了，网络上已经有足够多的信息。我还是回归本职工作，说说投资的事情。

最近一段时间，很多朋友问我类似这样的问题：要不要买医药股？要不要先把股票卖掉？要不要买个看跌期权做保护？要不要做空股指期货？这里统一回复一下。

我的态度很明确：我的资产配置不会因疫情而改变。什么情况下配置会变？估值变的时候，配置才变。

我这样回答之后，有朋友问我："那你做投资完全不考虑当前的疫情吗？"

这就要从投资的最底层去思考：我们做投资为什么要看估值？是因为市场价格的短期波动不可预测，长期来看会回归内在价值。在这个前提下，问题就很简单了，如果人类在日常状态下预测不了市场，遇到疫情，就突然能预测市场了吗？显然这是不可能的。我一直说，投资者要对世界的复杂性保持敬畏。保持敬畏的意思是，我们在任何时候都不能预测市场，而不是在 99% 的时间里承认自己是人，却在另外 1% 的时间尝试去做神的工作。

有一段话，我几个月前说过，现在在疫情的背景下再说一遍：格雷厄姆为什么会想出“价值投资”这种方法？就是因为他面临的环境太险恶了。我们想想格雷厄姆的一生都经历了什么。格雷厄姆生于 1894 年，死于 1976 年，这是什么意思？第一次世界大战是 1914 年到 1918 年，第二次世界大战是 1939 年到 1945 年，美苏冷战从 1947 年一直持续到 1991 年。

也就是说，格雷厄姆小的时候，发生了第一次世界大战，他中年的时候，发生了第二次世界大战，然后他整个中年和晚年的那段时间，世界一直处在美苏冷战的状态下，直到他去世的时候，美苏冷战还没有结束。我们今天的人，能想象核弹随时会在头顶上爆炸是一种什么样的投资环境吗？格雷厄姆就是在这样的环境下，构建了他的投资体系，并在实践中取得了成功。

格雷厄姆做投资的时候，不知道战争会在什么时候结束，但他想清楚了一点：面对复杂的世界，看估值就是最好的投资方式。

今天我们做投资的时候，也不知道疫情会在什么时候结束，但我们也要清楚一点：面对复杂的世界，看估值就是最好的投资方式。

其实话说回来，我们面临的局面比格雷厄姆当初面临的局面要温和很多。二战的时候，他并不知道美国一定会赢，如果美国亡国，他的资产就有可能被清零。美苏冷战的时候，他也不知道会不会有核战争，如果两国互扔核弹，那么他的资产依然有可能被清零。

在投资领域，请大家记住一个常识——人祸比天灾更可怕。一战、二战和美苏冷战就是人祸，相比之下，瘟疫、地震、海啸这些属于天灾。人祸为什么比天灾可怕？因为面对天灾，人帮助人；而人祸的本质，是人戕害人。

天灾是个负反馈系统，人与人相互帮助，会消减天灾的危害，而不是招来更大的天灾；人祸是个正反馈系统，人与人相互戕害，本身会引发更多更残暴的戕害。

天灾会过去，生活会继续。近期我会在家闭关，看几本书，玩一个 PS4 游戏机的游戏。愿所有人健康、安好。

现金分红是一种幻觉吗？

投资者的基础收益来源是：净资产增厚 + 分红再投资。

投资者的超额收益来源是：估值波动。

一家公司成立之初，股东给公司注入资本，于是公司有了净资产。之后，公司用它的净资产为股东赚钱。赚来的钱叫净利润，净利润要么留存在公司，要么分给股东。

公司的净利润只有两个去处：

1. 留存在公司，体现为净资产增厚。

2. 分给股东，体现为现金分红。

这就是一家公司运作的最底层逻辑，一切基于企业基本面的投资，都是以这个逻辑为起点的。价值投资内部，所谓成长型投资，最终追求的其实也是净资产增厚的速度更快，或现金分红增加的速度更快。有人说，不对呀，成长型投资追求的是利润的快速增长吧？是的，但赚取利润的目的是什么？赚取利润，当然是用来增厚净资产或者用来分红的。利润只是过程，净资产的增厚和现金分红才是结果。

回到开篇提到的核心内容，投资者的基础收益来源是：净资产增厚＋分红再投资。为什么不是净资产增厚＋现金分红，而是净资产增厚＋分红再投资？很简单，在赚取利润之后，公司能为投资者（股东）做的，只有把钱分给股东或把钱留在公司内部这两个选项。但对于股东来说，多出了一个问题，就是如果公司把钱分给了股东，那么股东拿了这笔钱之后干什么用？你可以把钱花了，也可以用这笔钱继续做投资。在讨论投资问题的时候，我们统一假定股东拿到分红之后，是继续用于投资的。消费是股东的个人行为，如果公司不分红，而是把赚到的钱全部用于增厚净资产，那么当股东需要消费的时候，他还是会把股票卖掉去消费。我们讨论投资的问题，不是为了知道股东可以过上何等奢靡的生活，而是想要了解，投资这个行为本身的极限在哪里。

所以，投资者的基础收益来源是：净资产增厚＋分红再投资。

接下来讨论另一个问题，投资者的超额收益来源是：估值波动。

先说结论，在一个公司持续进行现金分红的前提下[①]，无论估值向上波动还是向下波动，都能为投资者带来超额收益：

估值向上波动，会在“净资产增厚”的层面带来超额收益。

估值向下波动，会在“分红再投资”的层面带来超额收益。

估值向上波动所带来的超额收益，是所有投资者都能理解的

---

① 分红周期不必均匀，分红金额不必稳定，只要长期来看持续分红，或断断续续分红就行。

内容，而估值向下波动所带来的超额收益，是很多投资者没有意识到的一点。这一点，才真正是价值投资最核心的部分。

为了方便讨论，下面我们所说的“估值”，全部以“净资产”这个指标为锚。实际上以“净利润”为锚也可以，无非就是PE和PB的区别。无论以什么指标为基础进行估值，最终公司能给你的，只有净资产增厚和现金分红而已。

同样，为了方便讨论，我们将“1倍市净率”假定为一家公司的估值中枢。（如果一家公司的净资产是100亿元，而该公司在证券市场的总市值为200亿元，它的市净率就是2倍。如果一家公司的净资产是100亿元，而该公司在证券市场的总市值为50亿元，它的市净率就是0.5倍。）当一家公司的市净率超过1倍，我们表述为“估值在中枢之上”，当一家公司的市净率低于1倍，我们表述为“估值在中枢之下”。我知道这样的表述是不严谨的，但是为了用一篇文章而不是一整本书讨论清楚这个问题，我们暂且先这样说。

当估值在中枢之上时，净资产增厚的效果被放大了。在正常情况下，公司每留存1元的净利润，净资产就增厚了1元。但如果证券市场给这家公司的估值是2倍市净率，这家公司每留存1元的净利润，在证券市场就可以增加2元的市值。举例来说，假定一家公司的净资产是100亿元，证券市场给这家公司的估值是2倍市净率，那么这家公司的总市值就是200亿元。一年之后，公司用100亿元的资产赚了10亿元的净利润，假设这10亿元全部留存在公司，则此时公司的净资产变成了110亿元。如果这时候证券市场给这家公司的估值依然是2倍市净率，那么此时这家公司的总市值变成了220亿元。也就是说，公司的净资产增厚了10亿元，而总市值增加了20亿元。

上面所说的，是估值被恒定锁死在2倍市净率时的效果。而能够给投资者带来更为暴烈的超额收益的，不是高估值本身，而是估值由低向高波动的过程。假定一家公司的净资产是100亿元，证券市场当前给这家公司的估值是1倍市净率，那么这家公司的总市值就是100亿元。一年之后，公司用100亿元的净资产赚了10亿元的净利润，假设这10亿元全部留存在公司，则此时公司的净资产变成了110亿元，而如果这时候证券市场给这家公司的估值变成了2倍市净率，那么此时这家公司的总市值就变成了220亿元。也就是说，在估值由低向高波动的过程中，公司的净资产增厚了10亿元，而总市值增加了120亿元。开篇说过，投资者的基础收益来源是净资产增厚+分红再投资，而投资者的超额收益来源是估值波动。在这个案例中，公司的总市值增加了120亿元，其中10亿元是“净资产增厚”，另外的110亿元全部来源于“估值波动”。

估值向上波动，会在“净资产增厚”的层面带来超额收益，这个话题讲完了。下面进入本文最核心的内容——估值向下波动，会在“分红再投资”的层面带来超额收益。

不同证券市场的红利税税率不同，我们在讨论这个问题时，先忽略税收的因素，在实际操作中，自己根据当地税率计算就行，这不影响本文的逻辑。

假设有一家公司，净资产是100亿元，一年后公司赚了10亿元的净利润，此时公司的净资产变成了110亿元。然后公司决定将今年赚来的5亿元以现金分红的形式分给股东，另外5亿元留存在公司内用于经营发展。那么该行为发生后，公司的净资产变成了105亿元，而股东手中多出了5亿元现金。这个过程大家都能理解。但是，如果一年前，证券市场给这家公司的估值是50亿元呢？如果你一年前以50亿元的市值为基础买了这家公司（当然，通常是买下一部分股权），那么一年之后，公司给股东的现金分红依然是5亿元。发现了吗？公司在证券市场的市值会随着估值波动而变化，但现金分红的金额可以不受市值波动的影响。一家公司年底分红5亿元，你用100亿元或50亿元的市值买它，它的分红都是5亿元。但是如果你是用100亿元买它，股息率就是5%，如果你用50亿元买它，股息率就是10%。

现金分红的本质是什么？现金分红的本质，就是以1倍市净率，清算掉公司的一部分资产。公司当前的估值越低，这种清算行为对投资者越有利。为什么这样说？既然现金分红这个行为本身不受市场估值的影响，那么为什么当前估值越低，现金分红对投资者越有利？

回看前面的公式。

投资者的基础收益来源是：净资产增厚＋分红再投资。

投资者的超额收益来源是：估值波动。

公司当前的估值，决定了“分红再投资”的回报率。如果公司下一个年度依然是净利润10亿元，分红5亿元，该公司当前的市值是 100 亿元还是 50 亿元，就决定了分红再投资的那一笔资金所购买的资产的市净率和股息率是多少。

再深入一步讲这个逻辑，为什么前面说估值向下波动带来的超额收益，才真正是价值投资最核心的部分？

大家是否想过这样一个问题：我们都知道在证券市场，上市公司的股票价格的波动，在很大程度上带有极强的随机性。比如同样是中国石化这家公司，在 2005 年到 2008 年间，股票价格的最高点和最低点相差超过 10 倍以上。但是，既然市场价格的波动带有极强的随机性，为什么中国石化的总市值总是在几千亿元到几万亿元之间波动？如果市场价格的波动是纯随机的，为什么中国石化的总市值不会跌到 100 元？[①]

答案很简单，市场价格波动的随机性导致估值扭曲，而不受市场价格影响的现金分红，使得估值不会极端扭曲。

一家净资产 110 亿元、已经宣布下个月将会现金分红 5 亿元的公司，如果当前的市场估值是 50 亿元，那么悲观的投资者完全可以预期该公司的市值下个星期会跌到 25 亿元而决定不买它。但是，如果该公司当前的市场估值不是 50 亿元，而是 5 亿元呢？发现了吗，这种情况下，主观题立刻变成了客观题，而且是小学二年级水平的数学题。一家净资产 110 亿元、已经宣布下个月将会现金分红 5 亿元的公司，如果当前市值跌到 5 亿元，那么投资者买下它之后，只需要 1 个月的时间就能收回投资的全部成本，

① 注意，这是说的是总市值，不是股价。

而上市公司剩余的105亿元净资产都是白送的。

现金分红的存在，会让多空双方投资者的分歧，在某个临界点上彻底消失，转而形成一种绝对共识。可能有人会问，为什么从来没见过这种情况？没见过就对了，在市场当中，形成绝对共识的价格，恰恰是绝对不会出现的价格。你想用100元买下整个中国石油化工集团，可是谁会用这种价格卖给你呢？[①]

讲到这里，也就顺便破除了一个困扰很多投资者的迷思：一个市值110亿元的公司，分红5亿元，在分红的那一瞬间，投资者手中多出5亿元现金，而上市公司的总市值也会从110亿元变成105亿元，这个过程叫“除权”。很多初入市场的投资者会问，既然分红之后会除权，那分红还有什么意义？分红难道是一种假象吗？错了，分红不是假象，除权才是假象！

假设一家公司的总市值是5亿元，现金分红也是5亿元，分红之后按照规则除权，除权之后的价格理论上是0元或者1厘，那么这个时候，你真的能用0元或1厘的价格买下整个上市公司吗？不可能的，不会有人卖给你，这个时候空有价格，没有成交。真正能达成成交的价格一定会远远高于0元或1厘，那么不管这个价格最终是多少，加上之前分到你手中的5亿元现金，你手中的股票加现金，总价一定远高于5亿元。这个时候我们就能很清楚地看出，分红到底有没有意义。到底分红是假象，还是除权是假象。很多问题，如果看不清楚，把它往极端情况去推演一

① “一年分红金额约等于公司总市值”这种事，巴菲特年轻的时候遇到过，那时没有互联网，证券市场的信息极不通畅。

下，瞬间就清楚了。

到此，上述几个问题基本都说清楚了。最后重复一遍本文的重点。

投资者的基础收益来源是：净资产增厚 + 分红再投资。

投资者的超额收益来源是：估值波动。

估值向上波动，会在“净资产增厚”的层面带来超额收益。

估值向下波动，会在“分红再投资”的层面带来超额收益。

如果下次再有人问：“就算你投资的公司被严重低估，但如果它的股票价格就是一直跌一直跌，你又有什么办法呢？”

你可以意味深长地望着他的眼睛告诉他，别做梦了，哪有这么好的事？①

---

① 美股最近这些年流行“找银行借钱回购自家公司的股票，然后再注销”，这种行为导致公司的净资产在会计层面失真，在极端情况下会导致一家公司的净资产变成负值，但公司的净资产并不是真的没了，这只是会计上的一个漏洞，这个漏洞在会计层面可能永远得不到修复，但是当企业被并购或被清算时，就能看出企业的净资产仍然是真实存在的。对于美股的投资者来说，这种现象的存在会增加投资的复杂度，但不会改变投资的本质。目前 A 股和港股的投资者并未面临这种问题。

年轻，就可以加杠杆吗？

最近有人在雪球上讨论，年轻人买股票要不要加杠杆。在很多人心中，只有年轻时富有的人，才是真正的人生赢家，仅仅赚钱是不够的，还要更多更早地赚钱！

我这里不太想讨论“在年轻时富有”是不是特别重要的问题，因为重点不在这儿。真正的重点是——你以为加杠杆是在跟魔鬼做交易，其实只是献祭。

加杠杆投资，成功率是非常低的，至少绝对比大多数想要“毕其功于一役”的年轻人想象得要低。我做投资十多年了，一直在使用杠杆而且没出问题的人，我一个也没见过。身边使用杠杆的人，大部分都是巨亏，翻不了身的那种巨亏。还有少数几个没事的，是用了一下就停了的，可别误会，他们不是用杠杆赚了大钱然后收手了，杠杆没帮他们赚什么钱，只是让他们吓破了胆，所以不敢玩了。有时候我觉得，胆小真的是一种巨大的生存优势，由于恐惧战胜了贪婪，所以他们在市场中存活至今。

年轻人乱用杠杆，大概率的结果就是资产一次又一次地被清零，不是发不了财那么简单，长此以往，就连最基本的原始积累都完不成。追求年轻的时候富，结果老了也富不了。

另一方面，就算一时运气好，用杠杆投资真的赚了很多钱，这件事也没有想象中那么美好。我做投资十多年，算是经历过几次跨等级的财富增长，在这个过程中，我明白了一件事——富有是一种幻觉，这种幻觉最多维持几个月，然后你就适应了，再然后，你就会觉得，我实在是太穷了。“匮乏感”这种情绪不是钱多钱少决定的，而是年轻决定的。年轻男性，会分泌特别多的睾酮，在这种激素的刺激下，人会更加渴望交配和战斗，也更在乎自己社会排名的提升。注意，睾酮让你渴望的是“排名的提升”，而不是绝对位置的高低。所以更多更早地赚钱，是不会让你的匮乏感降低的，要降低匮乏感，也许只有等自己慢慢变老。

内分泌周期决定了年轻人，尤其是年轻男性，天然就有作死的倾向。要解决这个问题，唯一的办法就是“更完备、更充足的知识”。充分了解人的内分泌周期，你就会明白，有些年轻时的冲动，真的只是“一时冲动”。作为同样年轻的男性，我并不认为自己拥有什么逆天的自控能力。我能够长年做到“低估分散、不加杠杆”，只是因为我深刻地知道，实在没有更好的办法了。

那些乱加杠杆的年轻人，大多也是错估了成功率，有了虚假的“希望”才这么干的。如果有了更充足的知识，很多悲剧原本可以避免。

我相信，你终将富有。更希望你一生只富一次。

心怀利器，杀心自起

自从张伟丽拿了 UFC（终极格斗冠军赛）金腰带之后，国内的格斗领域热度似乎也在上升。我身边有越来越多的朋友开始练习格斗，或者给自己的孩子报名格斗类课程。今天聊聊格斗的问题。我在青少年时期，练过三年空手道，可以确定我在这方面没什么天赋，水平很差，但相关的知识倒是懂了一些。

身边自己练习或让孩子练习格斗的朋友，除了自身是狂热爱好者，其余的人主要出于以下三个目的：1. 防身自卫；2. 强身健体；3. 提升自信。我们一个一个说。

1. 防身自卫

请放弃幻想，这个功能基本不存在。

为什么这样说？一个次要的原因是，业余的训练很难让人突破重量级的限制。当然，专业训练是可以突破重量级限制的，我曾经跟一位跆拳道中国国家队的女运动员打过实战，几分钟下来没有碰到她身体一下，我的攻击她根本不防御，全程用身法闪避，当时的感觉就是，她从我正面绕到我背后的速度，比我原地转身的速度还要快。当然这里面不完全是速度的问题，也有节奏控制的问题。我会被完虐，不单纯是因为我笨，当时比我级别高很多的男学员也是相同的下场。专业和业余的差距，真的是天地之别。我相信很多没学过格斗的人，心中都曾有这样的疑问："小黑瘦子是不是再怎么练，也打不过大白胖子？"见过专业运动员之后我彻底明白了，专业训练可以超越重量级的限制，甚至可以超越性别的限制。大家有兴趣可以去搜一下拳王邹市明单手对战樊少皇的视频，樊少皇比邹市明要大几个重量级，而且樊少皇从小习武，根本不是普通壮汉，简单一交手，你隔着屏幕就能感受到专业和业余的区别有多大。当然，跨重量级虐对手的前提是专业选手对战业余选手，如果大家都是专业的，那么重量级和性别就又变成了不可逾越的天堑。

专业选手能超越重量级的限制，不代表业余选手也可以。我在训练时有一个师兄，格斗水平在我们道馆至少排前三。他当时在读高三，我问他，你们学校是不是没人能打得过你？他说也不是，校队那些打篮球的，块头太大了，我打不过。我听完以后感觉特别绝望，原来练到他那个水平，还是无法突破体格的限制，那我还练个鬼啊。

上面说的是次要原因，练习格斗无法防身最重要的原因，其实说来可笑。因为在现实世界中，当你面对真正的歹徒时，根本不可能有"徒手格斗"的情况发生。歹徒一定是持械的，一定是

持械的，一定是持械的！而好人一定是不持械的，就算你练的是剑术、棍法，你也一定不会随身携带这些兵刃。而空手夺白刃这种境界，绝对不是普通人随便报个培训班就能达成的。退一万步说，就算你能徒手制服一个持刀歹徒，那三个呢？歹徒面对好人，往往都是强凌弱、众暴寡、有心算无心。其实这也是另一个层面的“术业有专攻”。想通过业余学点儿格斗术，就逆转歹徒面对好人时的“专业优势”，那是痴人说梦。

这一点就说完了，业余练习格斗术，对防身没啥帮助。

2. 强身健体

下面说说第二个层面，强身健体。先说结论，想要让身体更健康，健身比练习格斗效果更好。格斗这项运动的底色决定了其训练的内容一定是偏暴烈的，高速的冲拳、踢腿，次数多了对关节一定是有损伤的。我知道这么说会有争议，肯定有人觉得，只要训练方法足够科学，就可以避免对自身的伤害。这个我不想做过多争论，一个基本的思路供大家参考：首先，功夫是杀人技！一个以杀人为初心的技法，再怎么改良也不会太养生。要是只为强身健体，最好去做些专门用来强身健体的运动。

上面说的只是格斗训练本身可能给身体带来的损伤。学习格斗的另一个非常不养生的点，在于实战。格斗在练到一定程度后，难免会有实战训练。而实战训练是很危险的，业余选手间的对战尤其危险！我不是写反了，业余选手间的实战，真的比专业选手间的实战要危险得多。有以下三方面原因。

第一，挨打是门学问，是需要专门训练的。但是以盈利为目的的道馆，肯定不会花太多时间教这个，否则也没有学员敢来了。

第二，业余选手间更容易出现跨重量级对战的情况。因为一个道馆里总共没多少人，没有条件详细区分重量级。胖子遇上瘦子，胖子没轻没重，瘦子又不会挨打，几个风险因素一叠加，小瘦子危在旦夕……比上述情况更危险的，是小瘦子“反杀”大胖子，力量不够还想赢，下手就会更阴、更狠。这倒不是说小瘦子心眼儿坏，面对大胖子带来的压迫感，小瘦子又不能逃跑，他的身体就会本能地做出更“歹毒”的反应。在巴西柔术的训练中，女生把男生搞骨折的情况更多，大约也是同样的原因。

第三，在业余选手的对战中，裁判水平更差。朋友跟我说，他们练巴西柔术，在业余组的对战中，有个选手被对方锁住脖子，都翻白眼儿了，裁判还没叫停……

综上，格斗对身体健康没什么好处。

3. 提升自信

最后说说第三点，提升自信。这个理由，是很多父母送孩子学格斗时说到的理由。小朋友学了格斗，不容易被同学欺负，这个效果可能是有的。但同时更需要警惕的是，这个防止吃小亏的技能，可能会导致吃大亏。

身怀利器，杀心自起。学了屠龙技，你就会到处找龙。本来人遇到恶龙，能带来最高存活率的动作就是跟大家一起逃跑，但你要是手中有剑，总难免想要试一试。尤其是小孩！尤其是在和平年代看漫画、打电动长大的小孩，他们还不知道自己其实不是主角，他们还没明白人生是个一条命的游戏，他们对真正的力量一无所知。这样的小孩，如果你再加强他的信心，让他误以为自己有力量，那么他不吃亏则已，一旦吃亏很可能就是后果不堪设想的那种。我刚学会点儿三脚猫功夫的那两年，在地铁上总盼着遇到个小偷什么的，现在想来，幸亏北京的治安足够好，我一个也没遇到。

这里顺便说一下，女子防身术这种东西，建议不要学！如果非要学的话，男生学，女生不要学！女子防身术是什么东西呢？本质上就是妄图依靠纯粹的技巧，来跨越力量的鸿沟。上文已经说过，业余选手不要指望超越重量级的限制，更不要指望超越性别的限制。女子防身术的具体技法现在被各种培训班演绎得眼花缭乱，但归根到底就是三个词：插眼、踢裆、掰手指。我非常明确地告诉大家，这三招绝对是扯淡。眼睛很小，手指很细，普通人是插不中的。踢裆没有你想象的那么容易，即使踢中了，如果力量不够，也不能让人瞬间失去战斗力。掰手指更是“呵呵”，女生晚上可以试一下，把你男朋友的小拇指握在手中，然后开始扭打，你看他到底能不能把手指拔出来？① 更关键的是，歹徒凭什么被你用整个右手握住小拇指？尊重一下人家的“专业”吧……

---

① 万一他拔不出，你可不要真的把他的小拇指掰折，否则说明你们感情有问题，我概不负责。

女子防身术最坑人的一点就是，它传达出连业余格斗训练的苦都不用受，单凭奇特的招式就能制服歹徒的妄想。这是一种非常致命的思维方式。持经方可达变，守正才能出奇。只出奇，不守正，是要出大事的。

在走出丛林、进入文明社会之后，人类想要保护自己和家人，最好的办法早已不再是学习搏杀的技巧。想要提高生存的概率，最好的办法是“事前风险控制”。说白了其实是一些土得掉渣的道理：危险的地方不要去，危险的事情不要做。

不要一个人走夜路，不光是女生，男生也一样，非要半夜独自出行，全程开车或打车会安全很多。另外，网约车比“招手停”要安全无数倍，这个要相信数据，不能凭感觉。

不要去危险的国家旅游，别听什么“世界那么大，我要去看看”的鬼话，相信我，未来比世界要精彩得多。这个时代，世界什么样坐在家里就能知道个大概；而未来什么样，你只有活得久，才能看得见。

不要轻易使用自己掌控不了的力量。投资不要加杠杆，讨债慎用黑社会。若没什么天大的难处，不要乱借高利贷。

尽量不要在外边喝酒。很多人不知道，酒后走路的死亡率跟酒后驾车一样高。因为酒后走路容易摔跟头，容易掉坑里，容易被车撞。相比之下，我觉得抽烟的危害倒是没那么严重。慢性伤害身体的事，在我看来更像是一种对身体的使用。身体用不用都会坏，我们迫切需要防范的是崩坏，不是朽坏。喝完酒走路掉坑里，就是崩坏；50 年后得肺癌，那是朽坏。当然，我平时是不抽烟的，也不鼓励别人抽烟，我只是在谈对风险的态度。

有点儿跑题了，本来是在说格斗，不知怎么又聊到了风控。大家看完上面的内容可能会觉得我对格斗有偏见，其实恰恰相反，我是个不太狂热的格斗爱好者。下次有机会专门写篇文章，跟大家聊聊 UFC。正因为我喜欢格斗，也浅浅地尝试过，所以我知道格斗能带来什么，不能带来什么。如果你也喜欢格斗，那么最好把它当成一种纯粹的爱好，并准备好为它付出代价，而不是指望它带给你某些额外的好处。

谈谈学区房

土地和房子是农耕文明的图腾。

读书和教育是儒家文化的图腾。

两个图腾烙印在一起，就叫“学区房”。

今天，我们从房产、学区、教育三个角度来谈谈学区房的问题。

1. 房产

先说房产。学区房首先是房，这一段不谈学区，只说房产本身。如果你还没有自己的住房，那么“拥有一套自己的房子”这件事，对你来说有多大的价值，你完全可以自己衡量，我不会对你的生活态度说三道四。但是，如果你已经有了自己的房子，甚至已经有了很多套房子，那么我希望你能把房子当成一种普通的投资工具来对待。对于一个成熟的投资者来说，任何一种投资工具都不是特殊的，我们只需要根据当下的环境，决定要使用哪一种。

看过前文的朋友，一定记得“投资体系的三个层级”。现在的问题是，当前情景下，房产是系统性机会，还是系统性风险呢？

先讲个小故事：在2000年年初的时候，上证指数的市盈率大约是60倍，而那时，北京、上海的房子租售比大约是20倍（意思是房价相当于20年的租金）。时光穿梭到20年后，也就是今天，上证指数的市盈率从60倍下降到13倍，而北京、上海的房子租售比从20倍上升到80倍。过去20年，房市的表现好于股市，是所有人都知道的常识，但当你脱下所谓“房市”和“股市”的外衣，去看一下背后的数据，你会发现，其实就是低估值的资产跑赢了高估值的资产。20年前，股市的估值远远高于房产，20年后的今天，情况完全反转了过来。

很多人问我，未来20年，是股票跑赢房产，还是房产跑赢股票呢？不对，问题不是这样想的。长远来看，永远是低估值的资产跑赢高估值的资产。在很多人看来，股票和房产是两个完全不同的世界。事实上，从资产的属性上看，股票和房产是极其相似的资产，它们都是“产生现金流的股权类资产”。

没有受过系统训练的非职业投资者，脑海中普遍有一个错误的认知，他们会觉得“房子是实物资产，股票和债券是金融资产，所以房子是一类，股票和债券是一类”。这种“有毒”的想法，越早修正，将来就越少吃亏。正确的分类方法是，股权类资产是一类，债权类资产是一类。房子和股票都是股权类，债券是债权类，虽然股票和债券都在证券市场交易，而房子在不动产登记中心交易，但房子和股票是一类，债券是另一类，交易场所不重要，资产的性质才重要！

另外，“股权类资产”这个大类，分为“产生现金流的股权类资产”和“不产生现金流的股权类资产”。房子和股票都是“产生现金流的股权类资产”，古玩、字画、手表、珠宝这些属于“不产生现金流的股权类资产”。所以再强调一次，从资产的底层属性上看，房子和股票是极其相近的，基本上处于同一生态位！

房子的租售比跟股票的市盈率，差不多是一个意思。市盈率高的资产未必不会涨，但从投资的角度，面对这种资产我会非常谨慎。另一方面，目前一线城市房产的交易税费已经高得非常离谱，而且有越来越高的趋势。如果股票的交易税（印花税）增加对投资者而言是一种负担，那么房产也存在相同的问题。房产市场和股票市场一样，也是有周期的，但房产市场的特殊性在于，它的周期极长。一个人一生有机会经历 8 到 10 个股票市场的牛熊周期，但也许只能经历两三个房产市场的大周期，这使得人们很容易对房产市场的风险收益特征产生更大的误解。一个 30 岁的人，通常不会说出“股市永远单边上涨”这种荒唐话，但当他胸有成竹地喊出“房价从来只涨不跌”时，他说的的的确确是他切身体会到的“历史规律”。周期太长，生命太短，这是最危险的误会。

如果你仔细观察美国、日本、中国香港这些资本市场发展了比较久的国家和地区，你会发现，房产市场和股票市场的估值长期来看一定是互相靠拢的。历史会不会重演，我们拭目以待。请你注意，我不是说房价一定会跌。我是说长期来看，低估值的资产有极大概率会跑赢高估值的资产，正如过去20年我们所见的那样。我们不知道未来去向何方，但必须清楚自己身在何处。所以我的结论很简单：任何时候，我会选择拥抱更加被低估的资产。

2. 学区

房产就说到这儿，接下来聊聊“学区”。很多人在孩子还没出生的时候，就开始抢学区房。请注意一个问题：当你买学区房的时候，“若干年后，你的孩子可以进入某某学校”这一条，写在合同里了吗？如果没有，我们凭什么认为这个权利在自己手中？单说过去两年，学区房相关的政策就很不稳定（北京市西城区的朋友肯定知道我在说什么），如果你为一个还没出生的孩子准备一套学区房，那么怎么说呢，将来事情很可能跟你想的不一样……

我跟一位朋友聊到这一点的时候，他提出反对意见。他给我讲了一个他自己的故事。这位朋友是某某系统的职工子弟，他家所在的小区在当初修建时，就是某某系统的职工家属院，当然经过后来这么多年，小区里已经有一部分房子被卖给了外人。突然有一天，规则发生了变化，这个院的孩子不能再无条件进入某某小学了，而是被增加了很多苛刻的附加条件。于是业主不干了，开始动用自己的种种资源斡旋、协调、施压，经过大家的努力，最终入学政策又被改回原来的样子。朋友用这个例子告诉我：学区房的政策不是想变就能变的，阻力会非常大。

我沉默良久，轻轻回了一句：你需要动用自己的势力才能守住的东西，能叫权利吗？

我们从银行取走自己的钱，需要动用什么势力吗？把自己的海贼王手办挂在网上卖掉，需要动用什么势力吗？你有一张迪士尼的门票，走进迪士尼公园大门需要动用什么势力吗？

薛兆丰老师对于“权力”和“权利”，有过一段很精彩的描述。狮子嘴里叼着一块肉，这叫“权力”，它拥有这块肉，是因为别人抢不走。你家冰箱里有一块肉，这叫“权利”，你拥有这块肉，是因为整个社会对规则的共识。就算我比你强壮，我也不会去抢你冰箱里的肉，因为如果我破坏了规则，整个社会都会与我为敌。现在问题来了，你的孩子能在某某小学上学，到底是因为什么？

学区的问题就说到这儿，简单一句话：房有产权，学区没有。当你准备为“学区”付费的时候，警惕这一点。

3. 教育

最后说说教育。这已经完全脱离我的专业领域了，当我胡说八道就好。我开头说过，读书和教育是儒家文化的图腾。中国作为世界上最古老的崇尚儒家文化的国家，教育在这片土地上已经有了天然的正当性，以致我们相比于其他国家的人，会更少、更晚地去思考教育的回报率问题。

教育，其实就是对“人”的投资。说回到投资，我就又能嘚瑟两句了。一般什么样的东西投资回报率最低？答案是：人人争夺的东西。从这个角度看，在我们国家，教育的回报率应该是极低的。这里说教育回报率低，不是指个人的进步慢，事实上中国人的学习能力之强，进步速度之快，在全世界范围内都是非常突出的。我的意思是：我们中国人太舍得在教育上花钱了，以至教育资源的溢价率极高。换句话说，它太贵了，所以性价比很低。

之前网上有个经典的段子：“如果上了清华还买不起学区房，那么我们买学区房到底是为了什么？”美国常春藤联盟大学的学生毕业后 10 年的平均工资，大家有兴趣可以查一下。排名第一的麻省理工大学毕业生，大约是每年 9 万美元，耶鲁大学毕业生是 7 万美元左右。教育可以把人送到一定的高度，但它是有极限的。折合成人民币，年薪百万元，差不多是“学校教育”这项资源被开发到极限的结果。至于再往后，能不能实现“小目标”、能不能进福布斯、能不能当总统，那些跟学校的关系就很小了。[①]

学区房，本质上就是一套房子加一张门票（好小学或好初中的入学“门票”）。好初中和常春藤之间的转化率是多少？和“人北清”（中国人民大学、北京大学、清华大学）之间的转化率是多少？我没查过数据，可以想象不会是个很高的数字。

注意，我不是反对买学区房，如果你的钱足够多，教育回报率低又怎样，就当是消费好了。我是反对倾家荡产买学区房。在

① 名校毕业生的平均年薪，在各网站看到的数据略有不同，但量级上没有差别。

国内，这么干的人太多了，几乎已经有了“割韭菜”的趋势。

很多时候，投资于教育也是一种懒惰。用战术上的勤奋，掩盖战略上的懒惰。假设一个人花几十万元买 P2P 互联网金融产品遭遇平台跑路，家人会骂他是赌徒。同样是这个人，如果花几百万元给孩子买学区房，娃儿没成材，就没人会说闲话。“我已经把全部资源都砸在教育上了，我俯仰无愧，我仁至义尽。”这种理直气壮的感觉，是很爽的。

“房子跌了还能住”“再穷不能穷教育”，这是华语世界两个神一样的借口，一招祭出，所向披靡。

不能再讽刺了，最近受《荒野大镖客》的影响，说话有点儿刻薄。最后说句正经的：凡事有度，过犹不及。

房子和股票是相同的资产吗？

上一篇文章《谈谈学区房，这三个问题你想清楚了吗？》，曾经引发一场讨论：房子的租售比，到底应该等同于股票的市盈率还是股票的股息率？

这个问题，其实是投资界常年争论的一个问题，后来我决定专门写一篇文章，说说这件事。

首先，从最严谨的角度说，房子的租售比和股票的市盈率、股息率都不一样，但我们重点讨论的是，如果非要强行归类，那么租售比到底是和市盈率更像，还是和股息率更像？我的答案很明确，租售比和市盈率更像。

要讨论这个问题，我们首先得说明白，租售比、市盈率、股息率分别是什么意思。

租售比：租售比 = 房子的总价格 ÷ 房子的年租金。比如一套北京的房子，售价 1 000 万元，把房子租出去，每年收到的租金是 10 万元，那么这套房子的租售比就是 1 000 万元 ÷10 万元

=100倍。也就是说，在该房子的租金未来不增加也不减少的前提下，当前的房价等于100年的租金。(也有人说租售比应该按月算，这个不重要，也没有官方标准，大家知道我在说什么就行。)

市盈率：市盈率＝上市公司总市值 ÷ 年度净利润。比如一家上市公司，总市值1 000亿元，一年的净利润是100亿元，那么这家公司股票的市盈率就是1 000万元 ÷100万元 =10倍。也就是说，在该公司的净利润未来每年不增加也不减少的前提下，当前的总市值等于10年的净利润。

股息率：股息率＝年度现金分红总额亿 ÷ 上市公司总市值 × 100%。比如还是上述那家上市公司，总市值1 000亿元，过去一年盈利100亿元，但只拿出50亿元用于现金分红，另外的50亿元留存在公司内部进行再投资，那么这家公司股票的股息率就是50亿元 ÷1 000亿元 ×100%=5%。也就是说，在该公司的现金分红金额未来每年不增加也不减少的前提下，当前的总市值等于20年的现金分红金额。

定义说清楚了，下面开始讨论对比的问题。

很多人觉得租售比和股息率更近似，理由通常是这样的：

在不变卖底层资产的前提下，租金就是房东获得的全部收益；同样，在不变卖底层资产的前提下，现金分红就是股东获得的全部收益。所以租售比和股息率更近似。

这句话乍听之下没有任何问题，因而非常具有迷惑性。

在不变卖底层资产的前提下，租金就是房东获得的全部收益——这句话对不对呢？对！

在不变卖底层资产的前提下，现金分红就是股东获得的全部收益——这句话对不对呢？也对！

那到底错在哪？错在“不变卖底层资产”这个大前提。事实上，你今天之所以敢于投资，恰恰是因为你知道，自己终有一日会变卖掉底层资产。哪怕这“一日”可能很遥远。试想一下，如果某个国家规定，任何公民买入的所有房产，永远都不许卖出，只能用于收租金，那么这种环境下还有多少人敢买房呢？即使敢买房，又有多少人敢买第二套？即使敢买第二套，又有多少人能接受几十倍甚至一百倍的租售比呢？产权的三大要素：交易权[①]、使用权、收益权。交易权不是资产价值的附属品，而是资产价值的一部分！不可交易的产权是不完整的，相当于被敲断了一条腿。

既然在真实的世界中，房子的市价和上市公司的市值，都是建立在“可交易”这个基础上的，那么当我们在两者之间做对比时，也必须把“可交易”当作前提，才能得出公平的结论。

如果房子和股票这两种底层资产都是可交易的，那么房子的租售比，到底和市盈率更相似，还是和股息率更相似，答案一目了然。一套房子售价 1 000 万元，每年租金 10 万元，这 10 万元就是房东一年的全部所得。但一家上市公司总市值 1 000 亿元，每年盈利 100 亿元，分红 30 亿元，这 30 亿元并不是股东的全部所得，股东的全部所得是 30 亿元现金分红加 70 亿元留存收益。70 亿元留存收益没有以现金的形式分给股东，但仍然归股东所

---

① 交易权，也被称为转让权。

有，会计上体现为“公司净资产的增厚”。

说到这里，又会引发另一个比较常见的误解。很多人认为，“留存的利润会导致上市公司的资产增厚，房价的上涨也会导致房子的资产增厚，所以两者是等价的”。不对的，利润的留存和资产价格的上涨是两回事，正确的对比是：

1. 房子的价格可以涨可以跌，股票的价格可以涨可以跌。房价的涨跌与股价的涨跌是等价的。

2. 公司的利润可以分配可以留存，房子的租金可以分配可以留存。房子的租金和公司的利润是等价的。

What？房子的租金怎么留存？

我没有开玩笑，房子的租金当然可以留存！只是房子的单价太高，让很多人产生了租金不能留存在资产中的幻觉。

试想一下，如果你不是拥有一套房，而是拥有一栋楼呢？你把这一栋楼租出去，一年后收到 1 000 万元的租金，这 1 000 万元的租金，其中有 300 万元被你拿出来花了，另外 700 万元你花不完，于是你用这 700 万元在隔壁小区又买了一套房子。

这样是不是就很清楚了？出租房子所得到的收益，其中一部分被你“留存”下来了。只不过你没开公司而已。事实上如果你真的拥有一栋楼，通常就需要以一家公司为平台去进行管理，这样的话，是不是就跟股票（上市公司）没区别了？唯一的区别就是你拥有这家公司 100% 的股份。

1 000 万元的净利润，300 万元用于现金分红，700 万元留存用于再投资。房东和股东终于回到了同一起跑线。

现在请问，你留存下来的那700万元是假钱吗？你用这留存的700万元又买了一套房，买的是假房吗？如果不是，那么上市公司去年盈利100亿元，分给股东30亿元之后，留存的那70亿元是假钱吗？这70亿元用于再投资，不管是买了铁路、矿山还是港口，买的是假资产吗？如果也不是，那么请你告诉我，房子的租金，到底等价于上市公司的净利润，还是等价于现金分红呢？房子的租售比，到底是更像股票的市盈率，还是更像股息率呢？

到此为止，这个问题已经完全说清楚了。

但我可以肯定，还会有朋友提出类似这样的追问：房价不需要再投资就能涨，我把租金全花了，房价还是会涨，上市公司行吗？答案是：当然行！

提出上述问题的人，忽略了两个事实：

1. 房价不光可以涨，也可以跌。

2. 房子并非真的不需要持续投资。

我们一个一个说。

先说第一条，房价不光可以涨，也可以跌。由于国内的房价过去30年基本上一直在涨，因此给很多人造成一种错觉，认为房价上涨是个默认答案，过去涨，未来也一定涨。其实只要我们观察更多的国家和更长的历史就会发现，房子和矿山、港口没什么区别。房价可以涨可以跌，矿山和港口的价格也可以涨可以跌。我经营一座矿山，把第一年挖矿赚的钱全分给股东，没有买新矿山，第二年原矿山的价格还涨了，有没有可能？当然有可能。有人会说："不对，如果你不给工人开工资，不维护机器设备，同一座矿山明年就开不出新矿了。”说得对吗？对，但对得毫无意义。因为净利润的意思，本来就是扣除所有成本之后剩下的钱，才叫净利润。给工人开工资、维护设备等，这些都是成本。

那么为什么很多人会问这样的问题？因为从表面上看，房子好像真的不需要持续投入资源去维护。这就引出了上面所说的第二条：房子并非真的不需要持续投资。

一座矿山的经营者，每年要给数千人发工资，花数亿元维护设备，才能使这个生意正常运行。而一个房东，每天躺在家里什么也不干，就能收到房租。真是这样吗？当然不是。那为什么很多人都会产生这样的错觉？答案很简单，还是因为“体量”的关系。反问两个问题就清楚了：

1. 如果这个房东有 1 万套房呢？他是不是瞬间就变得和矿主一样苦哈哈了？

2. 如果你不是拥有一座矿山，而是在自家后院拥有一个 10 立方米的矿坑呢？是不是事情也变得没有那么难搞了？

所以，房子并非真的不需要持续投资，只不过很多房东没有把自己付出的心力折算成钱。你试试出租一套房子，真的 20 年不管不问？到时候你就知道代理公司和房客究竟是不是善男信女了。另一方面，房子本身的折旧也是很多人没有考虑的一点，这是末节，不细说了。

本文的全部内容就是这样。会有这么多迷思，我觉得主要还是因为国内的投资者对房子有某种情结。要做好投资，我们必须清楚一点——没有任何一种资产是特殊的，工具就是工具。

你的孩子没毅力？这样就对了

今天跨界谈一下儿童教育。

一个首先要面对的质疑是：你没养过孩子，凭什么谈儿童教育？

是的，我没养过孩子，但我当过孩子。

和身边的朋友聊天，我发现一种比较常见的父母对小朋友的抱怨是：我的孩子做事特别没有毅力，他自己说喜欢某个活动（围棋、射箭、骑马、美术、钢琴、格斗……大家自己对号入座），我就给他报了班，结果上了几次课，他就不去了，气死我了。

我想说的是：这样就对了！

我们把“课外班”这个条件剥离出来，单看这个事件本身：一个小朋友，突然发现自己对某件事感兴趣，然后尝试了一下，发现并没有那么喜欢，于是放弃了。请问这件事有任何问题吗？别说小朋友了，人不都是这样行事的吗？

让这件事看上去有问题的唯一原因，在于父母花钱了。如果把上面的围棋、射箭换成玩泥巴、堆雪人，是不是父母就没理由生气了？

这件事的问题在于，在小朋友眼中，射箭和堆雪人是同一性质的事。可是一旦花了钱，成年人就会自动开启投资者的视角。雪人堆了一半不堆了，没什么成本，花钱买了 50 节射箭课，上了 3 节就不去了，成年人会把这种情况看成投资失败。

我的主业是做投资，难道我会反对用投资者的视角看问题吗？当然不会。用投资视角来看待此事并没有错，但如果要开启投资视角，就要开得足够彻底。我们就从投资者的角度来看，上述的投资失败案例谁是主要责任人？很显然，谁掌握下注与否的决定权，谁的心智更有可能预见到投资失败的可能性，谁就是这笔投资的主要责任人。

还是从投资者的角度说，花几千块钱给孩子报了一个围棋兴趣班，这是什么性质的投资？很显然是天使投资。任何单独一笔天使投资最正常的结果应该是什么？当然是被清零啊！

所以说，最好是把兴趣班当成纯消费，如果感觉经济上有压力，就完全没必要报，反正上兴趣班跟堆雪人也没什么区别。

非要从功利的角度说，兴趣班的作用是什么？我认为是“试错”。

穷人家的孩子和富人家的孩子，区别是什么？

穷人家的孩子，18 岁前埋头学习，对课堂以外的东西体验甚少，结果临近高考时老师跟他说：孩子，给自己选个专业吧……

富人家的孩子，吃过见过，也不一定知道自己喜欢什么，因为很多人就是一辈子都找不到自己的兴趣所在。但是相比之下，早期人生体验更丰富的孩子，更有机会知道自己真正喜欢什么，再不济，至少能排除掉一些选项，至少更清楚自己不喜欢什么。

下面讨论第二个问题。培养兴趣和培养毅力是两回事，一定要分开做。

我身边很多做父母的朋友，似乎天然就觉得，孩子选择了一件事，就应该坚持到底。如果孩子不坚持，父母就会用"培养孩子毅力"的理由，逼迫孩子去坚持。我们经常看到这样的画面：妈妈逼着孩子一定要学好围棋，但妈妈自己一点儿也不喜欢围棋，也根本不指望孩子成为围棋国手，只是因为孩子曾经表示自己喜欢，妈妈给他报了班，于是妈妈就认为孩子必须做好这件事。

兴趣爱好本来是很美好的事，但是这样搞，兴趣爱好就变成一件很沉重的事。有过几次教训之后，孩子就会觉得，"以后再喜欢什么东西可得当心一点儿，还是别喜欢了吧，忍一忍就过去了"。

要知道，别说是孩子，即便是成年人，凭感觉判断，也只能知道兴趣的有无，不可能知道兴趣的强弱。给孩子报个班，就是为了让他去确认一下兴趣的强弱。学了几天不学了，或者遇到困难放弃了，那就是确认过了，兴趣程度：弱！

说说我自己的经历。我从小就是"兴趣爱好广泛，意志品质极差"的典型代表。小时候我主动尝试过很多乱七八糟的项目，其中居然还包括软笔书法，到今天我也不知道当时自己是怎么想的。一时冲动，导致我苦哈哈地练了好几年毛笔字。更羞愧的是，我把表妹也忽悠着一起去学书法，结果她的童年也被蒙上了一层厚厚的墨汁。

可以说，从小到大，我自己主动要做的事没有一件能做好，没有一件能坚持到底，直到我进入证券市场。

我当时的感觉就是，稍一接触即被点燃。从第一次接触证券市场开始，我就从没想过这辈子还会从事其他职业，当时我还不满 18 岁。后来有朋友问我，喜欢投资到什么程度，我一时语塞，程度这种东西是最难描述的，曹植想要形容洛神之美，憋出一句："仿佛兮若轻云之蔽月，飘飘兮如流风之回雪。"一听觉得，哇，这也太美了吧！仔细一品，发现还是不知道究竟有多美。我这位朋友是个球迷，所以我想了一会儿跟他说，假如给我一个机会让我跟梅西、C 罗交换人生，我肯定不换。

开始做投资之后，也不是没有遇到过困难，但我没有一次考虑过放弃。对我而言，这就是一款世界上最好玩儿的游戏，中途遇到的所有困难都是游戏体验的一部分。当一个人找到自己真正喜欢的东西，毅力这种品质根本没有上台的机会。我相信所有沉迷游戏的朋友都明白，玩游戏不需要毅力，不玩才需要。这一段要表达的，也基本说完了。

简单总结：

兴趣是个好东西，别污染它。

试错是个好事情，别干预它。

接下来说第三个问题，如何培养孩子的毅力。

首先我对这个目的本身是有怀疑的。要不要刻意培养孩子的毅力？我目前倾向于不要。培养毅力这种事，本质上是个“虐待”的过程。只不过父母如果出于善意且“虐”得比较温和，一般不会受到指责。

我倾向于不要刻意培养孩子的毅力，没有什么特别强的理由，更多是出于偏好。另一方面，毅力是一种在成长过程中能自动获得的品质，只是多与少的差别。

我个人的偏好，不是本文要讨论的重点。

这一段主要想说的是，如果非要培养孩子的毅力，就单独培养，别跟兴趣搅和在一起。也就是说，要培养孩子的毅力，最好是逼他去做他一开始就不喜欢的事。比如一个喜欢射箭不喜欢跑步的小胖子，你想培养他的毅力，千万不要逼他去练箭，而要逼他去跑步。能把自己厌恶的事做好，那才是真的有毅力。同时，你越逼他跑步，他就越觉得射箭真有意思。

刘诚接受《证券市场周刊》采访纪要

问：截至2020年4月11日，A股市场已有1 000多家公司披露一季度业绩预告，在已披露公司中，业绩向好的比例仅为38%，为2008年金融危机以来的最低水平，业绩预告增速的中位数为-25%左右。对于一季度业绩差，市场此前已有所消化。从您的角度来看，目前随着一季度业绩披露，市场负面情绪消化到何种程度？是否需要等待半年报才能知道企业的真实情况？

答：首先，投资者面临的环境永远是不确定的。一季报披露后不确定，半年报、三季报和年报披露后，仍然是不确定的。就以当前的疫情来说，一个最核心的问题，疫苗什么时候研制出来，这件事本身就很不确定。有可能比乐观的预期更早，也有可能比悲观的预期更晚。即使疫苗今天就研制出来，未来也是不确定的，因为谁都不知道下一次席卷全球的瘟疫会在什么时候到来。即使没有瘟疫，人类也可能面临其他不可预知的灾难。我讲这些不是要散播恐惧，而是希望大家明白，一直以来，投资者都在这种充满未知的环境下攫取收益，同样也在这种充满未知的环境中贮藏财富。

对一个年轻人来说，这次全球性的疫情，很可能就是我们从小到大所亲历的最严重的灾难，但是从百年历史的尺度上看，这次的灾难或许并没有那么恐怖。

问：我们再具体交流一下投资方法论的话题。现在投资者面临两难境地，手里握有太多的债券或现金，会遭遇贬值风险；置换为股权类资产，又可能为资产泡沫买单。投资者应该持有什么资产呢？股权类资产和债权类资产的比例，怎样配置才合适呢？

答：这个问题可以分两个层面来回答，一是如何不为资产泡沫买单，二是如何进行股权类资产与债权类资产的配比和平衡。

我们先说不为资产泡沫买单的问题。

不想为资产泡沫买单，最简单的办法，就是去买没有泡沫的资产。以我的投资组合为例，我目前的资产，80% 配置在港股的蓝筹股，20% 配置在内地的可转债，投资比较分散，总共有 30 只港股、20 只可转债。我将主要的资产配置在港股而不是 A 股，是因为港股的估值水平明显更低，相对于 A 股有着更高的安全边际。

目前恒生中国企业指数的市盈率是7.9倍，市净率是0.91倍，横向对比全球范围内各个国家和地区的股票市场，港股是估值最低的市场之一。同时我们要知道，一个指数的估值所代表的是构成该指数的几十家上市公司的平均估值，然而平均并不代表均匀。目前恒生中国企业指数的整体估值已接近历史最低位，但如果我们把盖子掀开，观察其内部的情况，就会发现其实是一些估值极高的公司和另外一些估值极低的公司共同构成了这个指数，这导致平均市净率是0.91倍。而我持有的包含30只港股的投资组合，目前的平均市净率只有0.4倍。

那么是不是我持有的这个投资组合，资产质量有问题，这些公司随时可能破产呢？其实刚好相反。

从盈利能力上说，我持有的30只港股，平均市盈率不到5倍，以0.4倍的市净率为分母进行计算，平均ROE接近10%，这个数字不算极好，属于中等偏好。

从存活能力上说，我持有的30只港股，最小的公司净资产是几百亿港元，最大的公司净资产是几万亿港元，其中绝大部分是主营业务在内地的央企。从基本面的角度看，这是一个几乎不可能出现破产危机的投资组合。

目前的情况就是如此，在港股市场中，估值最低的资产恰恰是存活能力最强的一批央企。这种不对称的局面对于理性的投资者而言，是十分难得、罕见的机遇。

接下来谈谈股债平衡。

如刚才所说，目前我的资产配置中，股票与可转债的比例是 8∶2。在股债比例的分配上，一般来说股票市场的估值越低，我们配置股票的比例就应该越高。但在实际操作中，即使股票市场已经被严重低估，我通常也不会把股票的比例增加到 100%。保留一定比例的债券，使用“股债平衡”策略，可以让我们更好地应对极端情况。举例来说，我目前的股债比例是 8∶2，如果未来港股继续下跌，而可转债没有下跌，或者可转债也下跌了但跌幅比港股小，那么我的股权类资产的比例就会变得低于 80%，而债权类资产的比例就会变得高于 20%，那时候重新将股债比例调整为 8∶2，实际上就相当于又加仓了港股。更重要的是，只要我们强行保留一定比例的债券，上述动作就可以在股市下跌的过程中，无限地重复下去。

问：在进攻和防守之间怎样取得平衡？“损失资金的风险和错失机会的风险，消除任何一个都会让你完全暴露在另一个风险敞口下”，您是怎么平衡这两种风险的？

答：“损失资金的风险和错失机会的风险，消除任何一个都会让你完全暴露在另一个风险敞口下”这个说法是不对的。要做好投资，我们第一件要学会的事，就是必须明白，收益和风险并不总是对称的。不管你从事的是哪一个行业，工作久了，你一定会发现，有一些活儿又累又不赚钱，风险还大，而有一些活儿刚好相反。如果在你的实际工作中，并不是每一分相同的付出都有相同的回报，那么在投资的世界里，“收益和风险不对称”的现象也一样存在。正如有些人比你聪明还比你努力，而有些人比你笨还比你懒。高风险高回报，低风险低回报，高风险低回报，低风险高回报，四种状态同时存在，这才是你我所面对的真实环境。我们刚才提到的香港市场的部分蓝筹股以及内地市场的部分可转债，目前就有着很明显的“收益和风险不对称”的特征。

防御型投资的极限在哪里？

关注我微信订阅号的朋友，除了极个别是为了看我读金庸，绝大多数应该都是对投资有兴趣。今天我们讨论一个直击灵魂的问题——投资的目的是什么？

不卖关子，不埋钩子，直接说我的答案：抛开觉得投资好玩儿这样的主观因素，从纯粹功利的角度说，投资的目的有且只有两个：

1. 提升自己在人类序列中的排名。

2. 锁死自己在人类序列中的排名。

每一次下注之前，先要想清楚，自己的目的是哪一个。这两个目的冲突吗？对同一个人来说，不冲突；但对同一笔钱来说，是冲突的。

什么样的人需要提升排名，什么样的人需要锁死排名？表面上看答案很简单，排名靠后的人需要提升，排名靠前的人需要锁死。然而事实上，我们很少看到排名靠前的人为了锁死排名而努力，只有排名极端靠前的人，才会把一部分心力花在这种地方。

人类序列中的排名是什么，怎样计算？首先我这里说的排名，仅指财产，或许地球的另一端，某个酋长可以对自己的臣民生杀予夺，但这种情况我们不做考虑。

给大家一个非常不精确，仅在量级层面的模糊概念，以人民币计：

如果你有 100 万元，你在人类序列中的排名是前 1%。

如果你有 1 000 万元，你在人类序列中的排名是前 0.1%。

如果你有一个“小目标”（指 1 亿元），你在人类序列中的排名是前 0.01%。

根据我的观察，上述三个量级的人，几乎都没有在“锁死排名”的问题上花太多心力。至于这样对不对，好不好，是个主观问题，我不做评价，我只陈述自己看到的事实。

几乎所有经典的投资类图书，都是教你如何提升排名的。即便是保守主义投资学派的“定海神针”《证券分析》，也是教你如何提升排名的。我们为什么买被低估的股票，为什么考虑系统性机会和系统性风险，都是为了提升排名，为了超越市场的平均水平。提升一定是有代价的，只不过越是优秀的投资者，他做出的提升努力越具有强烈的不对称性。比如格雷厄姆分散投资很多家“价格低于清算价值”的公司，这让他在几乎不可能亏损的同时，却有极大概率获得很高的收益。然而无论多么优秀的人做出怎样程度的努力，“提高”终究是有代价的。至少在理论上，所有试图超越别人的努力，都可能导致自己更加落后。

一个有趣的现象是：越平庸的策略，反而越无懈可击。比如你和朋友在玩儿一个最简单的游戏——剪刀石头布。如果你的策略是出剪刀、石头和布的概率各1/3，你会发现，无论对手使用什么样的策略，他永远不可能击败你。而一旦你发现对手出石头的概率明显高于1/3，你将会提高自己出布的概率。这种调整帮你获取更多的收益，同时也成为你的命门。这时对手策略上的变化将直接决定你的输赢，反之亦然。从此以后，两个小伙伴终于可以永无止境地互相伤害了……

回到现实中，提升排名，有可能付出怎样的代价呢？老读者都知道，目前我的投资组合是"30只估值极低的港股加20只面值左右的可转债"。股票和债券加在一起只有区区50个标的，这显然是一种为了提升排名而构建的投资组合。那么在极端情况下，这样一个组合会以怎样的形式伤害到我呢？由于我的投资组合主要是由大型央企的股票和AA级以上的债券构成的，且没有一分钱的负债，因此这个组合被清零是不太可能的。

然而在极端的假设中，至少理论上存在这样一种场景：如果未来的某一天，某家公司的市值占了全球股市总市值的99%（就像电影"阿凡达"中，入侵潘多拉星的那个公司一样），那么我分散买入30只蓝筹股（假设其中不包括这家公司）的策略将遭到"报应"。这个问题的重点在于：只要你做出选择，就可能为你的选择付出代价，或者为你没选的东西付出代价。

接下来的问题是，如果想要"锁死自己在人类序列中的排名"，我们应该做些什么？很简单：

1. 按照 GDP（国内生产总值）由高到低的顺序，给世界上的所有国家排序。

2. 将资金等比例分成两份。

3. 用一半资金按照 GDP 的权重，买入排名前 30 的国家的指数基金（也就是说 GDP 总量越大的国家买得越多）。

4. 用另一半资金等比例买入世界上所有国家的指数基金（也就是说每个国家各买一份，大国不多买，小国不少买。前提是能买到，某些国家买不到也不强求）。

5. 收到现金分红，就投回去。哪国的指数基金分的红，就买哪国的指数基金。

除此之外，余生不要再做任何与投资有关的事。“分散”和“装死”就是这个策略的关键，你越想随世界的变化而调整，锁死排名的目的就越达不成。想要锁死排名，首先你要杜绝自己战胜市场的可能性，你要成为市场。

这么看来，“锁死自己在人类序列中的排名”，是个挺简单的事情，难点在哪里呢？难点有二。

1. 不是不能，而是不愿。这个策略的气质之诡异，几近托孤，让人感觉非常不舒服。就像人人都知道立遗嘱应该趁早，但从情感上总是容易抵触。

2. 锁死自己的排名很容易，锁死子孙后代的排名，比登天还难。只有极端变态的人，才会给自己设计这样的投资策略。正常人即使想出了这样的策略，也是替后代想的。这倒不是因为人们总觉得自己了不起，后代是蠢货，而是因为一个更加自私的理由——对于自己，我们想要精彩的人生，但对于后代，我们想要他们安全。

为什么后代的排名更难被锁死？不是因为公司会破产、债券会违约，这些问题都好解决。关键在于，只要时间足够长，“产权”的层面一定会出问题。很多人试图通过家族信托来传承自己的财富，但信托的存续时间应该是多久呢？这里面有个让人绝望的悖论：

信托存续期越短，你的财产越容易被子孙败掉；

信托存续期越长，你的财产越容易被外人卷走。

盖茨基金有这样一个条款：在盖茨夫妇去世后，20 年内必须花光所有的钱。此中深意，大家各自理解，各自体会。

以后有机会，我可能会写篇文章讲讲慈善基金的话题。这个需要点儿勇气，不一定有。

本文内容基本就说完了，肯定有人想问我：你自己做过“锁死排名”的努力吗？目前还没有，我年方 31，膝下无子，所以还不急。但是将来我会拿出资产的一小部分，尝试这种“绝对防御”型的配置。随着自己衰老程度的加深，绝对防御型配置的比例也会一点一点增加。但是终其一生，我用于锁死排名的资金也不会超过资产的 10%。为什么这么少？因为我死之后，哪管洪水滔天呀。

为什么聪明人在股市中频频翻车？

我做投资的这些年，见过不少智商明显高于平均水平的人在证券市场亏钱，而且亏得挺多。为什么会有这种事？巴菲特在各种场合说过很多次，投资不是一个高智商者碾压低智商者的游戏，但他很少说为什么。

我猜想，其中一个重要的原因是——人类普遍容易高估自己。不是高智商的人容易高估自己，是人类普遍容易高估自己，所以低智商的人在证券市场也很少赚到钱，投资不是高智商者碾压低智商者的游戏，但也不是低智商者逆袭高智商者的游戏。

证券市场不是一台游戏机，而是一个游乐场。它里面不只有一种游戏，而是什么游戏都有。它可以让你安全稳妥地慢慢变富，也可以让你在极短的时间内一战封神。

问题就在这里，没有几个人愿意慢慢变富，也没有几个人真的有实力一战封神，结果是，所有高估自己的人，所有选错游戏的人，都要在这个游乐场中付出代价。

在大部分日常环境下，聪明人即使高估了自己，也没什么危害。假设人类平均的智商是100，而小明的智商是140，但他误以为自己的智商是200。这时候老师带着全班同学一起去测智商，测完之后，别人都是100左右，小明是140，大家依然会觉得：哇，小明真厉害，智商有140那么高。在这个事情中，小明高估自己并没有给自己带来什么实际的损害。但是我们深究一步，为什么在这个事情中，小明高估自己却没有受到伤害呢？是因为他没找到能弄伤自己的工具！如果在小明测智商之前，有个魔鬼跟他说："你认为自己智商200，对吧？我这里有一份契约，你签了它，如果测试结果显示你智商超过150，我就帮你把智商提高到400，如果测试结果显示你智商低于150，我就把你变成傻子，同意吗？"这种契约，小明会签吗？很可能会签，因为他估计自己是200，而魔鬼只要求150，小明觉得自己有50的安全边际。

发现问题了吗？现实生活中你很难找到这种契约，但证券市场遍地都是！无论你内心多么狂野，总有一款契约能满足你。证券市场的魔鬼契约有很多种，最常见的就是举债投资（融资融券、场外配资、分级基金B类子基金，都是这个契约的变种）。在目前的市场环境下，使用2倍杠杆的人基本已经全军覆没，使用1倍杠杆的人有些已经爆仓，有些还在生死线上挣扎。还有更极端的情况，由于个股的波动比指数更大，最近有些使用0.3倍杠杆的人也开始爆仓了。1倍杠杆的意思是，你有100元，又找别人借了100元，总共用200元去投资；而0.3倍杠杆的意思是，你有100元，找别人借了30元，总共用130元去投资。没错，即使是这么温和的杠杆，也已经让有些人爆仓了。使用0.3倍杠杆的投资者，是不是很像上面说的小明？很多时候，你觉得自己已经很保守了，直到事情发展到不可挽回的地步，才发现，当初其实还可以更保守一点儿。

投资是个一条命的游戏，如果你想在证券市场长期存活，就永远不要高估自己，永远不要和魔鬼做交易，永远不要举债投资。

从华电福新公司私有化，看价值投资的三种兑现方式

近期，我持有的港股公司华电福新被大股东私有化。有些读者可能不明白，简单解释一下，我们说到私有化，一般是指：上市公司的大股东用比当前股价高很多的价格，从公众投资者手中收购全部股票。

对我来说，这也是个比较难得的、能够在熊市中大幅获利卖出股票的案例。这只股票我现在已经不持有了，大家不要追。本人永不荐股，凡是正在持有的股票，我都不会详细谈。

说到华电福新，也不是为了讲这只股票。主要是借着这个事件，聊一下价值投资的几种兑现方式。

寻找值得买入的股票，是个“价值发现”的过程，通过手中持有的股票赚钱，是个“价值兑现”的过程。

价值发现的过程没什么可谈的，就是在自己能力范围内寻找被低估的资产。而当我们买入了一只被低估的股票之后，价值兑

现的方式可以有以下三种：股价上涨、现金分红、资产清算。

1. 股价上涨

股价上涨是最传统的价值兑现方式。它的好处就是简单直接，坏处也很明显，就是时间上的不确定性。

2. 现金分红

我之前说过，现金分红的本质，就是以1倍市净率清算掉公司的一部分资产。很多初学者没有想清楚现金分红的重要性，他们觉得由于分红之后股价要被除权，所以现金分红就和送股、转股一样，是个数字游戏，没有实际意义。关于这一点，我在《现金分红是一种幻觉吗？》一文中有详细的论述。结论非常明确：1. 送股、转股是数字游戏，现金分红不是；2. 分红不是假象，除权才是假象。

3. 资产清算

价值兑现的第三种方式，就是资产清算。资产清算的方式有很多种，其中最直接、最根本，也是最粗暴的一种，就是直接解散公司，变卖所有资产。这种方式在如今的证券市场是比较罕见的，更常见的方式是“收购”，“收购”其实是资产清算的一个变种。

资产清算的本质，其实就是把公司拆分成一块一块的资产（比如矿山、厂房、版权、专利），然后分别卖掉，这些资产被卖掉之后，不会被扔在大街上等着腐烂，而是进入另外的公司，成为其他公司的资产。所以说，一家公司被“收购”，本质上就是省略掉了一些清算的步骤，或者将清算行为打包一次性完成。传统意义上的清算，之所以要把资产拆分开，就是为了卖给不同的人，因为有的人想要矿山，有的人想要专利。如果资产被拆分后，是卖给同一个人，就不用拆了。

比如上面提到的私有化，或者被外部公司并购，都是资产清算的变种。对于证券市场的财务投资者而言，这两种情况没什么区别。至少我都是很乐于看到的。

关于并购和私有化，投资圈内其实有很大的争议。争议的焦点在于：通常来说，一家公司被收购或被私有化的价格，会低于其内在价值（至少从逻辑上可以认为，在收购者的眼中，这个价格是很划算的，否则不收就好了）。因而有很多基本面投资者，在遇到收购或私有化时会投反对票，他们认为收购者占了自己的便宜。这个想法对不对呢？其实也对。投资的基本常识之一就是——不要从大股东手里买股票，要在大股东买自家股票的时候，去跟他抢。

既然如此，那么我为什么还乐于见到我持有股票的公司被收购或被私有化？这样不是被大股东占了便宜吗？是的，但如果我在被人占便宜的同时，能够从别处占到更大的便宜，我就愿意！这不是公司本身的问题，而是投资策略的问题。

三个问题：

1. 投反对票的是什么人？

2. 我为什么不投反对票？

3. 我什么情况下会投反对票？

我们一个一个说。

1. 投反对票的是什么人？

根据我的观察，投反对票的，通常是持仓比较集中的人。一个投资者，过去一两年时间主要研究这一家公司，以 10 元的价格买入这家公司的股票后，原计划等这家公司的股价涨到 30 元后卖出。这位投资者买入后持有了2年，股价从10元跌到了9元，然后公司大股东宣布要用 13 元的价格将股票私有化，虽然也能通过私有化获利，但他通常会反对这项收购。原因有三：

1. 他研究一家公司消耗了太多心神，好不容易找到一家靠谱的公司，现在突然没了，去找下一个成本太高。

2. 收购价格距离他的目标价相差太远，不甘心。

3. 被人占了便宜，心里很不舒服。

这三个理由合理吗？至少前面两个完全合理。那么延伸到前面说的第二个问题，我为什么不投反对票？

2. 我为什么不投反对票？

正如前文所说，这是不同的投资策略导致的。上述那个投反对票的投资者，他只持有几只股票（甚至只持有一只股票），研究每一只股票都需要耗费巨大的心力。而我持有一个由 30 只股票构成的投资组合。假设这 30 只股票我都是在价格为 10 元时买的，每一只的价格都预期涨到 30 元。持有了一段时间之后，其中一些股票价格跌到了 8 元，一些股票价格维持在 10 元，一些股票价格涨到了 12 元。这个时候，突然有一只股票跳出来对我说：

主人，有人出价 13 元买我，你还要我吗？

去吧，跟着新主人好好生活。

相比于集中投资的人，我并没有重新挑选一只股票的烦恼，我的组合有好几只股票价格都跌到 8 元了，我拿到私有化的 13 元之后，只要眯着眼睛，把这些钱平均投进原有的组合里就行了。

3. 我什么时候会投反对票？

其实只要把前两个问题想通透，第三个问题就很容易回答了。在第二个问题中，我之所以不投反对票，是因为在我看来，公司被私有化的那只股票并不特殊，它的预期收益跟我持有的其他 29 只股票差不多，所以只要它的涨跌与其他 29 只股票不同步，我就可以通过“动态再平衡”的方式，从原有的组合中赚取更多的利润。因此，如果这只股票是特殊的，我就会投反对票。什么叫特殊的？比如以下这种情况：还是上述组合，30 只股票大部分价格都维持在 10 元左右，但其中一只股价跌到了 3 元，然后这家公司的大股东问我 4 元私有化同不同意，那我当然不同意呀！当然，这里有个前提是我对该公司的预期没有改变，我依然认为该公司的合理价值是 30 元。我被人占便宜不要紧，但前提是被占便宜会让我从别处占到更多便宜。在这种情况下，显然我在这只股票上吃的亏，没有办法从其他股票上得到足够的补偿。

第二种我会投反对票的情况是这样的：还是上述组合，30 只股票的价格全部维持在 10 元左右，然后所有公司的大股东同一时间告诉我，要用 13 元的价格私有化我组合中的每一家公司。在这种情况下，如果我没有能力构建出另外一个我认为能翻 3 倍的投资组合，那么我肯定会投反对票。当然，第二种情况仅仅在理论上存在，现实中绝无可能。除非我活在“楚门的世界”中，否则不可能整个世界联起手来坑我一个人。

嗯，想不出漂亮的结尾了，就是这样。

我全部的身家都在股市，为什么敢不深研企业——兼谈格系与芒系

格系＝格雷厄姆系

芒系＝查理·芒格系

老读者都知道，我的投资体系是“低估分散，股债平衡”。这些年有很多朋友问我，为什么不深入研究企业？今天系统性地讲一下这个问题。

价值投资本身是一个小众的流派，这个小众的流派又分为格雷厄姆系和查理·芒格系（巴菲特早期属于格系，后期自身芒系的色彩越来越重）。简单来说，格系更看重低估值，芒系更看重公司质量。或者更严谨的说法是，格系更看重静态估值，芒系更看重动态低估。

很显然，我属于纯粹的格系。格系和芒系哪个更好？我的答案很明确：

1. 对于普通人来说，格系的性价比更高。不是高一点点，而是天地之别。

2. 对于绝顶聪明的天纵奇才，格系和芒系哪个更好，不一定。为什么不一定？至少从已知的信息来说，芒格的收益率并没有好于施洛斯（施洛斯是格雷厄姆的大弟子，也是格系中公开业绩历史最长的一位）。

3. 在资金体量巨大的时候，芒系有可能优于格系。但前提是——你不能是普通人，你得是芒格才行。对于普通人来说，无论资金体量多么巨大，格系都优于芒系。没有芒格的功力强用芒格的方法，后果是灾难性的。另外，这里面说的“资金体量巨大”不是普通富豪的那种巨大，而是浑身上下随便动一小块肌肉都会冲击市场的那种巨大。如果你有几十亿元人民币，那么使用格系的方法不会有任何问题。巴菲特和芒格共同管理的伯克希尔·哈撒韦公司所掌控的资金体量，以人民币计超过万亿元。

我为什么选择格系，普通人为什么都应该选择格系？主要基于以下两个理由：

1. 信息传递的悖论。

2. 牛熊周期的成因。

我们一个一个说。

1. 信息传递的悖论

我为什么不去深入研究公司？

我们研究一家公司，或者随便研究其他什么东西，都会面临这样一个困境：干净的信息一定是不全面的，全面的信息一定是不干净的。

什么是干净的信息？你亲眼看到的事，亲身参与的事，算是比较干净的信息。（当然，如果你问康德，他会告诉你连一手信息也是不干净的，因为人类感受客观世界的通道不是真空的，眼睛本身就是一副永远摘不掉的有色眼镜。投资是个求存的游戏，我们暂时不考虑这么终极的问题。）其他的，比如别人亲眼看到的事、别人亲自参与的事、别人听说的事、别人从网上看到的事，这些统统都是不干净的信息，只不过它们不干净的程度有所不同。不要觉得信息源离你越远就越不干净，这个不一定。如果你身边有个妄人，那么他给你讲述的他亲自参与的事，反而是最不干净的信息，他从网上看到后再转述给你的明星八卦，倒有可能是真的。

一手的信息一定是片面的信息，全面的信息一定是多手的信息。

我们获得的信息越干净，就越没用。因为最干净的信息一定是整个拼图中极其狭窄的一小块。用一个像素点是推演不出全图的，给你一个像素极低的模糊的全图，你反而能用最短的时间知道最多有用的信息。一个房子，门前有两棵树，挨着房子的那一棵着火了！至于这两棵是什么树，是不是“一棵是枣树，另外一棵也是枣树”，像素太低看不清，但是发现了吗？你看不清的是次要信息，最重要的信息你已经知道了。

提问：股票价格是几手信息？上市公司的净利润是几手

信息？

即使不深挖交易系统背后的运作机制，股票价格也至少是二手信息，是由交易所告诉你的。深挖的话就更没边儿了，交易所是怎么知道的？姑且说是二手信息吧。

上市公司的净利润，基本可以确定，至少是10手以上的信息。董事长是怎么知道自己的公司过去一年净利润是多少的？谁告诉他的？财务总监吗？财务总监又是怎么知道的？他不可能亲自记账，是手下的会计报给他的。会计又是怎么知道的？发现了吗，已经下沉了三个层级，还是没接触到具体业务。信息是被一层一层、一层一层、一层又一层地报上来的，属于极其不干净的信息，但它反而可以用。相比之下，一个基层业务员过去十年的全部工作日志给到你手里，你能干什么用呢？

很多人觉得净利润这个数据很“脏”，其实在我看来，净利润还是太干净了，有审计机构盯着，有证监会管着，还有好多机构投资者看着，要轻微调整不难，想彻底做假还真没那么容易。我说一个世界上最容易失真的数据——GDP！所有人都知道GDP的统计是极不精确的，不是指特定国家，而是任何国家。也不是负责统计的人有问题，而是这种东西无论你怎么努力都是难以精确统计的，把一个国家的生产信息汇总成一个数字，本来就很难完成。但是，你有没有发现GDP这个注定不够精确的数据居然是能用的。如果把世界上各个国家按GDP排个序，基本上就能得到一个大家公认的国力排行。GDP不是最不精确的数据吗？不是根本不可能被统计清楚吗？为什么居然能用？答案是：

它胜在全面。想要用一个数字代表一个国家的综合实力，GDP 就是目前最好的指标了，虽然它像素极低，但至少是张全图。

为什么皇帝可以管理一个国家，早上卖豆浆的王二不行？王二看到的才是最真实的世界呀，皇帝整天窝在宫里，知道什么？没错，皇帝得到的信息全部都是 10 手以上的信息（如果还没到 100 手的话），但是相比于王二，皇帝知道更全面的信息。他知道一个半月以前，边军将士斩下了入侵者 3 000 颗首级。当然，有可能是边军将领在吹牛，甚至有可能是他养寇自重，皇帝不确定边军将领能不能信任，但他至少知道了一个重要的信息：边境上有需要解决的问题。而王二知道的事，大部分和卖豆浆有关。

说回到投资，格系的投资核心要义就是：放弃对清晰度的追求，主动选择模糊但能用的信息。

格雷厄姆为什么要求安全边际？我不知道你们的净资产数据中有多少水分，但我知道大致上是真的，所以我要按打四折的价格去买。这样即使你们注了两成的水，我也占了很大的便宜。

格雷厄姆为什么要求分散投资？我不知道哪家公司几年之内会死，但我知道大部分上市公司在一个牛熊周期内不会死。所以我分散买，爱谁死谁死。

2. 牛熊周期的成因

接下来谈一下我选择格系的第二个原因。通过上文我们知道了，放弃对清晰度的追求，主动接受模糊的信息，就可以得到更全面的信息。但是要知道，与清晰而片面的信息相比，模糊而全面的信息，是更容易获得的（因为模糊而全面的信息，往往是公开信息，比如上市公司的净资产、股票的市净率），那么我们通过模糊而全面的信息，也能占到便宜吗？

答案是：能！

我们知道，格系和芒系的区别在于，格系的投资者不会努力去寻找少数卓越的公司，而是通过找到很多“价格远低于内在价值”的普通公司来获得超额收益。历史上格系投资者不断获得成功，他们依靠的一个必要条件，就是众多股票周而复始地从低估值到高估值，再到低估值……股票的估值就像钟摆一样来回摆动，世界各国的股市都是如此。所以，格系投资法能否帮助投资者在未来的几十年中继续获得超额收益，重点在于牛熊周期这种现象是否会继续存在。

那么我们就必须要问：牛熊周期这种现象，到底为什么存在？是因为过去几十年的人比今天的人蠢吗？如果芒系投资者变得越来越多，格系投资法会失效吗？

先回答前面的问题，牛熊周期这种现象为什么存在？显然不是因为过去的人蠢，而是因为——人类就是这样一种生物。我们这种群居的灵长类动物，天然就有懒惰、从众、迷信权威的习性。人们相信一件事情，不需要充足的理由，只要身边的人也相信就可以；硬币的另一面是，人们推翻一件事情，也不需要什么充足的理由，别人如果不信了，自己也就不信了。所以每过一段时间，股市就会因为一种莫名其妙的“共识”涨到云端，再过一阵儿，又会因为另一种相反的“共识”跌入尘埃。

因此，只要人类这个物种不在生理层面有所进化，牛熊周期就会一直存在，至少未来几十年，我们不用担心这个问题。其实牛熊周期这个现象，并不是只在过去几十年存在，只不过在更久远的过去，很多国家没有股市，即使有股市，由于技术条件的限制，也没能留下特别翔实的数据。我们从历史资料中隐约可以看到一些痕迹。比较知名的郁金香泡沫就不提了，除此之外，很少有人知道，清朝慈禧时代也出现过股市，据说也经历了两个完整的牛熊周期，后来清朝灭亡了，清朝的股市自然也随之消失了。说到这里引申一个问题，为什么证券市场的定价是低效的，而不是完全无效的？为什么会有牛熊周期，而不是“牛牛牛牛牛”或者“熊熊熊熊熊”？关于这个问题，我在前面的文章《现金分红是一种幻觉吗？》当中有过详细的论述。

接下来说另一个问题，如果芒系投资者越来越多，格系投资法会失效吗？这个问题的另一个说法是，如果芒系投资者越来越多，股市的牛熊周期会被熨平吗？

答案是：不会！我甚至怀疑，芒系投资者越来越多，可能会加剧股市的波动。

为什么这样说？因为芒系的“武功”，其难度之高令人发指，不是谁都可以练的。普通人强练芒系“武功”，深入地去研究一家公司，最可能导致的局面就是：研究的结果不对，但增强了自己的信心。一个普通的从众型股票玩家，通常不敢把太多资金投入股市，但是一个芒系投资者，是敢赌身家的。赌身家这件事本身不分对错，芒格本人赌身家就完全合理，因为他真的是对的。

而芒系投资者增多带来的一个问题是：掌握正确答案的人并没有增加太多，但充满信心、敢下重注的人增加了很多。也就是说，如果芒系的“武功”被某个人练成了，那么这个人存在于市场之中，肯定会起到熨平牛熊周期的效果，但问题在于，芒系的“武功”练不成……

再追加一个问题：如果芒系投资者的增加不会熨平股市的波动，那么格系投资者的增加会熨平股市的波动吗？很显然，会的！但是问题在于，格系投资者是不可能突然增多的。

我们首先要知道，相比于参与证券投资的总人数而言，无论是格系投资者还是芒系投资者，占比都是非常少的。但是，芒系投资者人数少，姑且可以认为是由于芒系“武功”太难学，但格系投资者人数少，一定不是难度的问题。格系投资法的基本原理，所有初中毕业的人都能看懂。这么简单的方法，如果问世都快 100 年了还是没人学，那么一定是大家不愿意学。

为什么大家不愿意学？价值投资这个门类本身，就很少有人愿意学。无论格系还是芒系，都是小众的。为什么价值投资没人学？这个巴菲特已经说得很清楚了——因为没有人愿意慢慢变富。价值投资不是一种能让人瞬间暴富的方法，进入股市的人都想一年翻五倍，很少有人是想五年翻一倍的。

但是为什么在价值投资的领域之内，选择芒系的人会比选择格系的人更多？因为芒系难在技术上，到底有多难，试了才知道。而格系难在心性上，承认自己是个普通人，然后在漫长的投资生涯中，主动选择并坚守一条平庸的前进路线，其实很不容易。

这又是一个有趣的悖论：所有普通人都可以走格系路线，但几乎没人愿意。几乎没人有资质走芒系路线，但普通人往往更容易接受芒系投资法。

关于芒系再多说两句。国内的价值投资圈普遍认为芒系“武功”以“对企业的深度分析”见长，这一点显然是没错的。但我觉得很多人可能忽略了芒系“武功”的另一个要点，那就是“控制、影响和威慑”。其实从时间顺序上应该是反过来的，即“威慑、影响和控制”。芒格在投资生涯的早期钱并不多，但是芒格本人及其家族在美国法律界的地位非常高，所以芒格这位股东的存在，对于被他投资的企业而言是有一定威慑力的。芒格敢于集中投资，不光是因为他看得准，还因为万一被坑了，他有在股市之外解决问题的底气。到了中期和后期，钱越来越多，芒格和巴菲特开始越来越频繁地影响甚至控制上市公司。如果投资领域也出一款类似于《三国杀》这样的卡牌游戏，那么芒格这个“武将”的特殊技能，除了“全视之眼”，应该还有“上帝之手”。很多事情，仅仅“看到”是不够的。

本文要说的内容就是这些了，最后做个简单的小结：

1. 若一个有着芒系资质的人，最终练了格系“武功”，这个人几乎不用付出任何代价。

2. 若一个仅有格系资质的人，强练芒系“武功”，后果将不堪设想！

因此：

1. 若你认为自己仅有格系的资质，不用怀疑，你的判断基本是对的，人类这种生物往往高估自己，很少有低估自己的。

2. 若你认为自己有芒系的资质，请至少拿出一半的资金按格系的方法去投资。不要让自己无路可退。

问答精选

问：您好！我想请教一下关于资产配置的问题。一种配置方式是建立“股权类”和“债权类”两个资产包，然后定期动态再平衡。但是根据历史数据，长期看股权类资产的收益远远胜于其他资产类别的收益，持有过多债权类资产会拉低长期收益。所以另一种配置方式是永远满仓配置相关性小的权益类资产（持有不同国家的股票），请问哪种配置方式的收益会更好？

答：1. 如果你的资金是超长期资金，那么配置股权类资产的收益长期看会大于配置债权类资产，这是事实，但不是全部事实。

2. 如果我们不是一直持有股权类资产，而是能在低估值时进入，高估值时退出，那么我们的收益会远远高于简单地长期持有股权类资产。这很有趣，总体而言，我们持有股权类资产的时间变少了，但收益增加了。在低估值时进入，高估值时退出，会导致我们无法享受到整个牛市，但同时也能让我们躲避掉熊市的绝大部分，长期来看收益远远大于损失。要做到这一点并不难，可以参考本书“系统性机会与系统性风险的识别”的章节。

3. 有时候我们持有债权类资产，不是因为债权类资产足够好，而是因为股权类资产太差了。为了方便理解，我们先把股权类资产和债权类资产简化为股票和货币基金。那么，当股票的市盈率为 40 倍时，无论货币基金的年收益是 5%、3% 还是 1%，我都必须持有大量货币基金，因为股票实在是太危险了。

问：分散投资会让风险降低，但是也会让收益大大降低，很多人的第一桶金都是找到机会，重仓持有某只股票赚来的，毕竟大多数都是资金量不大的小散户。

答：分散投资真的会导致收益降低吗？你认为分散投资会降低收益，这种想法隐含了这样一个假设，即你第一看好的股票，一定好于你第十看好的股票，对不对？但是，一个人能做到这种精确程度，他还属于普通人类吗？所以正确的说法是，分散投资会导致一个普通的投资者，没有机会凭借好运气实现暴富。

问：可转债的存续期平均是 2.3 年，基于资金的时间价值，相当于按照历史数据，现在买入计划中的全部可转债仓位要白白等上两年。为什么不 1.5~2 年时再买入？

答：不是这样算的。平均存续期 2.3 年，意思是有些可转债只存续了 9 个月，有些存续了 5 年，最后平均起来是 2.3 年。我们不可能知道哪些可转债会在下个月就实现转股。

问：作为一个工作没多久，家庭条件尚可的年轻人，您觉得提高财商最好的方法是什么？

答：1. 本金小的时候，最适合积累经验。在钱少的时候趁早进入市场，把能犯的错误都犯一遍，不要等到钱多的时候再犯错。

2. 初入市场的话，可转债是个不错的起步工具。

3. 最最重要的一点是，多关心你的家人，防止他们被骗，不要让他们去买乱七八糟的理财和保健品，否则你就不再是“家境尚可”的年轻人了。

问：很多做投资的人，不仅投资收益好，他们的健康管理也做得很好。请问您是怎么管理学习、生活和健康状态的？

答：整体而言，投资人的健康管理应该并没有做得更好。只是投资这件事要想做到世界顶尖水平，需要活得很长才可以，如果一个投资水平很高的人在60岁时“挂掉”了，我们就没机会听说他了。所以说投资这个行业其实也挺悲哀的，只有老人才能登上这个行业的顶峰。我并没有很特殊的方法来处理健康问题，只是生活比较节制，少抽烟，少喝酒，不暴食，不熬夜，也就能做到这些吧。

问：现在很流行指数投资，很多公众号也公布估值数据，您对指数投资怎么看？指数基金份额增大后，会对市场有什么影响？

答：投资指数基金最核心的要点，在于估值。其实估值很简单，看这个指数的PE、PB就行了，但很多人就是做不到。我不认为指数基金的份额增加，对市场会有特别大的冲击。美国市场的指数基金份额比中国市场大很多，但美股一样也挺“浪”的，波动一点儿也不小。另外，投资指数基金的话，不要重仓投资于“行业指数”，如果你把过多的钱集中在一个行业，就不算是充分的分散投资了。

问：请问在您的实际操作中，个股的最低仓位与最高仓位各是多少？为什么？谢谢！

答：单行业不超过20%，个股最高不超过5%，最低没有限制。如果不能找到大量低估值的股票，这个市场就不值得投资。如果能找到大量低估值的股票，那么为什么不多买一些分散风险？

问：如何给小学六年级的孩子讲零花钱的使用方法与理财知识？谢谢！

答：给他一笔钱，告诉他："这笔钱不能花，只能拿去投资。投资所得的收益是你的零用钱，你想买什么都可以。"

问：如何用数学期望来解释我们应该适度、理性、绿色消费，拥有正确的消费观？

答：这个问题有意思。其实我不认为世界上存在"正确的消费观"。人的体验很难被量化，更无法用数学期望来解释。比如你今天想买一辆越野摩托车，忍下来不买，去投资，二十年之后你就能买私人飞机了。但二十年后你已经不年轻了，这样换值不值，只能看每个人的主观感受。就我个人来说，我不会选择过“清教徒”式的生活。

问：您说过，“股票的本质就是永续浮息债券”，可以请您深入解释一下这句话吗？感觉这句话很重要，但又很难理解。

答：1. 股票没有到期日，这点和永续债券一样。

2. 股票每年的净利润和分红都是不稳定的，这点和利息浮动的债券一样。

3. “股票的本质就是永续浮息债券”这句话不是我说的，是巴菲特说的。

问：请教一下您在投资可转债的时候，是分批仓建，还是一次性买入呢？

答：“分批建仓”是一种结果，不是目的。任何时候，我们都应该只考虑一个问题——此刻最合理的资产配置是什么？某天你发现合理的仓位应该是 5 成，又过了几个月，你发现此时合理的仓位应该是 7 成。如果你能一直这样想问题，那么从结果上看，就是在分批建仓，但“分批”从来都不是我们真正的目的。

问：以后分级基金是不是越来越受限了？昨天又翻了一遍您的书。发现您特别不赞同融资。包括加分级基金 B 类子基金这种杠杆。但是不得不承认，小资金在某种意义上对杠杆的需求是迫切的。怎么把握好平衡，利用好收益与风险的不对称，给自己创造更大的利益呢？

答：嗯，我知道小资金对加杠杆的需求是非常迫切的，但是一定要忍住。杠杆放大一倍，不代表风险和收益都放大一倍，实际情况是收益放大了不到一倍，而风险放大了很多倍。举债投资，会将局部的、暂时的风险，放大为全局的、永久的风险。

问：中国的 B 股是不是烂在那儿了，它还有出头之日吗？

答：B 股这样不是很好吗？它的节奏跟 A 股、港股都不完全同步，有时候这个市场处于低估状态，有时候那个市场处于低估状态，我们根据估值在不同市场间切换，可以平白多赚很多钱呀。你说的出头，是指什么？如果是指估值波动的话，B 股的波动从来不小，只是估值中枢比较低。如果是指与 A 股合并的话，千万不要合并，千万不要合并呀！我就希望有一个没什么人关注的市场，静静地存在在那儿。

问：请问您在配置资产的时候，不考虑房产吗？考虑极端情况，是不是分一点儿到房产上会更加安全？如果市中心有个公寓，收房租的话，有 5% 的收益，您会考虑买吗？

答：1. 我在资产配置时，会考虑任何资产。我对房产没有偏爱，也没有歧视。我对任何类型的资产都没有偏爱，也没有歧视。只看性价比是否够高，风险与收益是否不对称。

2. 我并不认为房子是一种很安全的资产。一套市中心的房，和一个低估值的指数基金相比，前者的风险要大无数倍。

3. “市中心房租收益 5% 的公寓”，只给我这一个条件，我不能确定我会不会买。要考虑的因素很多，最重要的一条是，我如果不买这个，那么能买什么？我永远会关注是否有更好的投资机会。关于房产多说一句，最近十年，房产的交易税费越来越高，这对投资者来说绝对不是好事。投资房产，要考虑到这一点。

问：我曾经用正回购加杠杆做过“中行转债”，请教现阶段有没有低利率加杠杆买可转债的工具？

答：千万不要加杠杆买可转债。我常对朋友说，“带着杠杆的债”，比“不带杠杆的股”更加危险！

问：新可转债的巨量供应对可转债市场的影响有哪些？谢谢！

答：1. 其实我是非常欢迎可转债巨量发行的，可转债越多，机会越多。

2. 理论上可转债发行得多了，有可能拉低整个可转债市场的估值中枢，但拉低的程度一定是有限的。可转债有债券的属性，到期还本付息，所以估值中枢不可能无止境地下跌。

3. 上面说的估值中枢被拉低，是一件不确定的事情。但我们一定要知道，估值中枢被拉低是件好事，而且被拉得越低越好。同时，一个到期还本付息的东西，我肯定希望它的价格波动越大越好。

问：如果某只可转债到期后违约了，是否就意味着无法转股，本金和利息也没有了？

答：不一定。违约分很多种情况，有些违约是指晚一点儿支付本金和利息，有些违约是指支付一部分本金和利息，也有些违约投资者一分钱都拿不回来。只要时间够长，我们迟早会遇到出现违约情况的可转债，也一定会遇到公司破产的股票。必须分散投资。

问：如果把资产种类［股票、债券、房地产、天使投资、VC（风险投资）或 PE（私募股权投资）、大宗商品比如木材、艺术品等等］按照主观喜爱度排序，你会怎么排？这些资产的历史回报率是否会在你的排序中起决定性的作用？排在前五的资产种类为什么能得到你的青睐？

答：1. 我对任何资产都没有偏爱，也没有歧视。关键看性价比。

2. 资产本身没有好坏，但估值的难度不同。在实际操作中，我的投资以证券市场的标的为主，这是因为上市公司的股票和债券，估值比较容易。而天使投资、大宗商品、艺术品等等，估值难度比较高。我更多时候投资于股票、债券、期权这些东西，绝不是因为我喜欢它们。投资是一件非常冰冷的工作。

3. 各项资产的历史回报率是一种参考，对我投资的决策不起决定性作用。

问：请问如何在身边的人因为某些机遇一下发了财，到处炫耀的情况下，始终保持心态平和，且总能诚心地予以祝福？

答：他都到处炫耀了，你为什么还要诚心地予以祝福？不要折磨自己。

问：大类资产里，我看到大宗商品比较少被人提起，像黄金、原油之类的大宗商品，该如何评判它们的投资价值呢？谢谢老师！

答：不创造现金流的东西非常难估值，建议不要投资大宗商品。也不要投资珠宝、古玩、艺术品等。这些东西不是没有价值，但你永远不知道它的价值是多少。在过去 20 年中，我们见过 150 美元一桶的石油，也见过 20 美元一桶的石油，然而你会发现在这两种情况下，人类社会都在正常运行，那么石油价格到底多少才合理呢？同理，一张齐白石的画，我们知道它是有价值的，但它的合理价值是 100 万元、1 000 万元还是 10 亿元呢？

问：能否讲一下如何投资深 B 股，B 股相对于 A 股的折价率是一个主要参考指标吗？准备投资 B 股，没有经验，谢谢。

答：投资深 B 股需要单独开户，大型券商处基本都能开。折价率是一个次要的参考指标，主要的参考指数是它的绝对估值。简单来说，我并不认为 B 股有什么特殊的属性，它和 A 股、港股一样，就是上市公司而已，谁估值低，我就买谁。

问：老师认为港股中的房地产行业股整体处于低估状态吗？

答（2018 年 8 月）：香港的地产股根本不是一个“整体”，3 倍 PB 的地产公司和 0.3 倍 PB 的地产公司同时存在，这种情况下讨论整体是否处于低估状态没有意义，只能一个一个单独看了。

问：可否简单谈谈可转债的估值方法，低价可转债之间相互比较时主要考量哪些指标，能否给个思路？

答：1. 价格相同的情况下，买溢价率低的。

2. 价格和溢价率相似的情况下，买距离到期时间更近的，或下调过转股价的。

3. 分散投资。

问：能否详细阐述一下“除非人类彻底进化，否则牛熊周期这个东西是不会消失的”这个结论的逻辑推导过程。

答：群居动物不善于独立思考，喜欢服从于权威，喜欢模仿身边的人，喜欢跟别人保持一致。这是股市会出现牛熊周期的根本原因。

问：您对于一些信托类的理财产品怎么看？以前看到有一些产品的固定年化收益率可以达到8%~10%，以上海市内或郊区的房地产为抵押（价格打5~7折），之前一直是刚性兑付。想请问一下这种产品作为债权类资产的补充如何呢？您会买一些类似的信托类理财产品吗？

答：我没有买过此类产品，刚性兑付迟早会被打破，这类产品还是有一定风险的。我不买这类产品，主要是因为，我无法判断它的收益和风险是否对称。这类信托产品，一般是私人银行等理财机构推荐给你的，你很难获得完整的信息，只能知道它们告诉你的信息。

问：请问你的投资体系是如何建立的？

答：投资体系的建立，是一个反向的过程。一开始我只是有一个初步的投资框架，然后我会不断地假想各种极端情况，去攻击这个框架，然后不断地修补，最终就形成了《投资要义》中所描述的投资体系。

问：你之前说过“完美的策略必然导致不完美的结果”，请问这个结论是怎么得出的？

答：未来有很多种可能性，完美的投资策略一定是在充分考虑各种情况后做出的最均衡的策略，而均衡的策略一定是有代价的。完美的投资结果，一定是只考虑最好的情况，假定其他可能性都不存在，结果也真的出现了最好的情况，所有潜在的风险都没有爆发。举例说明，小明把自己全部的积蓄 50 万元都拿去买彩票，结果真的中了 500 万元大奖。——这就是不完美的策略带来完美的结果。但这样做显然是错的。

问：您说杠杆带来的收益和风险并不均等，是指由杠杆带来的资金使用费导致的不均等，还是指别的？

答：一方面是费用，融资会带来财务成本。更重要的是，在不融资的情况下，波动对我们是有利的，比如一只内在价值为 10 元的股票，我希望它的价格能在 1 元到 100 元之间波动，如果能在 0.01 元到 1 万元之间波动那就更好了，总之，波动越大，我的收益越高。但如果我们加了一倍的杠杆，它的价格只要从 10 元跌到 5 元，就足以让我们破产了。

问：请问您对于公司未来的发展有什么打算？

答：其实没有什么特别宏大的规划。好好做投资，与时间为友。

10 年后我的公司还在运行，20 年后我的公司还在运行，40 年后我的公司还在运行，60 年后我 90 岁了，我的公司还在运行，这件事就算做成了。投资是个“存活”的游戏。

问：看了电影《超时空同居》，能够真切地感受到时代变迁的速度。现在，移动端的用户增速远超电脑客户端，作为一个投资者，您认为下一个颠覆性的趋势是什么？

答：预测人类的发展方向，是不太可能的。发展的路径是大家各自朝不同的方向行进，一点一点探索出来的。美苏冷战时期，人类登陆了月球，大家都觉得太空时代要来了，几十年过去了，我们还在地球蜗居。

问：您觉得学一些基础的财务知识，学习看财报，有必要吗？

答：我觉得有必要，看懂财报之后，你才会发现“看懂了财报，还是预测不了公司的发展”，然后你才能真正进入“低估分散、股债平衡”的阶段。看山是山，看山不是山，看山还是山。

问：您对于风险投资怎么看？

答：风险投资有很多阶段，比如A轮、B轮、天使轮什么的，我们简单地把投资分为“实业投资”和“证券投资”吧。相比之下，我更喜欢证券投资，因为证券市场的“外行”更多。实业投资是“懂得多”的人和“懂得少”的人在竞争，而证券投资经常是“非常懂”的人和“完全不懂”的人在竞争。

问：你好，请教一下。假定我买入股票以后发现自己犯了错误，那自然是无论盈利与否直接卖掉。但是，假定我没有犯错，而是发现了更好的选择，但目前持有的股票是亏损状态，是否应该无视浮动亏损直接切换？还是等待市场波动？比如我就按照PE、PB、股息率，选出了30只股票，持有了半年，然后发现排名第30的那只股票被踢出了新的排行榜，而且新进入排行榜的股票条件明显占优，这个时候，你会怎么考虑？多谢！

答：忘记自己的历史成本，不要有浮盈、浮亏这种概念。你持有一些资产，仅此而已。出现更好的选择，当然要切换。

问：假如股市的整体PE是10倍，PB是1倍，对于封闭式基金，折价率在多少时您会考虑配置呢？谢谢老师！

答：这个不能一概而论，还有一个非常重要的参考因素，是封闭式基金距离到期还有多久。如果一个封闭式基金还有一个月就到期了，折价率是 10%，那么即使指数是高估状态的我也愿意买一点儿，用于套利。这一部分内容在《投资要义》的“封闭式基金”章节有详细的介绍。

问：提个与投资无关的问题，方便的话，希望知道您的看法。我的孩子现就读于市重点高中，一年级，成绩中上。他们学校最近办了个国际班（多伦多大学直通班），据招生人讲，可以百分之百包上多伦多大学。这个事的可信度有多少？我目前对这个国际班有兴趣，但它需要我们家庭倾其所有支付费用，从理性的角度考虑是否有价值？

答：你好，这个问题，需要你的家庭内部成员先达成一个共识——教育是手段还是目的？如果是目的，那么这个目的是不是无价的？如果有价，那么大约值多少钱？这个你们需要自己估值。

如果教育是手段，那么从生意的角度说，平均而言，高等教育不是一个投资回报率很高的项目。整个家庭倾其所有，太过冒险了。财产积累不易，望珍惜。

问：请教一个原理问题，不涉及个股。假设某股票 7 倍 PE，盈利收益率 14%，股息率 4%。14%–4%=10%，这 10% 的利润去哪了？

答：企业的利润不是全部用于分红，未分红的利润，体现为净资产的增厚。可以参考我的文章《现金分红是一种幻觉吗？》。

问：B 股相对于 A 股，是否有长期折价呢？若如此，我们对于两者的买入标准是否应该有所区别？

答：1. 过去二十年，大部分时间 B 股是比 A 股便宜的，但也不是全部时间。曾经至少有三次，万科 B 的价格是高于万科 A 的。

2. 虽然 B 股的估值中枢更低，但它的波动一点儿也不比 A 股小。同样是翻三倍，1 倍 PB 涨到 3 倍 PB，和 2 倍 PB 涨到 6 倍 PB，哪个更安全，我想是不言而喻的。

3. 未来 B 股的估值是否会永远低于 A 股，这个其实很难说。我们做投资的人，千万不要被历史记录绑架。

问：请问在投资 A 股以外的资产时，您如何考虑汇率这个因素呢？

答：如果你持有的是股权类资产，长期来看，汇率的因素不会有太大影响。因为长期来看，汇率的变化就是这个国家的“货币发行量”[①]和“资产质量的变化”[②]共同作用的结果，货币超额发行会导致通货膨胀，股权类资产根本不怕通货膨胀，也就是说，由货币超额发行导致的汇率下跌带来的损失，最终会以股价上涨的方式补偿给你。所以关键还是资产质量，假设在未来一年中，日元对美元贬值了1万倍，这其实根本就不是汇率问题，一定是日本这个国家出事了，说到底，还是资产质量出了问题。

上面说的是汇率的大幅变化，如果是小幅轻微变化，那里面确实有随机波动的成分，这一点是中性的，有可能让你占点儿便宜，也有可能让你吃点儿亏。咬着牙忍了就行。

问：咨询一个问题，如果买入的低估值股票价格继续下跌比较多，您会补仓吗？

答：会的，但是“单只股票不超过5%”的原则不会打破。我不会因为某只股票特别被低估，就给它分配更多的仓位。“低估分散”，赚的是“系统性机会”的钱，任何一只股票都不重要。

---

① 广义的货币发行量概念还涉及货币的流通速度，这不是本书重点讨论的问题，不详述。

② 政权稳定、产权明晰等因素，也是资产质量的一部分。

问：你好，请教一下，在评估投资组合是否被低估的时候，还是有一些相对客观的定量指标的，比如你在向别人说明的时候，可以说自己的投资组合平均市净率是多少，然后也可以列个表，把主要指数的PE、PB列出来，估值情况，还是能做到一目了然的。

但在讨论分散投资的时候，我觉得似乎就没有相对客观的定量指标了。我理解分散投资的本质是随机过程的自相关函数，就要各标的完全独立不相干。难不成我要隔一段时间，用自己投资组合的净值变化，和各大指数、各种商品的价格变化求个协方差？结果越接近0，说明我的投资组合越分散？或者我用自己持仓的各个标的价格求个协方差？不用数学工具，只用主观感觉来分散投资，真的靠谱吗？想听听你的理解，多谢！

答：分散投资最重要的目的不是控制波动，也不是追求自己投资组合的表现相对于指数来说更加独立。分散投资的核心目的，是"防止资产被清零"。至于平时正常情况下，我投资组合的净值和指数之间是什么关系，我并不关心。

为了防止资产被清零，我们应该做到：

1. 股债分散：要同时持有股权类资产和债权类资产，这两类的比例可以随着估值情况不断变化，但最好不要把某一类的比例彻底降到零。

2. 标的物本身的分散：要持有多只股票，还不能是同一个行业的。债券也一样。

问：学习价值投资的好方法有哪些？如何成为顶级投资高手，途径有哪些？

答：成为顶级投资高手，得花一辈子的时间来修炼，先努力成为合格的投资者就行。方法就是多看格雷厄姆的书，巴菲特建议每个投资者都应该看十遍以上，他是认真的，不是说说而已。当然，《投资要义》也是要多看几遍的。

问：您在投资时会考虑公司的负债率吗？

答：1. 负债率越低越好。在选股时，负债率低是一个加分项。但是在分散投资的前提下，负债率的重要性会降低很多。如果你分散投资的标的都是巨型蓝筹股，负债率这个指标的参考意义又会进一步下降。

2. 在分散投资蓝筹股的前提下，选股指标的权重由高到低排列，依次是市净率、市盈率、股息率。其他指标仅有辅助意义。

问：你好，请教一下，在牛市后期，分级基金 A 类子基金是不是一个比较好的投资品种?

1. 利率比货币基金高

2. 在牛市高点时大家鄙视分级基金 A 类子基金，因此价格下降，有折价。

3. 可遇而不可求的崩盘。假设分级基金 B 类子基金的估值很高，真的下折了，可以被动享受好处。

这真的是免费的赌局吗?第一点是确定的收益，第二点大概率会出现，第三点没发生也无所谓，反正不赔钱。请问我的理解是不是正确呢?多谢!

答：你好，整体来说，分级基金 A 类子基金是我非常喜欢的一个投资工具，你说的三点也基本都对。我下面说一些分级基金 A 类子基金可能出现的风险，你可以看看其中是否有你没考虑到的。

1. 不确定分级基金未来是否会被取消，目前（2018 年）的政策对于分级基金非常不友好。

2. 分级基金 A 类子基金的波动会比较大。因为牛市后期分级基金 B 类子基金溢价，A 类子基金会出现折价，这个逻辑是对的。但是当你买入之后，折价率可能会变得更高，这个心理准备必须有。历史上最极端的分级基金 A 类子基金隐含收益率，曾经达到 9%。

3. 折价状态下的“下折”，的确是分级基金 A 类子基金的一个很重要的附加价值，我通过分级基金 A 类子基金下折赚过不少钱。但并不是每一只分级基金A类子基金都有下折条款，在买分级基金A类子基金之前，一定要仔细研究一下合同。

问：请问港股市场、A股市场、美股市场，这三者之间有什么相关性吗？几十年的价格走势，有什么潜在的规律或者共识吗？

答：如果你的观察周期很短，那么很容易会觉得三个市场同涨同跌，尤其是当美股出现暴跌的时候，港股和A股第二天多半也是跌的。但由于每次出现所谓“同涨同跌”的现象时，三个市场的涨跌幅度其实不同，因此长期来看，这三个市场的表现又没有明显的相关性。

你可以想象一下，有两个指数，假设A指数下跌则B指数必然下跌，A指数上涨则B指数必然上涨，但每次下跌时，B指数比A指数少跌千分之一，每次上涨时，B指数比A指数多涨千分之一，几年之后你会发现，这两个指数虽然每个交易日的涨跌方向都是相同的，但长期来看却呈现出完全相反的走势。2007年时，港股和美股的估值是差不多的，但是你看现在（2018年）的港股和美股，估值就是天和地的差别。

问：只买名称耳熟能详的公司，是不是可以降低风险，提高收益？

答：不一定。每个人的知识结构不同，所谓“耳熟能详”，在每个人心中是完全不同的概念。比如，华谊兄弟是一些人觉得耳熟能详的公司，但有无数比华谊兄弟大得多的公司，其实很多人是没听说过的。我一直说，保守考虑的话，可以只买“净资产大于100亿人民币”的公司，这个标准可以解决不同人群知识结构的偏差问题。

问：能否详细解释一下“忘掉成本”这句话？直觉告诉我这句话是对的，但是我在实际操作中不知该如何应用，尤其在面对亏损股票时，即使有更好的标的出现，更换标的也意味着浮亏成了真实亏损，这还是让我有些无法接受。老师可以举例说明一下吗？

答：我很理解浮亏时会出现的心理障碍，但其实你反过来想就明白了。假设你10年前买了一套房，每平方米5 000元，现在每平方米变成10多万元，盈利约20倍。那么此时此刻，当初每平方米5 000元的成本还有意义吗？如果现在有人强迫你用每平方米3万元的价格把这个房子卖掉，你是觉得吃亏了，还是觉得很爽？你肯定会不满意这笔交易，因为，历史成本不是成本，机会成本才是成本。

问：《三体》中杨冬在看到叶文洁的加密文件后意识到物理学是被操纵的，各个物种并非处于自然竞争的状态。那么我的问题是：

1. 证券市场从你观察的结果看，是属于自由市场，还是类似于杨冬所描述的被改变的市场？

2. 生活中的消费市场，比如淘宝、幼儿园、和教育挂钩的房地产、装修、流行服装、药品等，据我观察，表面看似是自由市场，但自由选择只在早期存在，目前已经完全被大型先行者控制。这股风潮似乎还是从美国兴起的，美国的舆论在被操纵下，刻画出一种生活方式，因为商家需要消费者这样去想、这样去生活。关于这两个问题，你的观察是怎样的？多谢！

答：1. 按照《三体》的设定，物理规律可以被更改。其实这也可以反过来理解为：物理常数是"可更改的"，物理常数可以被有智慧的生物主动修改本身，就是自然规律的一部分！我相信它并没有超出杨冬的认知范围，只是不符合她的愿望。她心中的白莲花脏了，所以她选择死亡。证券市场是被各种力量影响的，这些影响市场的力量，从来都是市场的一部分，就像能制造小宇宙的三体文明，从来都是大宇宙的一部分。改变宇宙的力量，是宇宙的一部分。同样，影响市场的力量，也是市场的一部分。历史上从来就没有任何一个不被政府干预、不被舆论扰动，也不被大资金冲击的证券市场，我们一直以来都在这样一个市场里攫取利润，同样，也在这样一种环境里贮藏财富。

2. 消费者不是木头人，消费者从来不会单纯地被操纵。你看这个世界，无论是服装、家具，还是艺术品、收藏品，所谓的“流行”总是在不断改变。这当然不是商家操纵的结果，是新崛起的消费者在掀桌子。迪士尼肯定想让你一辈子看米老鼠，但它就是挡不住孙悟空和路飞的崛起。我为什么要从上一代人手里收购他们的邮票和纪念币呢？这些在我眼里毫无价值。同样，我的下一代人，也不会买走我收藏的海贼王手办。

问：请教一个学习方向的问题，我之前一直推崇“低估分散不深研”，但现在对于“不深研”有点儿疑惑。我在投资过程中发现自己在好多财务知识和经济类知识方面有所欠缺，请问我们在学习投资的过程中是否有必要系统地学习财报类和宏观经济类的知识？如果需要学习，那么应该学到什么样的水平？

答：首先，财务知识和公司分析是两回事，财务知识是很有用的，不光在投资时要用，你的资产越多，生意越大，人际关系越复杂，财务知识对你来说就越有用。但也不用学得特别深，毕竟术业有专攻，达到财务人员跟你说话你能听懂的程度就行了。经济学的知识，对投资没有太多帮助。不过经济学是大学问，就算不为了投资，也值得学一下。

问：我在果仁网做了两个回测，请帮我看一下，以下结果对于投资有没有指导性。（图略）

答：你好，建议不要亲自做回测。

1. 单因子的回测，权威机构早就做过了。

2. 多因子的回测，变量太复杂，如果回测结果错了，那么你也很难发现错在哪，甚至结果错了你根本就没机会发现。

PB、PE、股息率，这三个因子是放在世界各国市场都长期有效的，其中 PB 最有效。其他的不用测了。测出来一个神奇的结果，你也不敢信。

问：请问您是如何平衡投资计划和套利之间的关系的？我执行投资计划或者动态再平衡策略后，就基本没有空余的资金去套利了。我觉得投资计划如正餐，套利如甜品，甜品吃不吃无所谓，正餐不能不吃，而且甜品也填不饱肚子。不能为了套利而套利。请问：1. 套利和投资计划是不是有个主次关系？2. 在什么情况下套利比投资计划重要？3. 资金用于执行投资计划后，套利的资金又是从哪里来的呢？

答：1. 套利和投资不是对立的，套利是投资的一种。

2. 套利的特征是：收益绝对值低；年化收益率高；时间短；不可重复。

3. 明白了以上特征，套利资金从哪里来就很清楚了。假设我现持有股票和债券，没有现金。接下来我发现了一个 15 天赚 3% 的套利机会，3% 本身不多，但 15 天赚 3%，年化收益率是非常惊人的。因此我可以卖掉一部分股票或债券，去做这个套利。

4. 任何套利都要控制仓位，不能用全部资金去做，更不能加杠杆。因为套利的特征是窗口期很短，又不可重复，没有足够多的时间思考，也没有太多经验可寻。所以任何套利，都不可能有 100% 的把握。

5. 相比于买股票和买债券，“套利”这种投资技巧的难度更高，更不可重复且更容易犯错，初学者可以先不学。

问：您好，关于资产配置，史文森认为，投资收益的 90% 以上来自资产配置，但是他好像没有具体的论述，或者是我看不懂。请您谈谈为什么？十分感谢！

答：简单翻译一下：

投资中的一个很重要的问题是——应该买哪些股票。

但更重要的问题是——现在应该买股票还是应该买债券？

史文森说的大概就是这个意思。

问：您如何衡量一个公司的安全性？

答：1. 绝大多数净资产超过 100 亿人民币的公司，不会在一个牛熊周期内死掉。

2. 持续现金分红的公司，安全性相对更高。利润再造假，分给你的现金一定是真的。

3. 我同时持有 30 家净资产超过 100 亿元、持续分红的公司的股票，所以不纠结这个问题。哪家爱破产就破产，我最终一定能实现大概率下的平均赢。

4. 事实上，我做投资十多年，目前一个破产公司的股票都没买到过。

5. 将来迟早会遇到，这是成本的一部分，接受即可。

问：最近有位朋友连续预测对了股市的走势，但理性又告诉我这个逻辑行不通。我不相信有人能判断短期趋势。没有自己投资体系的人，永远是“韭菜”。

答：1. 能够以月为单位，以极高的成功率判断短期波动的人，目前应该是不存在的。如果有，应该会以很快的速度爬到富豪榜上面。我们可以等到富豪榜上出现这样一个人之后，再回过头来研究这种方法是否可行。

2. 你说没有投资体系的人永远是“韭菜”，这个还真不一定。我有个朋友，过去近 10 年，战略上几乎都是错的，但总能以战术上的优秀弥补战略上的失误，最终总体也能实现盈利，但大起大落，且收益率不能算高。为什么说他战略上总是错的？很简单，他在股市估值高的时候，股权类资产的仓位高，在股市估值低的时候，债权类资产的仓位高，永远与正确的布局相反。那么他是怎么以战术上的优秀来弥补的？也很简单，他投资工具用得特别好。配置股权类资产的时候知道买折价的封闭式基金，配置债权类资产的时候知道用分级基金 A 类子基金轮动，擅长各种套利、打新。另外，他虽然不懂估值，但能从规则的层面看懂低价可转债的不对称性。主观题永远做错，客观题从不做错。这种投资者也是可以存活的，只是非常辛苦。事实上，据我观察，市场中赚钱的投资者，有不少都是这样的“聪明人”。这类人其实最具备“顿悟”的潜力。他们的知识储备足够，只是思想水平没跟上，一旦觉醒，就能突飞猛进。

问：可转债好像更适合震荡行情？

答：你好。尽量不要去思考那些即使得出结论也没有任何用处的问题。首先你描述的结论并不对，即使是对的，即使真如你所说，可转债更适合震荡行情，你也不能通过此结论获得什么好处。我们根本不可能知道，未来 3 个月市场是上涨、下跌还是震荡。如果你能预测未来市场的波动模式，那么可转债反而会变成最没用的投资工具。

问：想问你一个投资以外的问题。小朋友学习成绩中下，但他们班上越是“学霸”报的补习班越多，我觉得报那么多班小朋友太辛苦了，但不报大人又很焦虑，想听听你的建议，你认为有必要给小朋友报补习班吗？

答：对于中产以下的家庭，孩子未来的收入水平及交往层面，主要取决于受教育程度。对于中产及以上的家庭，孩子未来的收入水平及交往层面，主要取决于父母的收入水平及交往层面。孩子考试成绩的重要性，随着父母收入的增加而递减。

问：请问您认为二级市场投资者对社会的贡献是什么？

答：1. 你创办了一家叫肯德基的企业，你对社会有什么贡献？

2. 你创办肯德基的时候，没钱，隔壁村的二嘎出了 100 万元入股，二嘎对社会有什么贡献？

3. 二嘎的女儿结婚要用钱，想从你的公司撤资，我跟二嘎说，不用撤资，把股份卖给我吧，于是二嘎把股份卖给了我。我对社会有什么贡献？这样说是不是就清楚多了？

至此，本书已全部完结。

希望书中至少有一两处内容能够对读者有所启发。

投资路漫漫，祝好运。